위대한 개츠비

The Great Gatsby

KB201422

다시 한 번 더
젤다에게

F. 스콧 피츠제럴드
김욱동 옮김

위대한 개츠비

The Great Gatsby

프랜시스 쿠가트가 그린 『위대한 개츠비』 1925년 초판의 표지 그림

그럼 황금 모자를 쓰려무나
그래서 그녀의 마음을 움직일 수만 있다면.
그녀를 위해 높이 뛰어오르려무나
높이 뛰어오를 수 있거든.
그녀가 이렇게 외칠 때까지
"사랑하는 이여,
황금 모자 쓰고 높이 뛰어오르는 사랑하는 이여,
당신을 차지해야겠어요!"

— 토머스 파크 딘빌리어스*

*   피츠제럴드의 첫 장편 소설 『낙원의 이쪽』(1920)에 등장하는 가상의 인물. 『위대한 개츠비』의 제목을 두고 고심할 때 나온 '황금 모자를 쓴 개츠비', '높이 뛰어오르는 연인' 등의 제목은 이 시에서 유래하였다.

F. 스콧 피츠제럴드(1925)

차례

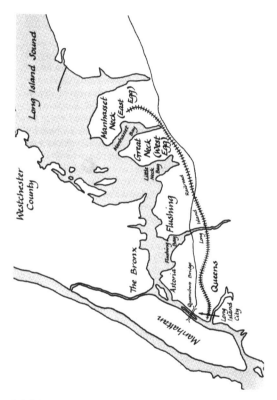

『위대한 개츠비』의 배경이 되는 뉴욕과 롱아일랜드 해협

1

지금보다 어리고 쉽게 상처받던 시절 아버지는 나에게 한 마디 충고를 해 주셨는데, 나는 아직도 그 충고를 마음속 깊이 되새기고 있다.

"누구든 남을 비판하고 싶을 때면 언제나 이 점을 명심하렴." 아버지는 이렇게 말씀하셨다. "이 세상 사람이 다 너처럼 유리한 입장에 놓여 있지는 않다는 것을 말이다."

아버지는 더 이상 말씀하지 않으셨지만 우리 부자(父子)는 언제나 이상할 정도로 말없이도 서로 통하는 데가 있었고, 나는 아버지의 말씀이 그보다 훨씬 많은 뜻을 함축하고 있음을 알았다. 그리하여 나는 모든 일에 판단을 유보하는 버릇이 생겼고, 그래서 이상한 성격의 소유자들이 자주 나에게 다가오는 바람에 그야말로 지긋지긋한 사람들한테 적잖이 시달려야 했다. 비정상적인 사람들은 정상적인 사람에게서 그런 특성이 나타나면 재빨리 알아차리고 달라붙게 마련이다. 내가 잘 알지도 못하는 난폭한 녀석들의 은밀한 슬픔을 알고 있다는 이유로 나는 대학에 다닐 때 억울하게도 정치적이라는 비난을 받았다. 그들은 대부분 내가 원하지도 않는데 찾아와서 속마음을 털어놓았다. 그래서 그들이 확실히 은밀한 고백을 하려는 기미를 보이면, 나는 종종 잠을 자는 척하거나 뭔가에 몰두해 있는 척했으며 악의를 품은 듯이 일부러 경망스럽게 굴었다. 젊은이들의 은밀한 고백, 아니면 적어도 그런 고백을 하면서 사용하는 표현이란 흔히 남의 말을 표절한 경우가 많고, 그 점을 억지로 숨기려고 하다 보니 대개 흠이 나 있게 마련이다. 판단을 유보하면 무한한 희망을 갖게 된다. 아버지가 점잔을 빼며 말씀하셨고 지금 내가 또다시 점잔 빼며 이야기하듯이 기본적인 예절 감각이란 태어날 때부터 저마다 다르게 분배되어 있으며, 그 사실을 깜박 잊어버릴 때면 뭔가를 놓치고 있는 듯한 느낌이 든다.

이렇게 내가 관대한 사람인 양 자랑했지만 이런 관대함에도 한계가 있다는 사실을 나는 깨닫게 되었다. 인간의 행동이란 단단한 바윗덩어리나 축축한 습지에 근거를 둘 수도 있으나 일정한 단계가 지난 뒤에는 그 행위가 어디에 근거를 두는지에 나는 별로 신경을 쓰지 않는다. 지난해 가을 동부에서 돌아왔을 때, 나는 이 세계가 제복을 차려입고 있기를, 말하자면 영원히 '도덕적인 차렷' 자세를 취하고 있기를 바랐다. 나는 이제 더 이상 특권을 지닌 자의 시선으로 인간의 내면세계를 오만하게 들여다보고 싶지 않았던 것이다. 오직 이 책에 이름을 제공해 준 개츠비만이 내가 이러한 식으로 반응하지 않은 예외적인 인물이었다. ─ 내가 드러내 놓고 경멸해 마지않는 모든 것을 대변하는 개츠비 말이다. 그러나 만약 인간의 개성이라는 게 일련의 성공적인 몸짓이라면 그에게는 뭔가 멋진 구석이 있었다. 그는 마치 1만 5000킬로미터 밖에서 일어나는 지진을 감지하는 복잡한 지진계와 연결되어 있기라도 한 듯 삶의 가능성에 민감하게 반응했다. 그러한 민감성은 '창조적 기질'이라는 이름으로 미화되는 진부한 감수성과는 차원이 달랐다. 그것은 희망에서의 탁월한 재능이요, 다른 누구에게서 일찍이 발견한 적이 없고 앞으로도 다시는 발견할 수 없을 낭만적인 민감성이었다. 그래, 결국 개츠비는 옳았다. 내가 잠시나마 인간의 속절없는 슬픔과 숨 가쁜 환희에 흥미를 잃어버린 까닭은 개츠비를 희생물로 삼은 것들, 개츠비의 꿈이 지나간 자리에 떠도는 더러운 먼지들 때문이었다.

우리 집안은 이곳 중서부 도시에서는 삼대에 걸쳐 꽤 이름난 부호다. 캐러웨이 가문은 문중(門中) 비슷한 것을 이루고 있으며, 버클루 공작[1]의 후예라는 말도 전해 내려온다. 그러나 우리 가문을 실제로 창시한 사람은 할아버지의 형으로, 1851년에 이곳에 정착하여 남북 전쟁 때 다른 사람을 대신 전쟁터에 내보내고 철물 도매업을 시작했는데, 그 사업을 오늘날까지 아버지가 계속 이어 오고 있다.

큰할아버지를 뵌 적은 한 번도 없지만 나는 그분을 닮았다고들 한다. 특히 아버지 사무실에 걸려 있는, 어딘지 무뚝뚝하게 생긴 초상화와 비교해 보면 말이다. 나는 1915년, 그러니까 아버지보다 꼭 이십오 년 늦게 뉴헤이븐에 있는 대학[2]을 졸업했고, 그로부터 얼마 안 되어 1차 세계 대전으로 알

---

1   영국의 왕 찰스 2세의 서자로 왕위 계승권을 주장하며 1685년 제임스 2세의 왕위 등극에 반대하는 반란을 주도했으나 실패했다. '몬머스 공작', '동캐스터 백작' 등의 다른 작위도 가졌다.

2   뉴헤이븐은 미국 코네티컷주 남부에 있는 작은 도시로, "뉴헤이븐에 있는 대학"

려진 때늦은 게르만 민족의 대이동에 참가했다. 미국의 반격을 너무나 만끽한 나는 고향에 돌아와서도 마음의 안정을 찾을 수 없었다. 중서부 지방은 이제 세계의 활기찬 중심지가 아니라 우주의 초라한 변두리 같았다. 그래서 나는 동부로 가서 채권업을 배우기로 결심했다. 내가 아는 사람들이 하나같이 채권업에 종사하고 있었던지라 채권업계가 독신 남자 하나쯤은 더 먹여 살릴 수 있으리라고 생각했던 것이다. 친척 아주머니와 아저씨 들은 마치 나에게 대학 예비 학교라도 골라 주듯 이 일을 의논하더니 마침내 매우 엄숙한 얼굴로 마지못해 "뭐 — 괜 — 찮겠지." 하고 말했다. 아버지가 일 년 동안 재정적으로 뒷바라지를 해 주기로 했다. 여러 가지 일로 미루고 미루다가 1922년 봄, 나는 어쩌면 영원히 머물러 살 작정으로 동부에 들어섰다.

우선 시내에 방을 구해야 했지만 따뜻한 계절인 데다 널찍한 잔디밭과 정든 나무들이 서 있는 시골을 막 떠나온 터라, 같은 사무실의 한 젊은 친구가 통근할 수 있는 근교에 집을 얻어서 함께 살면 어떻겠느냐고 제의했을 때 제법 좋겠다는 생각이 들었다. 그는 비바람에 바랜 월세 80달러짜리 허름한 방갈로를 하나 구했다. 그러나 정작 그 집에 들어갈 무렵에는 그 친구가 워싱턴으로 발령받는 바람에 혼자서 이사할 수밖에 없었다. 나는 개 한 마리와(적어도 그놈이 도망가 버릴 때까지 며칠 동안 말이다.) 낡은 도지(Dodge) 자동차 한 대, 핀란드인 가정부와 함께 지냈다. 그녀는 내 잠자리를 봐주고 아침 식사를

은 명문 사립대인 예일 대학교를 가리킨다. 1920년대 예일 대학교의 학생들은 이렇게 간접적인 방식으로 모교를 가리키곤 했다.

준비하면서 전기난로 위로 몸을 구부린 채 혼자서 핀란드 속담을 중얼거리곤 했다.

하루 이틀쯤 쓸쓸하게 보내던 어느 날 아침 나보다 늦게 이사 온 누군가가 나를 붙잡고 길을 물었다.

"웨스트에그에는 어떻게 갑니까?" 그가 막막하다는 듯이 물었다.

나는 그 사람에게 길을 가르쳐 주었다. 그러고 나서 계속 발길을 옮기다 보니 더 이상 외롭지 않았다. 나는 안내자요, 길잡이며 초기 개척자였다. 그 사람이 뜻하지 않게 내가 이 마을의 한 식구가 되었음을 인정해 주었던 것이다.

그래서 햇살과 폭발하듯 돋아나는 나무 잎사귀를 ── 영화에서 사물들이 쑥쑥 자라나듯이 말이다. ── 바라보며 나는 여름과 함께 삶이 다시 시작되고 있다는 확신을 갖게 되었다.

우선 읽어야 할 책이 아주 많았고, 맑고 신선한 공기를 마시며 건강도 챙겨야 했다. 나는 은행 경영, 신용 대출, 채권 투자에 관한 책을 열 권 넘게 샀다. 조폐국에서 갓 찍어 낸 화폐처럼 황금색과 붉은빛을 번쩍이며 내 서가에 꽂혀 있는 그 책들은 오직 미다스 왕과 J. P. 모건[3]과 마이케나스[4]만이 아는 눈부신 비밀을 보여 주겠다고 약속하는 듯했다. 그리고 나는 그 밖의 책들도 많이 읽을 작정이었다. 대학 시절 나는 문학에 꽤 재능이 있는 편이었다. ── 어느 해엔가는 대학 신문 《예일 뉴스》에 아주 진지하고 명쾌한 논설을 쓴 적이 있으니 말이

---

3   미국의 기업가로 철도 사업과 기업 합병으로 유명하다. 그의 이름을 딴 'J. P. 모건'은 한때 세계 최대 규모의 종합 금융 회사에 오르기도 했다.
4   고대 로마의 정치가로 문화와 예술의 후원자로 유명하다. 호라티우스와 베르길리우스를 후원했다.

다. — 바야흐로 나는 그런 것들을 전부 내 삶 속에 다시 끌어 안으며 모든 전문가들 중에서 가장 보기 드문 존재, 즉 '균형 잡힌 인간'이 되고자 했다. "인생이란 결국 단 하나의 창으로 바라볼 때 훨씬 더 잘 볼 수 있게 마련이다." 이 말은 그저 격언에 불과한 것이 아니다.

내가 북아메리카에서 가장 특이한 지역 중 하나에 집을 얻은 것은 그야말로 우연이었다. 그 집은 뉴욕시에서 정동 쪽으로 뻗어 나간 떠들썩하고 길쭉한 섬에 위치했는데, 그곳에는 자연 현상이 만들어 낸 진기한 지형 중에서도 특히 유별난 곳이 두 군데 있었다. 이 두 지역은 뉴욕시에서 30킬로미터쯤 떨어져 있었는데, 거대한 달걀 모양을 한 이 두 곳은 겉모습이 똑같은 데다 이름뿐인 만(灣)을 사이에 둔 채 서반구의 바다 중에서 인간의 손길이 가장 많이 닿은 곳, 즉 롱아일랜드 해협의 큼직한 앞마당 쪽으로 튀어나와 있었다. 이 두 지역은 완벽한 타원형은 아니지만 — 콜럼버스의 이야기에 나오는 달걀처럼 서로 접한 양 끝이 납작하니 말이다. — 워낙 생김새가 닮아서 아마 그 위를 지나는 갈매기들조차 헷갈릴 것이다. 그러나 날개가 없는 인간들은 모양과 크기를 제외하고 그 두 지역이 모든 면에서 서로 다르다는 사실에 더욱 큰 흥미를 느꼈다.

나는 웨스트에그에 살았는데 — 뭐랄까, 이 지역은 이스트에그에 비해 상류 사회다운 면이 덜한 곳이었다. 비록 이렇게 말해 버리면 이상야릇하고 적잖이 불길한 두 지역의 차이점을 아주 피상적으로 표현하는 데에 지나지 않지만 말이다. 내가 살던 집은 롱아일랜드 해협에서 5미터밖에 떨어져 있지 않은 달걀 모양의 지역, 바로 그 끝 지점에 있었는데, 한 철에

1만 2000달러에서 1만 5000달러를 줘야 빌릴 수 있는 거대한 두 저택 사이에 끼여 있었다. 오른편에는 어느 모로 보나 그야말로 엄청난 대저택이 자리하고 있었다. 노르망디 시청을 그대로 본뜬 것으로, 한쪽에는 가느다란 수염 같은 담쟁이덩굴로 뒤덮인, 지은 지 얼마 되지 않은 듯한 탑과 대리석 풀장, 무려 160제곱미터가 넘는 잔디밭과 정원이 딸려 있었다. 바로 개츠비의 저택이었다. 아니, 그때 나는 아직 개츠비를 몰랐으니 그런 이름을 가진 어떤 신사가 살던 저택이라고 해야 옳을 것이다. 내가 살던 집은 눈엣가시처럼 거슬릴 만했지만 워낙 보잘것없는 곳이라 거의 무시되다시피 했다. 그래서 나는 바다와 이웃집 잔디밭 한 모퉁이를 바라보며 살 수 있었고, 백만장자들과 가까이 살고 있다는 위안도 얻을 수 있었다. 이 모든 것을, 한 달에 고작 80달러를 지불하고 말이다.

만이라고 부르기도 민망한 좁은 해협의 맞은편에는 해변을 따라 상류 사회인 이스트에그의 하얀 저택들이 궁궐처럼 번쩍이며 늘어서 있었다. 그리고 그해 여름의 역사는 내가 톰 뷰캐넌 부부와 함께 만찬을 들고자 그곳으로 자동차를 몰고 간 저녁부터 시작된다. 데이지는 나의 먼 친척 여동생뻘이었고, 톰은 대학교 시절부터 서로 알고 지내던 사이였다. 전쟁 직후, 나는 시카고의 그들 부부 집에 이틀 동안 머문 적이 있었다.

데이지의 남편 톰은 여러 운동에 재능이 있었지만 특히 예일 대학교의 풋볼 선수로서는 일찍이 찾아볼 수 없을 만큼 뛰어난 엔드5 중의 하나였다. 어떤 면에서 보면 미국 전역에

5   미식축구에서 수비 전위 양쪽 끝에 위치한 선수.

알려진 유명 인사로, 스물한 살 때 이미 탁월한 재능을 보였기 때문에 그 뒤로는 모든 것이 내리막길처럼 보일 정도였다. 그의 집안은 굉장히 부유했다. 심지어 대학교에 다닐 때도 돈을 물 쓰듯 했으므로 빈축을 사기도 했다. 그리고 톰은 시카고를 떠나 남들이 보면 입이 딱 벌어질 정도로 으스대며 동부로 왔다. 예컨대 폴로 경기를 즐기려고 레이크포리스트[6]에서 경기용 말을 한 떼나 몰고 왔다. 나와 같은 세대의 사람이 그 정도로 재산이 많다는 것은 좀처럼 이해하기 어려웠다.

그들 부부가 도대체 무엇 때문에 동부로 왔는지 나는 잘 모른다. 그들은 별다른 이유 없이 프랑스에서 일 년을 보냈고, 그러고 나서는 사람들이 폴로 경기를 하거나 재산을 과시하는 곳이라면 어디든지 떠돌아다니며 즐겼다. 거처를 옮길 때마다 데이지는 전화로 이것이 마지막이라고 했지만 나는 그 말을 별로 믿지 않았다. 데이지의 심중은 잘 알 수 없었지만, 톰은 두 번 다시 맛볼 수 없는 풋볼 경기의 극적인 흥분을 다소 부러운 듯 좇으며 영원히 방황하리라는 것을 직감할 수 있었다.

그리하여 따스한 바람이 부는 어느 날 저녁, 나는 잘 알지도 못하는 두 옛 친구를 만나려고 이스트에그로 차를 몰았다. 그들의 저택은 내가 예상했던 것보다 훨씬 화려했다. 쾌적한 데다, 붉은색과 흰색으로 장식한 조지 왕조 시대의 식민지풍 건물은 만이 내려다보이는 곳에 자리해 있었다. 잔디밭은 해변에서부터 현관을 향해 400미터나 달려 나왔고, 해시계와 벽돌로 꾸민 산책길, 불타는 듯한 정원을 뛰어넘으며 쭉 이어

---

6   미국 일리노이주 시카고의 교외 지역으로. 주로 부유층이 거주하고 있다. 피츠
    제럴드의 첫사랑인 지니브러 킹이 이곳 출신이다.

졌다. 그리고 기어이 저택에 이르러서는 마치 여세를 몰듯 밝은색의 덩굴이 되어 집 옆을 따라 뻗어 올라갔다. 집 정면은 한 줄로 나란히 이어진 프랑스식 창문으로 나뉘어 있었는데, 창문은 반사된 황금빛을 번쩍거리며 따스한 바람이 부는 오후를 향해 활짝 열려 있었다. 승마복을 입은 톰 뷰캐넌이 두 다리를 딱 벌리고 현관에 서 있었다.

톰은 뉴헤이븐 시절과는 많이 달라져 있었다. 이제 그는 좀 무뚝뚝하게 생긴 입과 거만한 태도, 밀짚 색깔의 머리카락을 지닌 서른 살의 건장한 남자가 되어 있었다. 번쩍이는 교만한 두 눈이 얼굴에서 가장 두드러지는 탓에 그는 늘 공격적으로 몸을 앞으로 기울이고 있는 듯 보였다. 승마복의 여성적인 우아함조차 그의 몸집이 지닌 엄청난 힘을 숨기지 못했다. 그가 신은 번쩍거리는 부츠의 맨 위쪽 끈은 팽팽할 정도로 부풀어 올라 있었고, 어깨가 움직일 때면 얇은 상의 아래에서 우람한 근육이 꿈틀거렸다. 거대한 지렛대의 힘을 가진 육체, 한마디로 무자비한 육체였다.

톤이 높고 무뚝뚝한 데다 허스키한 거친 음성 때문에 그렇지 않아도 성마른 듯한 모습이 더욱 두드러졌다. 그의 목소리에는 심지어 자신이 좋아하는 사람들마저 마치 아버지 같은 고자세로 경멸하는 듯한 구석이 있었다. 그래서 뉴헤이븐에서는 그의 배짱을 끔찍이 싫어하는 사람들도 있었다.

"뭐, 이 문제에 관해 내 의견이 결정적이라곤 생각하지 말게. 내가 자네들보다 힘깨나 쓰고 더 사내답다고 해서 말이야." 그는 이렇게 말하는 듯했다. 우리는 4학년 때 같은 사교 클럽에 속해 있었다. 한 번도 친하게 지낸 적은 없지만 그는 나를 인정해 주었을 뿐만 아니라, 그 나름대로 투박스럽고 도전적인 태도로 나한테만큼은 언제나 호감을 샀으면 하는 인상이었다.

우리는 햇살이 내리쬐는 현관 베란다에서 몇 분 동안 이야기를 나눴다.

"이 집은 살기 좋은 곳이야." 그는 불안한 듯 끊임없이 주위를 두리번거리며 말했다.

톰은 한쪽 팔로 내 몸을 획 돌리더니 넓적하고 평평한 손을 들어 눈앞에 펼쳐진 풍경을 가리켰다. 그가 손으로 가리킨 쪽에 이탈리아식 침상(沈床) 정원과 2제곱미터 넓이의, 코를 찌를 듯 향기가 진동하는 장미 정원, 해안에서 떨어진 채 물결을 따라 흔들리는 매부리코 모양의 모터보트 한 대가 보였다.

"이 집은 석유 재벌 드메인의 소유였지." 그는 품위를 지키면서 또다시 갑작스럽게 내 몸을 돌렸다. "이제 그만 안으로 들어가지."

우리는 천장이 높은 복도를 지나 밝은 장밋빛 공간으로 들어갔는데, 그곳은 양쪽 끝에 달린 프랑스식 창문 덕분에 가까스로 집에 붙어 있었다. 살짝 열린 창문이, 약간 집 안쪽으로 자란 듯한 푸릇푸릇한 잔디를 배경으로 하얗게 반짝였다. 산들바람이 방 안으로 불어 들어온 까닭에 커튼의 한끝은 안으로, 다른 쪽 끝은 창백한 흰 깃발처럼 밖으로 휘날리다가 설탕을 입힌 웨딩 케이크 같은 천장을 향해 소용돌이쳤다. 그러고는 마치 바람이 바다 위에 그림자를 드리우듯 포도주 빛깔의 양탄자 위에 잔물결을 일으키면서 잔영을 남겼다.

방 안에 있는 물건 중에서 움직이지 않고 고정되어 있는 것이라고는 엄청나게 큰 긴 의자뿐이었다. 그 위에는 젊은 여자 둘이 마치 붙잡아 매어 놓은 기구(氣球)를 탄 듯 두둥실 앉아 있었다. 두 사람 모두 흰 드레스를 입고 있었는데, 마치 집 근처를 잠깐 날아다니다가 이곳에 들어와서 잔물결을 일으키듯 펄럭이고 있었다. 나는 휘날리는 커튼의 찰싹거리는 소리와 벽에 걸린 그림이 달그락거리는 신음을 들으며 잠시 서 있었음에 틀림없다. 그러자 톰 뷰캐넌이 쾅 하고 뒤쪽 창문을 닫는 소리가 들려왔다. 방 안에 갇힌 바람이 방과 커튼과 양탄자 주위로 가라앉자 두 젊은 여자도 바닥 쪽으로 천천히 둥실둥실 내려앉았다.

두 여자 중 젊은 쪽은 처음 보는 사람이었다. 긴 의자의 맨 끝까지 몸을 쭉 뻗은 채 꼼짝도 않고 누워 있었다. 턱을 조금 추켜올린 모습이 마치 금방이라도 떨어질 것 같은 물건을 그 위에 올려놓고 균형을 잡고 있는 듯했다. 그녀는 곁눈질로 나를 쳐다보았는지도 모르겠지만 겉으로는 전혀 내색하지 않았다. 나는 얼떨결에 그녀에게 이렇게 갑자기 방해해서 미안하다고 나지막한 목소리로 사과할 뻔했다.

다른 쪽은 데이지였다. 그녀는 의자에서 일어서려고 진지한 표정으로 몸을 조금 굽히더니 다소 어리벙벙하지만 매력적인 웃음을 살짝 지어 보였다. 그래서 나 역시 웃으며 방 안쪽으로 들어갔다.

"너무 행복해서 온몸이 다 마 — 마비될 지경이에요."

그녀는 뭔가 아주 재치 있는 말을 했다는 듯 다시 웃고는 잠시 내 손을 잡고 이 세상에서 당신만큼 보고 싶었던 사람은 없었노라는 표정으로 내 얼굴을 빤히 쳐다보았다. 그녀는 늘 이런 식이었다. 그녀는 귓속말로 균형을 잡듯 턱을 세운 저 여자의 성(姓)이 베이커라고 일러 주었다.(나는 데이지가 상대방으로 하여금 그녀 쪽으로 몸을 기울이게 하려고 굳이 귓속말을 한다는 이야기를 들은 적이 있다. 말도 안 되는 험담이지만 설령 그렇더라도 그 귓속말의 매력은 조금도 줄어들지 않았다.)

어쨌든 미스 베이커는 입술을 떨며 거의 알아볼 수 없을 정도로 고개를 끄덕이더니 재빨리 머리를 다시 뒤쪽으로 기울였다. 그녀가 떨어뜨리지 않으려고 애써 균형을 잡고 있던 물건이 분명히 조금 흔들렸다. 그러자 그녀는 놀라서 약간 움찔했고, 또다시 뭔가 죄송하다는 말이 내 입가에 맴돌았다. 나는 완벽한 자족감으로 꽉 차 있는 사람을 마주하면 놀라움에 나도 모르게 찬사를 보낸다.

나는 다시 나지막하고 떨리는 목소리로 나에게 이런저런 질문을 던지기 시작한 친척 여동생을 바라보았다. 그녀의 음성은 마치 되풀이할 수 없는 음정을 배열해 놓은 듯 높낮이에 따라 귀를 오르락내리락하게 하는 목소리였다. 반짝이는 두 눈이며 정열적으로 빛나는 입, 눈부신 광채 때문에 그녀의 얼굴은 슬프면서도 사랑스러워 보였다. 그러나 데이지의 목소리에는 그녀를 사랑해 본 남자라면 좀처럼 잊기 힘든 어떤 흥분이 깃들어 있었다. 즉 노래하고 싶은 강렬한 충동, "자, 한 번 들어 봐요." 하는 속삭임, 방금 즐겁고 신나는 일을 했으며 곧이어 또 즐겁고 신나는 일이 일어나리라는 약속이 실려 있었다.

나는 동부로 오는 길에 시카고에 들러 하룻밤 머물렀는데, 열 명도 넘는 사람이 그녀에게 안부를 전해 달라고 부탁했다는 이야기를 들려주었다.

"그 사람들이 나를 보고 싶어 하던가요?" 그녀가 황홀한 듯 소리쳤다.

"온 시내가 텅 빈 것 같아. 차들이 모두 왼쪽 뒷바퀴를 장례식 화환처럼 검게 칠한 데다, 노스쇼어[7]를 따라 밤새도록 통곡 소리가 들리던데."

"어머, 굉장하네요! 여보, 우리 돌아가요. 내일이라도 당장!" 그러고 나서 그녀는 엉뚱하게도 이렇게 덧붙였다. "우리 아기를 봐야지요."

"그래, 보고 싶군."

"지금 자고 있어요. 올해 두 살이에요. 아직 한 번도 보지 못했죠?"

"아직 못 봤지."

"그럼 꼭 봐야 해요. 그 애는요⋯⋯."

불안하게 방 안을 쉴 새 없이 오가던 톰 뷰캐넌이 발걸음을 멈추고 내 어깨 위에 손을 얹었다.

"닉, 요즘 자넨 무슨 일을 하고 있나?"

"채권 일을 하고 있어."

"어느 회사에서?"

나는 회사 이름을 말해 주었다.

"들어 본 적 없는 회사인데." 그가 단정적으로 말했다.

이런 말투에 나는 화가 치밀었다.

"그럼 앞으로 알게 되겠지." 내가 짧막하게 대답했다. "자네가 계속 동부에 머무른다면 말이야."

"아, 난 계속 동부에 머물 테니까 걱정할 것 없네." 그가 뭔가를 경계하는 듯한 눈동자로 데이지를 힐끗 쳐다보더니 나에게 다시 눈을 돌리며 말했다. "빌어먹을 바보가 아닌 다음에야 여기 말고 다른 데서 살 리가 있나."

7　미시간 호수를 끼고 있는 시카고의 지역으로, 주로 부유층이 사는 곳이다.

바로 이때 미스 베이커가 너무나 갑작스럽게 "그렇고말고요!"라고 하는 바람에 나는 깜짝 놀랐다. 내가 이 방에 들어온 뒤로 그녀가 처음 입 밖에 낸 말이었다. 하품을 하며 빠르고 능숙한 동작으로 의자에서 일어나더니 곧 방 가운데에 서 있었다. 아마 그녀 자신도 놀랐음이 틀림없었다.

"몸이 뻣뻣하게 굳었어요. 저 소파에 너무 오랫동안 누워 있었나 봐." 그녀가 투덜거렸다.

"그렇게 보지 마. 내가 오후 내내 널 뉴욕에 데려가려고 했잖아." 데이지가 대꾸했다.

"안 마실래요." 미스 베이커가 방금 저장고에서 꺼내 온 칵테일 넉 잔을 쳐다보며 말했다. "난 지금 훈련 중이거든요."

바깥주인 톰은 도저히 믿기지 않는다는 듯 그녀를 쳐다보았다.

"물론 그렇겠지!" 그는 잔 밑바닥에 술이 한 방울밖에 남아 있지 않은 듯 잔을 잔뜩 들어 올려서 쭉 들이켰다. "당신 같은 여자가 도대체 어떻게 그런 일을 해내는지 정말 모르겠단 말씀이야."

나는 미스 베이커를 쳐다보며 그녀가 '해낸다는' 일이 과연 무엇일까 생각해 보았다. 그녀를 바라보면 기분이 좋아졌다. 몸매가 날씬하고 가슴이 작은 데다, 마치 사관생도처럼 어깨를 뒤로 쫙 펴고 있었기 때문에 그녀의 꼿꼿한 자세는 더욱 두드러졌다. 그녀는 나의 시선에 응답이라도 하듯 정중한 호기심을 보이며 햇빛을 받아 긴장한 잿빛 눈동자로 나를 바라보았다. 창백한 얼굴은 매력적이었지만 어딘가 불만 섞인 표정이었다. 그러자 불현듯 예전에 어디선가 그녀를 만났거나, 아니면 사진이라도 본 것 같다는 생각이 내 뇌리를 스쳐 갔다.

"웨스트에그에 사신다고요. 제가 아는 사람도 그곳에 살아요." 그녀가 경멸하듯 말했다.

"전 아직 아는 사람이 한 명도……."

"개츠비는 아실 텐데요."

"개츠비라고? 어떤 개츠비 말이야?" 데이지가 물었다.

옆집에 사는 사람이라고 미처 대답하기도 전에 저녁 식사가 준비되었다는 소리가 들려왔다. 톰 뷰캐넌은 건장한 팔을 억지로 내 팔 아래에 끼워 넣더니 마치 체스 판의 말을 옮기듯 나를 데리고 나갔다.

두 젊은 여자는 팔을 가볍게 엉덩이에 얹은 채 석양을 향해 열려 있는 장밋빛 현관 쪽으로 가볍고 나른하게 우리보다 앞서 걸어갔다. 현관에 놓인 탁자 위의 촛불 네 개가 잦아든 바람 속에서 간들거리고 있었다.

"촛불은 왜 켰담?" 데이지가 얼굴을 찌푸리며 말했다. 그러고는 손가락으로 촛불을 비벼 꺼 버렸다. "이제 이 주만 지나면 일 년 중 낮이 가장 긴 날이 돼요." 그녀는 밝은 얼굴로 우리 모두를 바라보았다. "일 년 중 낮이 제일 긴 날을 줄곧 기다리다가 막상 그날이 오면 깜박 잊고 그냥 지나쳐 버리지 않나요? 나는 언제나 일 년 중 낮이 제일 긴 날을 기다리다가 그만 잊어버리고 말아요."

"뭔가 계획을 세워야겠어." 미스 베이커가 잠자리에라도 들려는 사람처럼 하품을 하며 테이블에 앉았다.

"좋아. 그런데 무슨 계획을 세운담?" 데이지는 어쩔 수 없다는 듯 내 쪽을 바라보았다. "다른 사람들은 어떤 계획을 세우나요?"

내가 미처 대답하기도 전에 그녀는 겁먹은 표정으로 자신의 새끼손가락에 시선을 고정했다.

"이것 좀 봐요! 여기를 다쳤단 말이에요." 그녀가 불평했다.

우리도 모두 그곳으로 시선을 돌렸다. 그녀의 손가락 마디에 푸르스름하게 멍이 들어 있었다.

"톰, 당신이 한 짓이에요." 그녀가 책망하듯 말했다. "일부러 한 짓은 아닌 줄 알지만 당신이 그런걸요. 이게 다 야수 같은 사람과 결혼한 탓이지요. 무지막지하게 몸집이 큰 괴물 같은 사내와……."

"그 괴물 같은 사내라는 말, 쓰지 말랬지. 아무리 농담이라도 말이야." 톰이 언짢은 표정으로 말했다.

"그래도 괴물 같은걸요." 데이지가 집요하게 물고 늘어졌다.

이따금 미스 베이커와 데이지는 둘이서 이야기를 나눴다. 색다른 화제도 없이 주고받는 시시껄렁한 대화는 그냥 잡담이라 하기에도 어려울 지경이었다. 그들이 입은 흰 드레스처럼, 아무런 욕망도 찾아볼 수 없는 무심한 눈동자처럼 썰렁했다. 그들은 그 자리에 있으면서, 그저 예의 바르고 유쾌하게 대접하고 대접받으려 애쓰면서 톰과 나를 받아들일 뿐이었다. 이 두 여자는 곧 저녁 식사가 끝날 것이고, 조금 있으면 저녁 시간 또한 지나갈 것이며, 그래서 모든 것이 그럭저럭 끝나리라는 사실을 잘 알고 있었다. 서부에서는 사뭇 달랐다. 거기에서는 저녁 시간이 비록 실망스럽더라도 끊임없이 뭔가를 기대하거나, 아니면 순간순간의 긴장된 두려움 속에서 뭔가에 쫓기듯 한 단계 한 단계 결말로 치닫게 마련이었다.

"데이지, 너하고 같이 있으니까 내가 야만인이라도 된 것 같아." 나는 코르크 냄새가 나긴 하지만 꽤 괜찮은 적포도주를 두 잔째 마시며 고백했다. "넌 농작물 이야기라든가, 뭐 그런 얘기는 할 수 없는 거니?"

특별한 의도를 가지고 건넨 질문은 아니었는데 그 말의 대답은 엉뚱한 쪽에서 나왔다.

"문명은 지금 산산조각 나고 있어." 톰이 갑자기 격렬하게 내뱉었다. "난 지독한 비관론자가 되었지. 자네 고더드라는 사람이 쓴 『유색 인종 제국의 발흥』[8]이라는 책을 읽어 봤나?"

"아니, 아직 못 읽어 봤는데." 그의 말투에 약간 놀라며 내가 대답했다.

"저런, 좋은 책이야. 다들 읽어 봐야 할 책이라고. 그 내용인즉, 만일 우리 백인종이 제대로 경계하지 않으면 끝장, 완전히 끝장나 버리고 만다는 거야. 모두 과학적인 얘기들이야. 다 증명됐으니까."

"저 양반은 요즈음 점점 심각해지고 있다니까요." 데이지가 별생각 없이 슬픈 표정을 지으며 말했다. "요즘 저이는 난해한 단어가 나오는 심오한 책들을 읽고 있어요. 그게 무슨 단어였지요, 우리가……?"

"글쎄, 하나같이 과학적인 책들이라니까." 톰은 조바심이 나는 듯 그녀를 쳐다보면서 다시 주장했다. "그 양반은 모든 진실을 다 파헤쳐 놓았어. 지배 인종인 우리 백인이 정신을 바짝 차려야 한다는 거야. 만일 그러지 않으면 다른 인종들이 이 세계를 제패하게 될 거라는 거지."

---

8 저자와 책 모두 허구다. 피츠제럴드는 시어도어 로스롭 스토더드의 『유색의 밀물』(1920)이나 매디슨 그랜트의 『위대한 인종의 멸망』(1916)을 염두에 두었던 듯하다.

"우리는 그들을 꾹꾹 밟아 버려야 해요." 데이지는 햇빛이 눈부신 듯 격렬히 눈을 깜박거리며 속삭이듯 말했다.

"두 사람은 캘리포니아에 살아야 하는데……." 미스 베이커가 말을 꺼냈지만 톰은 의자에서 묵직한 몸을 고쳐 앉으면서 그녀의 말을 가로막았다.

"이 책에서 주장하는 건 우리 모두가 북유럽 인종이라는 거야. 나도 자네도 또 당신도 그리고……." 그는 아주 잠깐 망설이더니 고개를 끄덕이며 데이지까지 포함시켰다. 그러자 그녀가 나에게 다시 눈짓을 보냈다. "……그리고 우리가 문명을 이루는 모든 것들을 만들어 냈다는 거야……. 아, 과학과 예술 같은 것들 전부 말이지. 어디 내 말 알아듣겠어?"

열변을 토하는 그의 모습에는 마치 옛날보다 더욱 비대해진 자기만족조차 더 이상 충분치 않다는 듯 어딘지 모르게 서글픈 구석이 있었다. 그가 얘기하는 사이, 마침 집 안에서 돌연 전화벨 소리가 울렸고, 집사가 현관에서 사라지자 데이지는 그 틈을 타서 내 쪽으로 몸을 기울였다.

"우리 집 비밀을 한 가지 말해 줄게요." 그녀가 신이 나서 속삭였다. "집사의 코에 관한 건데요. 어디 한번 들어 볼래요?"

"바로 그 얘기를 들으러 오늘 밤 여기 온 거야."

"그런데 말이에요, 저 사람은 원래 집사가 아니었어요. 뉴욕에서 은그릇 닦는 일을 했는데, 그를 고용한 사람이 무려 200명분의 은그릇을 가지고 있었대요. 아침부터 밤까지 그릇을 닦다가 마침내 그의 코에 문제가 생기기 시작해서……."

"상황이 점점 안 좋아졌겠네." 미스 베이커가 끼어들었다.

"그런 셈이지. 증상이 점점 악화되어서 결국 그 일자리를 그만두게 되었대요."

　저무는 햇살이 낭만적인 빛을 드리우며 그녀의 얼굴을 잠시 비추었다. 내가 귀를 기울이는 동안 그녀의 목소리는 숨 가쁘게 나를 끌어당겼다. 하루해가 넘어가자 황혼 녘에 흥겹게 뛰어놀던 거리를 떠나는 아이들처럼 햇빛이 자못 섭섭한 듯 서서히 그녀의 얼굴에서 사라져 갔다.

　집사가 돌아와서 톰의 귀에 입을 바짝 대고 뭔가를 속삭이자 톰은 얼굴을 찡그리며 의자를 뒤로 밀고 일어서더니 한 마디 말도 없이 집 안으로 들어갔다. 그가 자리를 뜨자 데이지는 내면에 있는 무언가가 자극을 받은 듯 다시 몸을 앞쪽으로 숙인 채 달아오른 목소리로 노래하듯 말했다.

　"오빠, 이렇게 우리 집에서 함께 식사를 하다니 기뻐요. 오빠를 보면 나는 늘 생각나는 게 있어요……. 한 떨기 장미, 순수한 장미 말이에요. 안 그래?" 그녀는 동의를 구하려고 미스 베이커 쪽으로 얼굴을 돌렸다. "순수한 장미 같지?"

　그것은 사실과 전혀 다른 얘기였다. 나에게 장미꽃 같은 구석이라고는 조금도 없었다. 그저 즉흥적으로 꺼낸 말이었지만 그녀에게서는 가슴 설레게 하는 따뜻함이 흘러나왔다. 마치 그녀의 심장이 숨 가쁘게 떨리는 그 한마디 말에 몸을 숨긴 채 바깥으로 뛰쳐나오려는 듯 말이다. 그때 갑자기 그녀가 냅킨을 식탁 위에 휙 던지더니 실례한다고 말하고는 집 안으로 들어가 버렸다.

　미스 베이커와 나는 무의미한 시선을 의식적으로 주고받았다. 내가 막 입을 열려는 순간, 그녀가 똑바로 앉더니 경고하는 목소리로 "쉬!" 하고 말했다. 저쪽 방에서 격앙된 감정을 억누른 듯한 나지막한 목소리가 들려오자 미스 베이커는 뻔뻔스럽게도 몸을 숙여 그 말을 엿들으려고 했다. 중얼거리던 목소리는 바야흐로 알아들을 수 있을 만큼 뚜렷이 떨리다가 흥분과 격정으로 오르락내리락하더니 이윽고 뚝 그쳤다.

"아까 말씀하신 개츠비 씨는 제 옆집에 살고 있습니다 만……." 내가 말했다.

"조용히 좀 하세요. 무슨 얘긴지 듣고 싶단 말이에요."

"무슨 일이라도 있습니까?" 내가 순진하게 물었다.

"그럼 아직 모르신단 말이에요?" 미스 베이커가 진심으로 놀란 표정으로 물었다. "다들 아는 줄 알았는데요."

"전 모르는데요."

"아, 그렇군요……." 그녀가 머뭇거리며 말했다. "톰은 뉴욕에 여자가 있어요."

"여자가 있다고요?" 나는 멍한 표정을 지으며 그녀의 말을 되풀이했다.

그러자 미스 베이커가 고개를 끄덕였다.

"저녁 식사 때 전화를 걸지 않는 예의 정도는 있어야 하는데 말이에요. 그렇게 생각하지 않으세요?"

그녀가 무슨 말을 하는지 미처 깨닫기도 전에 드레스 자락의 펄럭거리는 소리와 가죽 부츠의 저벅거리는 소리가 들리더니 톰과 데이지가 식탁으로 돌아왔다.

"어쩔 수 없었어요!" 데이지가 짐짓 명랑한 척하며 소리쳤다.

그녀는 자리에 앉아 미스 베이커의 표정을 살피듯 힐끗 쳐다보더니 이번에는 내 쪽으로 눈길을 돌리며 말을 이었다. "잠시 바깥을 내다보았는데, 아주 낭만적이었어요. 잔디밭에 새 한 마리가 앉아 있었는데, 내 생각엔 커나드나 화이트스타

해운 회사의 기선을 타고 건너온 나이팅게일이 틀림없어요. 그 새가 노래를 하는데……." 그녀의 목소리가 노래하듯 흘러나왔다. "……아주 낭만적이었어요. 여보, 그렇지 않아요?"

"아주 낭만적이었지." 그는 대답하고 나서 괴로운 듯 나를 향해 말했다. "저녁을 먹은 뒤에도 아직 환하면 자네에게 마구간을 구경시켜 주고 싶군."

그때 집 안에서 다시 갑작스럽게 전화벨이 울렸고, 즉시 데이지가 톰을 향해 단호하게 고개를 흔들자 마구간에 관한 화제뿐만 아니라 사실상 모든 화제가 허공으로 날아가 버렸다. 저녁 식사의 마지막 오 분 동안에 일어난 단편적인 사건 중에서 여전히 머릿속에 남아 있는 기억이라고는 쓸데없이 촛불을 다시 밝혀 놓은 광경뿐이었다. 그때 나는 사람들을 똑바로 쳐다보고 싶었음에도 눈길을 피했다. 나는 톰과 데이지가 무슨 생각을 하는지 짐작할 수 없었지만, 아무리 지독하게 회의적인 상황마저 버텨 온 미스 베이커조차 그 다섯 번째 손님의 성급하고 날카로운 금속성 목소리를 과연 머릿속에서 말끔히 떨쳐 버릴 수 있었을지 의문이다. 기질에 따라서는 이런 상황을 흥미롭게 생각하는 사람이 있을지도 모르겠다. 하지만 내 본능대로 하자면 즉시 경찰을 부르고 싶었다.

두말할 필요도 없이 말[馬]을 보러 가자는 이야기는 다시 나오지 않았다. 톰과 미스 베이커는 손으로 만질 수 있을 만큼 가까이 있는 시체 곁을 지키러 가는 사람들처럼 황혼 속에서 몇 걸음 떨어진 채 서재로 걸어 들어갔다. 한편 나는 애써 귀가 잘 안 들리는 척, 유쾌한 척을 하며 데이지를 따라서 베란다를 돌아 정문 현관으로 나갔다. 으슥한 어둠 속에서 우리는 고리버들로 만든 의자에 나란히 앉았다.

데이지는 스스로의 예쁜 이목구비를 새삼 느껴 보려는 듯 두 손으로 얼굴을 감쌌고, 벨벳 같은 어스름 쪽으로 조금씩 시선을 옮겼다. 그녀가 격렬한 감정에 사로잡혀 있음을 느꼈으므로 나는 마음을 가라앉혀 주고자 그녀의 딸에 관해 물어보았다.

　　"오빠, 우리는 서로를 잘 모르고 지내 왔네요." 그녀가 느닷없이 말했다. "친척인데도 말이에요. 오빠는 제 결혼식에도 참석하지 않았잖아요."

　　"아직 전쟁터에서 돌아오기 전이었으니까."

　　"정말 그렇군요." 그녀가 머뭇거리며 대꾸했다. "그런데 말이에요, 오빠. 그동안 난 너무 힘들었어요. 그래서 모든 일에 아주 냉소적이 되었죠."

　　그녀에게는 분명히 그럴 만한 까닭이 있어 보였다. 나는 그녀가 계속 얘기하기를 기다렸지만 그녀는 더 이상 아무 말도 하지 않았다. 그래서 잠시 뒤 나는 또 힘없이 그녀의 딸 이야기로 화제를 돌렸다.

　　"이젠 제법 말도 할 줄 알 테고…… 밥도 먹고 별짓을 다 하겠군."

　　"네, 맞아요." 그녀가 얼빠진 듯 나를 바라보았다. "오빠, 그 애를 낳았을 때 내가 뭐라고 했는지 들어 볼래요?"

　　"그럼. 어서 말해 봐."

　　"아마 그 얘기를 들으면 지금 내 기분이 어떤지 알 거예요……. 매사를 왜 지금처럼 느끼는지 말이에요. 글쎄, 아이를 낳은 지 한 시간도 되지 않았는데 톰이 어디에 있는지 도대체 알 수가 없는 거예요. 마취에서 깨어났을 때 난 완전히 버림받은 기분이었어요. 간호사한테 그 애가 아들인지 딸인지 물어

봤어요. 그랬더니 간호사가 딸이라고 했고, 그래서 나는 고개를 돌리고 울었어요. '괜찮아요. 딸이라서 기쁘지 뭐예요. 그리고 이 애는 커서 바보가 되면 좋겠어요……. 그러는 편이 제일 좋으니까……. 아름답고 귀여운 바보 말이에요.' 하고 말했지요."

"내가 모든 걸 끔찍하게 생각한다는 거, 이제 알겠지요." 데이지가 확신에 차서 말을 이었다. "다들 그렇게 생각하는걸요……. 가장 진보적인 사람들도 말이에요. 그리고 난 알아요. 안 가 본 데가 없고, 못 본 것이 없고, 안 해 본 일이 없거든요." 그녀가 조금은 톰을 닮은 듯한 도전적인 태도로 눈을 반짝이며 주위를 둘러보더니 섬뜩하게 경멸의 빛을 띠고 떨리는 목소리로 웃었다. "닳고 닳은 거예요……. 오 맙소사, 난 아주 닳고 닳은 여자라고요!"

그녀의 목소리가 뚝 끊기며 억지로 내 주의, 내 신뢰를 흩트렸다. 그 순간, 나는 방금 그녀가 한 말이 본질적으로 진실하지 않다는 인상을 받았다. 애당초 오늘 저녁 식사 자리가 그녀 자신에게 유리한 감정을 나로부터 이끌어 내려는 일종의 속임수 같았으므로 마음이 불편했다. 나는 다음 이야기를 기다렸고, 아니나 다를까 그녀는 돌연 능글맞은 미소를 띤 귀여운 표정으로 나를 바라보았다. 마치 자기와 톰이 꽤 유명한 비밀 단체에 속해 있다고 주장하려는 듯이 말이다.

집 안에 들어서자 진홍빛 방은 꽃이 피어난 듯 불빛이 환했다. 톰과 미스 베이커는 긴 의자의 양쪽 끝에 앉아 있었고, 그녀는 그에게 《새터데이 이브닝 포스트》를 큰 소리로 읽어 주었다. 중얼거리는 듯하면서도 높낮이의 변화가 없는 그녀의 목소리는 마음을 차분하게 가라앉혀 주는 것 같았다. 톰의 부츠에는 밝게, 미스 베이커의 낙엽빛 노란 머리카락엔 흐릿하게 비치던 램프 불빛은, 그녀가 가냘픈 팔의 근육을 살랑거리며 책장을 넘길 때마다 종이를 따라 반짝거렸다.

우리가 방 안에 들어서자 그녀는 손을 들어 잠시 조용히 기다려 달라고 했다.

"다음 호에 계속됩니다." 그녀는 이렇게 말하고는 잡지를 탁자 위에 던졌다.

그녀가 불안하게 무릎을 들썩이며 몸을 펴고 자리에서 벌떡 일어났다.

"벌써 10시네." 그녀는 천장에 매달린 시계를 확인하기라도 한 듯 말했다. "이 착한 아가씨가 잠자리에 들 시간이네요."

"조던은 내일 경기가 있대요. 웨스트체스터[9]에서 말이에요." 데이지가 설명했다.

"아아, 당신이 바로 그 조던 베이커로군요."

나는 그제야 그녀의 얼굴이 어딘가 익숙했던 까닭을 알아챘다. 유쾌하면서도 남을 깔보는 듯한 저 표정을 애슈빌과 핫스프링스, 팜비치[10]에서 시합할 때 촬영한, 윤전기로 인쇄한 사진 속에서 보았던 것이다. 나는 또한 그녀를 헐뜯는 별로 달갑지 않은 소문도 들은 적이 있었는데, 하도 오래되어서 무슨 내용인지 잘 기억나지 않았다.

"잘 자. 8시에 깨워 줘. 알았지?" 그녀가 부드럽게 말했다.

"깨워서 일어난다면."

---

9 미국 뉴욕시 북쪽에 자리한 교외 지역으로, 중산층이 주로 산다.

10 모두 미국의 휴양 도시이며, 골프장이 있어서 골프 대회가 자주 열린다.

"일어날 거야. 캐러웨이 씨, 그럼 안녕히 주무세요. 또 만나요."

"물론 그렇게 될 거야." 데이지가 확신에 차서 대답했다. "사실은 내가 중매를 서려고 해요. 오빠, 그러니 자주 들러요. 뭐라고 할까…… 아…… 난 두 사람을 서로 엮어 보고 싶어요. 알잖아요……. 예기치 않게 두 사람을 한 옷장에 집어넣고 문을 잠가 버린다든가, 보트에 태워서 바다로 띄워 보낸다든가, 뭐 그런 거……."

"잘 자." 미스 베이커가 계단에서 소리쳤다. "나는 한마디도 못 들은 걸로 하겠어."

"멋있는 여자야." 톰이 잠시 뒤에 말했다. "저런 여자를 이런 시골에 놔둬서는 안 되는데."

"누가 그렇게 해서는 안 된다고 해요?" 데이지가 쌀쌀맞게 물었다.

"조던의 가족이."

"가족이라고 해 봤자 나이를 천 살쯤 먹은 늙은 숙모 한 사람밖에 없잖아요. 그건 그렇고, 앞으로 오빠가 조던을 챙겨 줄 거죠? 저 애는 올여름에 거의 우리 집에서 주말을 보내기로 했어요. 가족적인 분위기가 그 애한테 아주 좋은 영향을 줄 거예요."

데이지와 톰은 잠시 말없이 서로의 얼굴을 쳐다보았다.

"저 여자, 뉴욕 출신이야?" 내가 재빨리 물어보았다.

"루이빌[11] 출신이에요. 우리는 순수했던 소녀 시절을 그

---

11   미국 켄터키주의 도시. 피츠제럴드는 이 도시 근처에 자리한 군사 기지 캠프 테일러에서 잠시 근무한 적이 있다.

곳에서 함께 보냈어요. 아름답고 순수했던……."

"당신, 베란다에서 닉에게 할 얘기 안 할 얘기 모두 한 거 아냐?" 톰이 갑자기 물었다.

"내가요?" 그녀가 나를 쳐다보았다. "기억은 잘 안 나지만 북유럽 인종에 관해 얘기한 것 같아요. 그래 맞아요, 정말 그랬어요. 뭐랄까, 그 얘기가 슬며시 떠올랐는데, 우리가 무엇보다 먼저 알아야 할 건……."

"닉, 무슨 말을 들었든 믿지 말게나." 그가 나에게 충고했다.

나는 아무 말도 듣지 못했노라고 가볍게 대답하고, 잠시 뒤 귀가하려고 자리에서 일어났다. 그들은 함께 문까지 따라와서 영롱하게 비치는 정사각형 불빛 아래 나란히 섰다. 내가 자동차에 시동을 걸자 데이지가 명령하듯 "잠깐만 기다려요!" 하고 소리쳤다.

"물어볼 말이 있었는데 깜박 잊고 있었네요. 중요한 거예요. 서부에 있을 때 어떤 아가씨와 약혼했다고 들었어요."

"참, 맞아." 톰이 친절하게도 그녀의 말을 거들었다. "자네가 약혼했다는 소릴 들었어."

"헛소문이야. 그럴 만한 돈도 없고."

"하지만 분명히 들은걸요." 이렇게 주장하며 다시 꽃처럼 환하게 피어난 데이지의 얼굴을 보고 나는 놀랄 수밖에 없었다. "세 사람한테서나 그런 말을 들었으니 사실인 게 틀림없어요."

그들이 무슨 얘기를 하는지 잘 알았지만 나는 꿈에도 약혼한 적이 없었다. 내가 동부로 온 데는 교회에서 결혼 예고를 했다는 소문이 나돈 탓도 있었다. 소문 때문에 오랜 친구와의 관계를 끊을 수도 없는 노릇이고, 단지 소문이 났다고 해서 결혼할 생각 역시 전혀 없었다.

나는 그들이 보여 준 관심에 얼마간 감동했고, 또 그들이 감히 범접할 수 없을 만큼 그렇게 부자는 아니라는 느낌을 받았다. 그러나 차를 몰고 집에 돌아오는 내내 마음이 혼란스러웠고 기분도 약간 언짢았다. 내 생각엔, 데이지가 당장 어린애를 안고 그 집에서 뛰쳐나와야 했지만 그녀는 그럴 생각이 조금도 없는 것 같았다. 한편 톰으로 말하자면, 그가 '뉴욕에 여자를 두고' 있다는 사실보다 고작 책 한 권 때문에 의기소침해져서 더욱 놀랐다. 강인한 육체적 자만심이 더 이상 그의 독단적 마음을 지탱해 줄 수 없게 된 것일까, 뭔가가 그로 하여금 진부한 사상의 가장자리를 갉아먹게 하였던 것이다.

여관의 지붕들과 붉은색의 새 휘발유 펌프가 불빛을 받으며 서 있는 길가 주유소 앞에는 벌써 여름이 한창 깊어 가고 있었다. 웨스트에그의 집에 도착한 나는 차고에 차를 넣어 둔 뒤, 마당에 내팽개쳐진 잔디 롤러 위에 잠시 앉아 있었다. 바람이 불어오자 나무들 사이에서 날개 부딪치는 소리가 일며 밤이 소란스럽게 환히 빛났고, 대지의 풀무가 개구리들에게 생기를 한껏 불어넣으니 오르간 소리가 끊임없이 울려 퍼졌다. 달빛에 어른거리는 지나가던 고양이의 그림자가 눈에 띄어서 자세히 들여다보고자 고개를 돌렸을 때, 내가 혼자 있지 않음을 깨달았다. 십오 미터 정도 떨어진 곳에 또 한 사람의 모습이 옆집 그림자 속에서 나타났다. 그는 두 손을 호주머니 속에 찌른 채 서서 은빛 후춧가루를 뿌려 놓은 듯 반짝이는 별들을 바라보고 있는 게 아닌가. 한가로운 동작과 잔디를 굳게 딛고 서 있는 안정된 자세로 미뤄 보아, 이 지역의 하늘 중 어디까지가 자기 몫인지 살펴보려고 나온 개츠비임을 알 수 있었다.

나는 그를 부르려고 마음먹었다. 미스 베이커가 저녁을 먹으면서 그에 관해 얘기해 주었으므로 소개는 그만하면 충분할 것 같았다. 그러나 갑자기 그가 혼자 있고 싶다는 듯 암시하였기 때문에 나는 굳이 그를 부르지 않았다. 그는 기묘한 방식으로 어두운 바다를 향해 두 팔을 뻗었는데, 나와 멀리 떨어져 있기는 했지만 확실히 몸을 부르르 떨고 있었다. 그래서 나도 모르게 바다 쪽을 바라보았다. 저 멀리, 부두의 맨 끝자락에 있음이 틀림없는 단 하나의 초록색 불빛이 작게 반짝이는 광경을 제외하면 아무것도 보이지 않았다. 내가 다시 돌아다보았을 때 개츠비는 이미 사라진 뒤였다. 나는 어수선한 어둠 속에서 또다시 혼자가 되었다.

2

웨스트에그와 뉴욕시의 중간쯤 되는 곳에는 황량한 지역을 피해 가고자 철로와 함께 400미터 정도 나란히 달리는 차도가 있다. 이곳이 바로 쓰레기 계곡[12]이다. 재가 밀처럼 자라나며 산마루와 언덕과 기괴한 정원을 이루는 환상적인 농장 말이다. 재는 이곳에서 집과 굴뚝, 굴뚝에서 피어오르는 연기 모양을 하고 있다가 가까스로 마침내 회백색의 인간 형상을 이루어 희뿌연 공기 속에서 어렴풋이 움직이는가 싶으면 벌써 땅바닥에 무너져 내리고 만다. 이따금씩 잿빛 차량들이 일렬로 줄을 지어 좀체 보이지 않는 길을 따라 기어가다가 오싹하도록 무섭게 삐걱거리며 갑자기 멈춰 선다. 그러면 즉시 회백색의 사람들이 납으로 만든 삽을 들고 몰려와서 앞을 내다볼 수 없는 구름을 휘저어 놓는다. 이윽고 그들의 아리송한 작업마저 시야에서 모두 사라져 버린다.

12   미국 뉴욕시 퀸스 자치구에 있는 코로나 쓰레기 처리장. 1920년대 초부터 플러싱강 주변 습지에 위치해 있었고 온갖 쓰레기를 매립해 왔다.

그러나 그 잿빛 땅 위에 끊임없이 발작적으로 피어오르는 먼지 너머로 곧 T. J. 에클버그 박사의 두 눈을 찾아볼 수 있다. T. J. 에클버그 박사의 두 눈은 푸르고 거대하다. 망막의 높이가 무려 일 미터에 달한다. 얼굴은 없고 눈만 있다. 보이지는 않지만 코에 걸린 거대한 노란 안경 너머로 이쪽을 바라보고 있다. 분명히 어떤 익살맞은 안과 의사가 퀸스 자치구에서 영업을 좀 해 보겠다고 광고를 걸어 놓고는 그 스스로 영원히 눈이 멀어 버렸거나, 아니면 이 광고판을 까맣게 잊은 채 이사했음이 틀림없었다. 오랜 세월 동안 페인트를 새로 칠하지 않았으므로 햇볕에 그을고 비를 맞아서 다소 빛바랬지만 여전히 두 눈은 생각에 잠긴 듯 장엄한 쓰레기 매립지를 내려다보고 있었다.

쓰레기 계곡은 한쪽으로 작고 더러운 강과 접해 있어서, 화물선을 통과시키려고 개폐교가 올라갈 때면 기차 역시 멈춰 서 있어야 했으므로 승객들은 삼십 분 동안 그 음울한 풍경을 바라보아야만 했다. 그게 아니더라도 기차는 거기서 최소 일 분 동안은 정거하였고, 내가 톰 뷰캐넌의 정부(情婦)를 처음 만난 것도 바로 그 때문이었다.

톰에게 정부가 있다는 사실은 그의 이름이 알려진 곳이라면 어디에서나 화젯거리였다. 그를 아는 사람들은 그가 정부를 데리고 레스토랑에 들어가서 그녀를 테이블에 앉혀 둔 채 빈둥거리다가 아는 사람이 나타나기만 하면 누구든 붙잡고 지껄여 댄다는 사실에 분개했다. 나는 그녀가 어떻게 생겼는지 보고 싶기는 했지만 만나고 싶은 생각은 결코 없었다. 그렇지만 나는 그녀를 만나고 말았다. 어느 날 오후, 나는 톰과 함께 기차를 타고 뉴욕에 가고 있었다. 기차가 쓰레기 계곡에 멈취 서자 그는 자리에서 일어나더니 내 팔을 붙잡고 강제로 끌어내다시피 했다.

"여기서 내리자고! 자네한테 내 애인을 소개해 줄게." 그가 고집스럽게 말했다.

그가 점심 식사 때 술을 진탕 마셔서 혹시 취하지 않았나 했다. 나를 정부에게 데려가겠다는 그의 결심은 거의 폭력에 가까웠다. 그는 오만불손하게도 내가 일요일 오후에 딱히 할 일이 없으리라고 생각한 모양이었다.

나는 석회 도료를 하얗게 바른 나지막한 철로 변 담장을 넘어 그를 따라갔고, 우리는 에클버그 박사의 시선을 끊임없이 받으며 길을 따라 100미터쯤 뒤쪽으로 걸어갔다. 눈에 보이는 것이라고는 오직 황무지 끝에 서 있는 작고 노란 벽돌 건물뿐이었다. 그곳이 일종의 중심가인 셈이었지만 그 옆에는 아무것도 없었다. 그 건물에는 상점 세 곳이 있었는데 그중 하나는 이제 세를 놓을 것이었고, 쓰레기 계곡 자락과 맞닿은 다른 하나는 24시간 영업을 하는 음식점이었으며, 세 번째 자리는 자동차 정비소였다. 거기에는 '자동차 정비소, 조지 B. 윌슨. 자동차 사고팝니다.'라는 팻말이 붙어 있었다. 나는 톰을 따라 그 정비소 안으로 들어갔다.

장사가 잘 안 되는지 건물 내부는 텅 비어 있었다. 자동차라고는 어둠침침한 구석에서 먼지를 뒤집어쓴 채 부서져 있는 포드 한 대뿐이었다. 문득 이 음산한 자동차 정비소는 한낱 속임수에 지나지 않으며 2층에 호화롭고 낭만적인 방들이 숨어 있을지도 모른다는 생각이 떠올랐다. 그런데 그때 정비소 주인이 헝겊 조각에 손을 닦으며 사무실 문 앞에서 모습을 드러냈다. 금발에 빈혈이라도 있는 듯 핏기 없는 얼굴이었지만 그런대로 잘생긴 편이었다. 우리를 보자 그의 옅은 푸른색 눈동자에 어렴풋이 희망의 빛이 감돌았다.

"잘 있었나, 윌슨. 장사는 잘되나?" 톰이 반갑다는 듯 그의 어깨를 툭 치며 말했다.

"그저 그렇죠, 뭐." 윌슨이 시큰둥하게 대답했다. "그 차는 언제 파실 겁니까?"

"다음 주에⋯⋯. 지금 우리 정비사가 손을 보고 있거든."

"꽤 굼뜨군요, 그 친구. 안 그래요?"

"아니, 그렇지 않아. 자네가 그리 생각한다면 다른 곳에 팔아 버리겠어." 톰이 냉담하게 대답했다.

"그런 뜻이 아니고요. 제 말은 다만⋯⋯." 윌슨이 재빨리 변명했다.

윌슨이 말끝을 흐리자 톰은 조바심이 나는 듯 자동차 정비소 주위를 훑어보았다. 그때 계단을 내려오는 발소리가 들리더니, 어느새 살집이 있는 여자 하나가 사무실 문으로 들어오는 빛을 가로막고 섰다. 삼십 대 중반에 접어든 그녀는 약간 뚱뚱한 편이었는데, 몇몇 여자들이 그러하듯 육중한 몸을 육감적으로 움직였다. 물방울무늬가 있는 검푸른 비단 드레스 위로 솟아 있는 그녀의 얼굴은 예쁜 구석이라고는 찾아볼 수 없었지만 온몸의 신경이 연기를 내뿜듯 끊임없이 생동감을 발산하고 있음을 금방 느낄 수 있었다. 그녀는 천천히 미소를 지으며 마치 남편이 무슨 유령이라도 되는 듯 휙 지나치더니 톰과 악수를 하며 정면으로 그의 눈을 응시했다. 그러고 나서 입술에 침을 바르더니 남편을 쳐다보지도 않은 채 나지막하고 거친 목소리로 그에게 이렇게 말했다.

"의자 좀 가져오지 않고 뭐 해요. 좀 앉으시게 해야죠."

"아, 그렇지." 월슨은 서둘러 대꾸하고는 회색 담벼락에 곧바로 연결되어 있는 작은 사무실로 들어갔다. 쓰레기 계곡에 있는 것이라면 무엇이든 희뿌연 재를 뒤집어쓰고 있듯 그의 검은 양복과 윤기 없는 머리카락에도 먼지가 뽀얗게 덮여 있었다. 하지만 그의 아내에게는 재가 전혀 묻어 있지 않았다. 그녀가 톰에게 가까이 다가왔다.

"만나고 싶어. 다음 기차를 타." 톰이 열띤 어조로 말했다.

"알았어요."

"지하 신문 판매대에서 기다릴게."

그녀는 고개를 끄덕였고, 조지 월슨이 사무실에서 의자 두 개를 들고 나타나자 톰한테서 떨어졌다.

우리는 길 아래쪽으로 내려간 뒤, 눈에 잘 띄지 않는 곳에서 그녀를 기다렸다. 독립 기념일을 며칠 앞둔 때여서 창백하고 깡마른 이탈리아계 아이 하나가 철도를 따라 폭죽을 한 줄로 쭉 늘어놓고 있었다.

"끔찍한 곳이잖나?" 톰은 에클버그 박사와 찡그린 얼굴을 주고받으며 말했다.

"정말로 끔찍하군."

"이곳을 떠나는 게 그녀에게도 좋아."

"남편이 반대하지 않을까?"

"월슨? 그 친구는 아내가 뉴욕에 있는 여동생을 만나러 가는 줄 알아. 우둔하기 짝이 없어서 자기가 살아 있는지 죽어 있는지조차 모르는 위인이야."

그리하여 톰 뷰캐넌과 그의 정부와 나는 함께 뉴욕으로 갔다. 정확히 말하자면 '함께'라고 할 수도 없는 것이, 월슨 부인은 눈치껏 다른 칸에 탔기 때문이다. 톰은 혹시나 기차를 타고 있을지도 모를 이스트에그 주민들의 감정을 그 정도는 배려할 줄 알았다.

그녀는 갈색 무늬가 있는 모슬린 드레스로 갈아입은 모습이었는데, 뉴욕에 도착한 뒤 톰이 기차에서 내리는 그녀를 부축할 때 그 옷은 그녀의 널찍한 엉덩이에 착 달라붙어 있었다. 신문 판매대에서 그녀는 《타운 태틀》[13]과 영화 잡지 한 권을 샀고, 역의 구내매점에서 콜드크림과 조그마한 향수 한 병을 샀다. 지상으로 올라와서는 육중한 소음이 메아리치는 차도에서 택시를 네 대나 그냥 보내고 나서야 비로소 회색 시트로 장식한 라벤더색 새 택시를 골라잡았다. 이 택시를 타고 우리는 사람들로 붐비는 역을 빠져나와서 햇빛이 반짝이는 거리로 미끄러져 갔다. 그런데 곧장 그녀는 재빨리 창에서 눈길을 돌리더니 상반신을 앞으로 굽히면서 앞쪽 유리를 두드렸다.

"저 개 한 마리 갖고 싶어요. 아파트에서 기르고 싶다고요. 얼마나 좋을까…… 저 개를 기른다면." 그녀가 진지하게 말했다.

우리는 어이없게도 존 D. 록펠러[14]를 닮은 백발노인 쪽으로 차를 후진했다. 노인이 목에 걸고 있는 바구니 안에는 갓 태어난 듯한 강아지 열두어 마리가 웅크리고 있었다.

"무슨 종(種)이에요?" 노인이 택시 창문 쪽으로 가까이 다가오자 윌슨 부인이 야무지게 물었다.

"온갖 종류가 다 있습죠. 부인께선 어떤 종류를 원하시나

---

13   가상의 잡지. 피츠제럴드는 1920년대에 발행된 황색 잡지 《타운 토픽》을 염두에 두었던 듯하다.
14   스탠더드 석유 회사를 설립한 미국의 백만장자.

요?"

"경찰견 한 마리를 사고 싶은데요. 그런 개는 없겠죠?"

노인은 미심쩍은 눈초리로 바구니를 들여다보다가 손을 넣어서 발버둥질하는 강아지 한 마리의 목덜미를 잡아 들어 올렸다.

"그건 경찰견이 아니잖소." 톰이 말했다.

"네, 딱히 경찰견이라곤 할 수 없습죠." 노인이 실망한 듯한 목소리로 말했다. "에어데일에 가깝습죠." 노인은 갈색 수건 같은 개의 등허리를 쓰다듬었다. "이 털 좀 보세요. 대단히 건강한 털입죠. 감기에 걸리거나 잔병치레로 귀찮게 할 녀석이 아닙니다요."

"아이, 예뻐라." 윌슨 부인이 들뜬 목소리로 말했다. "얼마예요?"

"저놈 말입니까?" 노인은 그 강아지를 감탄스러운 눈길로 바라보았다. "10달러는 주셔야죠."

그 에어데일은 ─ 비록 다리가 놀랄 만큼 희기는 했지만 에어데일이라는 데는 의심의 여지가 없었다. ─ 새 주인이 된 윌슨 부인의 무릎 사이로 파고들었고, 그녀는 추위를 타지 않는다는 강아지의 털을 황홀한 듯 쓰다듬었다.

"수컷이에요, 암컷이에요?" 그녀가 우아하게 물었다.

"그놈요? 수컷입죠."

"암캐야." 톰이 단호하게 말했다. "자, 여기 돈이 있소. 그 돈이면 아마 열 마리는 더 살 거요."

우리는 5번가를 향해 달렸다. 한여름 일요일 오후의 공기는 가히 목가적이라 할 만큼 따뜻하고 부드러워서 새하얀 양떼가 길모퉁이를 돌아 거리에 나타나더라도 전혀 놀랍지 않을 정도였다.

"차를 세우지. 난 여기서 내리겠어." 내가 말했다.

"아니, 안 돼." 톰이 재빨리 가로막았다. "자네가 아파트까지 함께 가 주지 않으면 머틀이 섭섭해할 거야. 안 그래, 머틀?"

"함께 가요. 전화를 걸어서 제 동생 캐서린을 부를게요. 주위 사람들한테서 굉장한 미인이라는 소리를 듣는 애라고요." 그녀가 조르다시피 했다.

"글쎄, 가고 싶긴 하지만……."

우리는 센트럴파크를 지나서 웨스트 100번대 거리 쪽으로 계속 달렸다. 158번가에 이르자 택시는 흰 케이크를 잘라 놓은 듯 길게 늘어서 있는 아파트 한쪽에 멈춰 섰다. 왕궁에 돌아온 여왕처럼 당당한 시선으로 이웃을 훑어보면서 윌슨 부인은 강아지와 새로 구입한 여러 물건들을 들고 당당하게 건물 안으로 들어갔다.

"매키 부부를 부를 거예요. 물론 내 동생한테도 전화를 걸고요." 우리가 엘리베이터를 타고 올라가는 동안 그녀가 말했다.

그들의 아파트는 맨 위층에 있었다. 작은 거실과 아담한 부엌, 그리고 목욕탕이 딸린 조그마한 침실 하나가 있는 집이었다. 거실은 태피스트리를 씌운 가구 한 세트가 문간까지 꽉 들어차 있었는데, 거실 규모에 비해 가구가 너무나 커서 무심코 돌아다니다 보면 베르사유 정원에서 그네를 타는 귀부인들 사이로 자꾸 엎어질 것 같았다. 벽에는 흐릿한 바위 위에 앉아 있는 암탉을 지나치게 확대한 사진 한 장이 달랑 걸려 있었다. 그런데 멀리 떨어져서 바라보면 암탉은 부인용 모자처럼 보였고, 살찐 노부인의 얼굴이 방 안을 내려다보며 빙그레 웃고 있는 것 같았다. 탁자 위에는 『베드로라고 하는 시몬』[15] 이라는 책 한 권과 함께 낡은 《타운 태틀》 몇 권이 놓여 있었고, 브로드웨이의 스캔들을 다룬 별 볼 일 없는 잡지 몇 권이 널려 있었다. 윌슨 부인은 강아지에 온통 정신이 팔려 있었다. 엘리베이터 보이는 짚을 가득 채운 상자와 우유를 사러 갔다가 시키지도 않은 크고 딱딱한 개 비스킷을 한 통 사 왔다. 그 중 한 개는 우유 접시 속에 버려진 채 오후 내내 썩어 갔다. 한편 톰은 잠가 두었던 옷장을 열고 위스키 한 병을 꺼내 왔다.

나는 평생 술에 취한 적이 딱 두 번 있는데, 바로 그날 오후에 그 두 번째 경험을 했다. 8시가 지나도록 방 안에는 밝은 햇살이 가득 차 있었음에도 거기서 일어난 일들은 하나같이 희미하고 몽롱한 기억으로밖에 남아 있지 않다. 윌슨 부인은 톰의 무릎에 앉아서 몇 사람에게 전화를 걸었다. 나는 담배가 떨어져서 길모퉁이에 있는 약국으로 담배를 사러 나갔다. 돌아와 보니 그들은 보이지 않았고, 나는 조용히 거실에 앉아 『베드로라고 하는 시몬』을 읽었다. 내용이 형편없어서였는지 아니면 위스키 때문에 정신이 혼미해져서 그랬는지 모르겠지만 무슨 얘기인지 통 알 수가 없었다.

톰과 머틀이 — 한잔한 뒤부터 윌슨 부인과 나는 서로 말을 텄다. — 다시 나타나자 손님들이 하나둘씩 도착하기 시작했다.

머틀의 여동생 캐서린은 서른 살쯤 되고 몸매가 날씬한

---

15 로버트 키블이 쓴 대중 소설로, 1921년에 영국에서 출간되었다. 피츠제럴드는 이 소설을 '아주 부도덕한' 작품이라고 평했다.

닮고 닮은 여자였는데, 뻣뻣한 붉은 단발머리에 얼굴에는 우유같이 흰 분을 바르고 있었다. 좀 더 예쁘게 보이도록 눈썹을 뽑고 그 위에 새로 그렸지만 제모한 자리에서 눈썹이 다시 돋아나는 바람에 얼굴은 되레 지저분해 보였다. 그녀가 몸을 움직일 때면 두 팔에 달린 헤아릴 수 없이 많은 도자기 팔찌들이 위아래로 흔들리며 끊임없이 짤랑거렸다. 주인처럼 당당히 서둘러 들어와서는 탐욕스러운 눈길로 가구를 둘러보는 그녀의 모습을 보고 있자니 혹시 집주인인가 하는 착각이 들 정도였다. 그래서 내가 여기 사느냐고 묻자 그녀는 호탕하게 웃으면서 내 질문을 큰 소리로 되풀이하더니 자기는 여자 친구와 함께 호텔에서 지낸다고 대답했다.

아래층에서 온 매키 씨는 얼굴이 창백하고 여자 같은 남자였다. 광대뼈에 흰 비누 거품 자국이 남아 있는 것으로 보아 방금 면도를 한 모양이었다. 방에 있는 사람들에게 인사하는 태도가 무척 공손했다. 그는 스스로 '예술 작업'에 종사하는 사람이라고 소개했는데, 나는 나중에야 그가 사진작가라는 사실을 알게 됐고, 벽에 걸린 머틀 어머니의 유령 같은 확대 사진을 만든 장본인이리라고 짐작했다. 그의 아내는 찢어지는 듯 날카로운 목소리에 어울리지 않게 무기력해 보였고, 예쁘기는 했지만 끔찍한 여자였다. 그녀는 자기 남편이 결혼한 뒤로 100번하고도 스물일곱 번이나 사진을 찍어 주었다고 자랑하며 떠벌렸다.

윌슨 부인은 조금 전에 옷을 갈아입었는데, 이젠 또 크림색 시폰으로 만든 정교한 드레스를 차려입고 있었다. 그 옷자락으로 방 안을 쓸고 다니는 동안 쉴 새 없이 부스럭거리는 소리가 났다. 옷이 날개라더니, 그 드레스 덕분에 인품마저 달라보였다. 자동차 정비소에서 눈에 띄었던 강렬한 생명력은 어느덧 상당한 거만함으로 변해 있었다. 그녀의 웃음이며, 몸짓이며, 말투는 시간이 지날수록 더욱 가식적으로 바뀌어 갔고, 그녀가 그렇게 부풀어 오를수록 방은 점점 더 비좁아지는 것만 같았다. 급기야 그녀는 담배 연기 자욱한 공기 속에서 시끄럽게 삐걱거리는 회전축을 따라 빙글빙글 돌고 있는 듯 보였다.

"얘, 캐서린." 그녀가 뽐내는 듯한 높고 큰 목소리로 동생에게 말했다. "그런 놈들은 대개 너를 속여 먹으려 들 거야. 그저 돈만 생각하는 놈들이라고. 지난주에 내 발을 좀 봐 달라고 어떤 여자를 여기로 불렀는데, 청구서를 보니까 맹장 수술이라도 받았나 싶었다니까."

"그 여자 이름이 뭔데요?" 매키 부인이 물었다.

"에버하트 부인이에요. 집집이 돌아다니면서 발을 봐 주는 여자죠."

"입으신 옷 예뻐요. 정말로 멋져요." 매키 부인이 말했다.

윌슨 부인은 경멸하듯 눈썹을 추켜올리며 그 칭찬을 묵살해 버렸다.

"형편없는 헌 옷 나부랭이예요. 아무렇게나 보여도 괜찮을 때 가끔 걸치죠." 그녀가 말했다.

"하지만 당신이 입으니까 아주 멋져요. 제 말이 무슨 뜻인지 아시잖아요." 매키 부인이 계속 말했다. "만약 제 남편 체스터가 당신의 그런 자태를 잡아낸다면, 아주 그럴듯한 작품을 만들어 낼 수 있을 거예요."

우리는 모두 말없이 윌슨 부인을 쳐다보았고, 그녀는 두 눈을 덮은 머리카락을 쓸어 올리며 밝은 미소를 지은 채 우리를 쳐다보았다. 매키 씨는 한쪽으로 고개를 돌리고 그녀를 주시하다가, 눈앞에 손을 대고 앞뒤로 천천히 움직여 댔다.

"조명을 바꿔야겠어요." 잠시 뒤 그가 이렇게 말했다. "이 목구비의 입체감을 드러내고 싶군요. 또 뒤쪽 머리카락 전부를 살리면서 말이죠."

"조명은 바꾸지 않는 편이 좋을 것 같아요. 제 생각에는……." 매키 부인이 소리쳤다.

그녀의 남편이 "쉿!" 하고 말을 끊자 우리 모두는 다시 한 번 모델을 쳐다보았다. 마침 톰이 늘어지게 하품을 하며 자리에서 벌떡 일어났다.

"매키 부부가 마실 만한 게 있을 텐데. 머틀, 얼음하고 탄산수를 더 가져오지. 다들 잠자러 간다고 하기 전에 말이야."

"엘리베이터 보이한테 얼음을 가져오라고 시켰어요." 머틀은 하류층 사람들의 게으름에 실망했다는 듯 눈썹을 추켜세웠다. "하여간 그런 부류의 사람들이란! 쉴 새 없이 다그쳐야 한다니까."

그녀는 나를 보고 멋쩍은 미소를 지었다. 그러고는 강아지에게 달려가서 열렬히 입을 맞추더니 열두 명의 요리사들이 자기 명령을 기다리고 있기라도 한 듯 휙 하고 부엌으로 들어갔다.

"롱아일랜드에서 멋진 사진들을 찍어 왔습니다." 매키 씨가 단호하게 말했다.

톰이 멍하니 그를 쳐다보았다.

"그중 둘은 액자에 끼워서 아래층에 걸어 놓았지요."

"뭐가 둘이라는 거요?" 톰이 물었다.

"작품 말입니다. 그중 하나는 「몬턱포인트[16]─갈매기」, 다른 하나는 「몬턱포인트-바다」라고 이름을 붙였지요."

머틀의 동생 캐서린이 긴 의자로 다가와서 내 옆에 앉았다.

"당신도 롱아일랜드에 살아요?" 그녀가 물었다.

"웨스트에그에 삽니다."

"정말이에요? 한 달쯤 전에 그곳에서 열린 파티에 갔는데. 개츠비라는 사람의 집 말이에요. 혹시 그분 알아요?"

"바로 옆집에 살지요."

"한데 그분은 빌헬름 황제의 조카인가 사촌인가 된다더군요. 그분의 돈이 다 거기서 나온다죠."

"정말입니까?"

그녀는 그렇다고 고개를 끄덕이며 대답했다. "전 그 사람이 무서워요. 그 사람과는 무슨 일로도 엮이고 싶지 않아요."

그때 매키 부인이 느닷없이 캐서린을 딱 가리키며 얘기하는 바람에, 내 이웃에 관한 솔깃한 정보는 거기서 중단되고 말았다.

"여보, 내 생각엔 당신이 이분과 괜찮은 작품을 만들 수 있을 것 같아요." 그녀가 불쑥 말을 꺼냈지만 매키 씨는 귀찮다는 듯 고개를 끄덕이고는 톰을 향해 말했다.

"전 롱아일랜드에서 좀 더 일하고 싶어요. 그럴 수만 있다면요. 시작할 기회를 얻을 수 있길 바랄 뿐이지요."

"머틀한테 한번 부탁해 봐요." 톰은 이렇게 대꾸하고는 쟁반을 들고 돌아온 머틀을 보며 큰 소리로 웃음을 터뜨렸다. "이 사람이 당신한테 소개장을 써 줄 거요. 머틀, 안 그래?"

"뭘 써 준다고요?" 그녀가 놀라서 물었다.

---

16 미국 뉴욕주 롱아일랜드 동쪽 끝에 자리한 지역.

"당신 남편을 모델로 작품을 만들 수 있도록 당신이 남편에게 매키의 소개장을 써 주라는 말이야." 그가 제목을 궁리하는 동안 그의 입술이 잠시 말없이 움직였다. 「주유소 펌프 앞에 서 있는 조지 B. 윌슨」이나 뭐 그 비슷한 제목으로 말이야."

캐서린은 내 가까이에 몸을 기울이더니 귓속말로 속삭였다.

"저 두 사람 다 자기 배우자를 못마땅해요."

"그래요?"

"참을 수가 없대요." 그녀는 머틀과 톰을 번갈아 바라보았다. "내 말은요, 서로 참을 수 없는데 왜 계속 살을 맞대고 사느냐는 거예요. 나 같으면 당장 이혼하고 둘이 결혼할 텐데."

"머틀도 윌슨을 안 좋아하나요?"

이 물음에 대한 답은 예상하지 못한 곳에서 들려왔다. 우리 말을 엿듣고 있던 머틀이 직접 그렇다고 대답한 것이다. 그런데 그 대답은 공격적이면서도 음탕했다.

"봤죠?" 캐서린이 의기양양하게 말했다. 그녀는 다시 한 번 목소리를 낮추었다. "두 사람을 떼어 놓고 있는 건 사실상 톰의 부인이에요. 그 여자는 가톨릭 신자라는데, 가톨릭에서는 이혼을 허락하지 않잖아요."

사실 데이지는 가톨릭 신자가 아니었으므로 나는 이 그럴싸한 거짓말에 약간 충격을 받았다.

"만약 저 두 사람이 결혼을 하면요, 여기가 잠잠해질 때까지 잠시 서부에 가서 살 거래요." 캐서린이 말을 이었다.

"유럽으로 가는 편이 더 나을 텐데요."

"아, 유럽을 좋아해요?" 그녀가 놀라서 소리쳤다. "난 몬테카를로[17]에서 얼마 전에 돌아왔거든요."

"그랬군요."

"바로 작년이에요. 여자 친구와 함께 갔지요."

"오래 있었나요?"

"아뇨. 그냥 몬테카를로에만 갔다가 곧장 돌아왔어요. 마르세유를 경유해서 갔지요. 출발할 때 1200달러 넘게 가지고 갔는데 특실 도박장에서 이틀 만에 몽땅 날려 버렸죠. 돌아오는 길에 얼마나 고생을 했는지 몰라요. 맙소사, 그놈의 도시라면 이제 지긋지긋해요!"

늦은 오후의 하늘이 한순간 지중해의 푸른 바다처럼 창문 위로 화려하게 비쳤다. 바로 그때 매키 부인의 날카로운 목소리가 들려와서 정신이 번쩍 들었고, 방 안으로 시선을 돌렸다.

"나도 하마터면 실수를 할 뻔했어요." 그녀가 박력 있게 말했다. "몇 년 동안이나 나를 따라다니던 키 작은 유대인과 결혼할 뻔했거든요. 나보다 못한 사람이라는 걸 알았는데도요. 모두가 나한테 이렇게 말하더군요. '루실, 넌 그 남자에겐 너무 아까워!' 하지만 내가 체스터를 만나지 못했더라면 분명히 그 남자가 나를 차지했을 거예요."

"맞아. 하지만 내 말 좀 들어 봐." 머틀이 고개를 아래위로 끄덕이면서 말했다. "적어도 당신은 그와 결혼하지 않았잖아."

"그래요. 안 했지요."

"한데 난 결혼했어. 그게 당신과 나의 차이점이지." 머틀이 모호하게 말했다.

---

17 리비에라 해안에 위치한 모나코의 도시로, 카지노가 특히 유명하다.

"언니, 언닌 왜 그 사람과 결혼한 거야? 아무도 강요하지 않았는데 말이야." 캐서린이 물었다.

머틀이 잠시 생각에 잠겼다.

"그 사람을 신사로 착각했기 때문이지." 마침내 머틀이 입을 열었다. "난 그 사람이 교양 있는 사람이라고 생각했거든. 하지만 알고 보니 내 신발을 핥을 자격도 없는 인간이더라고."

"그래도 언니는 한동안 그에게 미쳐 있었잖아." 캐서린이 대꾸했다.

"미쳐 있었다고?" 머틀은 도저히 믿기지 않는다는 듯 소리를 질렀다. "내가 그 작자에게 미쳐 있었다고 누가 그래? 저기 있는 저 양반에게 미치지 않은 것처럼, 그 인간에게도 미친 적이 없단 말이야."

그녀가 돌연 나를 가리키자 다들 비난하는 듯한 눈초리로 나를 쳐다보았다. 나는 그녀의 과거 애정 행각과 아무 관계가 없음을 밝히고자 애써 결백한 표정을 지어 보였다.

"내가 미쳐 있었던 건 막 결혼했을 때뿐이야. 하지만 곧 아차, 실수했구나 하고 깨달았지. 그 작자는 결혼식 때 예복을 빌려 입고도 나한테 입도 뻥긋하지 않았어. 그런데 어느 날 그 인간이 집에 없을 때 예복 주인이 옷을 찾으러 온 거야. '아, 그게 댁의 양복이었나요? 전 처음 듣는 얘기거든요.' 내가 물었지. 난 양복을 그에게 건네주고는 드러누운 채 오후 내내 엉엉 울었어."

"정말이지 형부를 차 버렸어야 하는데." 캐서린이 또다시 나에게 말을 걸었다. "두 사람은 자동차 정비소에서 십일 년 동안이나 같이 살았어요. 그리고 톰은 언니의 첫 애인이죠."

방에 있는 사람들은 연신 위스키 병을 찾아 댔다. 벌써 두 번째 병을 마시고 있었다. "술 한 잔을 마시지 않고도 취한 듯 기분을 낼 수" 있다는 캐서린 한 사람만은 예외였다. 톰은 벨을 눌러 수위를 부르더니, 충분히 저녁 식사가 될 만한 어느 유명한 샌드위치를 사 오라고 시켰다. 나는 밖으로 나가서 부드러운 황혼에 휩싸인 동쪽 공원을 산책하고 싶었지만, 방을 나가려고 할 때마다 귀에 거슬리는 자극적인 이야기가 밧줄처럼 내 발목을 잡아당기는 바람에 의자에 주저앉곤 했다. 아마 도시의 하늘 위로 줄지어 있는 노란 창문들은, 조금씩 어둠이 깔리는 길거리에서 우연히 고개를 쳐들고 허공을 올려다보는 사람들에게 틀림없이 인간의 비밀을 속삭여 주고 있으리라. 나 또한 위쪽을 올려다보며 그곳을 궁금하게 여기는 사람 중 하나였다. 만화경(萬華鏡)처럼 변화무쌍한 삶에 매혹당하기도 하고 혐오감을 느끼기도 하면서 나는 집 안에 있는 동시에 집 밖에 있는 기분이었다.

머틀은 의자를 잡아당겨 나에게 가까이 다가오더니 갑작스레 더운 입김을 내뿜으며 그녀가 톰을 처음 만났을 때의 이야기를 털어놓았다.

"기차를 타면 언제나 마지막까지 남는 자리가 있었어요. 서로 마주 보는 자리인데, 거기서 일이 벌어졌지요. 나는 동생과 함께 밤을 보낼 작정으로 뉴욕에 가는 길이었어요. 저이는 신사복을 입고 번쩍이는 에나멜가죽 구두를 신고 있었는데, 차마 눈을 뗄 수가 없더군요. 하지만 저이가 나를 쳐다볼 때마다 나는 저이 머리 위쪽에 있는 광고를 보는 척했지요. 역에 도착했을 때 저이가 바로 내 곁에 있었고, 흰 와이셔츠 앞가슴으로 내 팔을 누르고 있었어요……. 그래서 나는 그에게 경찰관을 부르겠다고 협박했지만 저이는 거짓말이라는 걸 잘 알았죠. 나는 너무 흥분한 나머지 저이와 함께 택시를 잡아타고 가면서도 지하철을 탄 게 아니라는 사실을 깨닫지 못할 정도였어요. 그때 난 머릿속으로 줄곧 '그래, 넌 영원히 사는 게 아니잖아. 넌 영원히 살 수 없다고.'라고 생각했어요."

머틀은 매키 부인 쪽으로 몸을 돌렸고, 방 안 가득 그녀의 어색한 웃음이 흘러넘쳤다.

"이봐요." 머틀이 소리쳤다. "오늘 이 옷을 벗자마자 당신에게 줄게. 나는 내일 한 벌 더 사면 되니까. 쇼핑할 물건들 목록을 만들어 둬야겠어. 마사지 기구, 파마 기구, 개 목줄, 용수철로 여닫는 예쁜 재떨이 그리고 여름 내내 시들지 않고 어머니 무덤을 장식해 줄 까만 비단 매듭 화환. 쇼핑할 물건들을 잊어버리지 않게 적어 둬야겠어."

9시가 되었다. 그다음에 다시 시계를 쳐다보았을 때에는 벌써 10시였다. 매키 씨가 꽉 쥔 두 주먹을 무릎 위에 올려놓고 의자에서 잠들어 있는 모습은 마치 정력적인 활동가를 찍어 놓은 사진 같았다. 나는 손수건을 꺼내서 오후 내내 신경에 거슬리던 그의 뺨에 말라붙은 비누 거품 자국을 닦아 주었다.

강아지는 탁자 위에 앉아 담배 연기 자욱한 방 안을 둘러보면서 이따금 작은 소리로 끙끙거렸다. 사람들은 사라졌다가 다시 나타났고, 어디론가 떠날 계획을 세웠고, 그러다가 대화를 나누던 상대를 서로 잃어버리고 또 찾아다니다가 지척에서 다시 마주쳤다. 자정이 가까워질 무렵, 톰 뷰캐넌과 윌슨 부인은 얼굴을 맞댄 채 머틀에게 데이지의 이름을 언급할 권리가 있느냐를 두고 열띠게 말다툼을 벌이고 있었다.

"데이지! 데이지! 데이지!" 윌슨 부인이 외쳤다. "내가 부르고 싶으면 언제든지 부를 거예요! 데이지! 데이……."

그 순간 톰 뷰캐넌이 능숙하게 손바닥으로 그녀의 코를 잽싸게 후려갈겼다.

잠시 후 목욕탕 바닥에는 피 묻은 수건들이 널려 있었고, 여자들의 꾸짖는 소리가 들렸으며, 이런 소란보다 훨씬 더 높은 소리로 아프다고 울부짖는 절규가 들려왔다. 매키 씨는 잠에서 깨어나 어안이 벙벙한 상태로 문 쪽으로 나아가더니 도중에 돌아서서 방 안의 광경을 쳐다보았다. 구급약을 들고서 비좁은 가구 사이를 뛰어다니며 화를 내기도 하고 위로를 건네기도 하는 자신의 아내와 캐서린, 상심한 표정으로 긴 의자 위에 누운 채 꽤 많은 피를 흘리면서도 베르사유의 풍경을 짜넣은 자신의 태피스트리를 망가뜨리지 않으려고 애써 그 위에 《타운 태틀》을 깔고 있는 머틀의 모습이 보였다. 매키 씨는 다시 몸을 돌려 문 쪽으로 나갔다. 샹들리에에 걸어 둔 모자를 집어 들고서 나 역시 그의 뒤를 따랐다.

"언제 점심이나 하러 오시죠." 신음 소리를 내는 엘리베이터를 타고 내려가는 동안 그가 제안했다.

"어디서요?"

"어디서든지요."

"레버에서 손을 떼 주세요." 엘리베이터 보이가 말을 잘랐다.

"미안하네. 만지고 있는 줄 몰랐어." 매키 씨가 위엄 있게 말했다.

"좋습니다. 기꺼이 가지요." 나는 그의 점심 초대에 응했다.

……그다음에 나는 그의 침대 옆에 서 있었고, 그는 속옷 차림으로 두 손에 커다란 포트폴리오를 든 채 침대 시트 사이

에 들어가 앉아 있었다.

　"「미녀와 야수」……「고독」……「식료품 가게의 늙은
말」……「브루클린 다리」……."

　이윽고 나는 펜실베이니아역의 추운 지하 대합실에 반쯤
잠든 상태로 누워서 조간신문《트리뷴》을 들여다보았고, 새
벽 4시 기차를 기다렸다.

3

옆집에서는 여름 내내 밤마다 음악 소리가 흘러나왔다. 개츠비의 푸른 정원에서는 남녀가 샴페인을 사이에 두고 속삭임을 주고받으며 별빛 아래의 부나비처럼 오갔다. 오후 만조 때 나는 그의 손님들이 부잔교(浮棧橋) 탑에서 다이빙을 하거나 해변의 뜨거운 모래 위에서 일광욕하는 모습을 지켜보았다. 그리고 그의 모터보트 두 대가 수상 스키용 널빤지를 끌고 폭포처럼 거품을 일으키며 롱아일랜드 해협의 물길을 갈라놓기도 했다. 주말이면 그의 롤스로이스가 버스처럼 아침 9시부터 자정이 넘도록 시내와 파티가 열리는 저택을 오가는 사람들을 실어 날랐고, 그의 스테이션왜건은 기차를 이용하는 손님들을 맞으려고 노란 딱정벌레처럼 부지런히 돌아다녔다. 또 월요일에는 특별히 채용한 정원사를 포함하여 하인 여덟 명이 하루 종일 걸레, 바닥 닦는 솔, 망치, 정원용 가위 등을 들고 다니며 지난밤에 망가진 곳을 열심히 손보았다.

매주 금요일에는 뉴욕의 과일 가게에서 다섯 상자 분량의 오렌지와 레몬이 배달되었다. 그리고 월요일이 되면 그 오렌지와 레몬은 반쪽으로 쪼개진 채 피라미드처럼 쌓여서 뒷문으로 빠져나갔다. 식당에는 주스 기계가 있어서 집사가 엄지손가락으로 작은 단추를 200번만 누르면 불과 삼십 분 사이에 무려 200잔의 오렌지 주스를 만들어 낼 수 있었다.

적어도 이 주에 한 번씩 파티를 준비해 주는 사람들이 수백 미터의 야회용 천막과 갖가지 색깔의 전구를 가져와서 개츠비의 거대한 정원을 크리스마스트리처럼 장식했다. 뷔페 테이블에는 화려한 전채 요리와 양념을 해서 구운 햄, 알록달록한 샐러드, 밀가루를 발라 튀긴 돼지고기, 거무스름한 금빛을 띤 칠면조 요리 등이 즐비하게 차려져 있었다. 중앙 홀에는 진짜 청동 레일로 장식한 바를 설치해 놓았는데, 그 위에는 진과 각종 독주, 코디얼이 가득했다. 코디얼은 워낙 오랫동안 잊혔던 술이라 나이 어린 여자 손님들은 제대로 구별할 수조차 없었다.

7시쯤 오케스트라가 도착했다. 보잘것없고 시시한 5인조 악단이 아니라 오보에, 트롬본, 색소폰, 비올라, 코넷, 피콜로, 저음과 고음의 드럼까지 갖춘 완벽한 오케스트라였다. 해변에서 마지막까지 수영을 즐기던 사람들이 돌아왔고 위층에서 옷을 갈아입었다. 뉴욕에서 온 자동차들이 진입로 깊숙이까지 다섯 겹으로 주차되어 있었고, 벌써부터 홀과 살롱과 베란다에는 화려한 원색 옷을 차려입고 최신 유행의 기묘한 단발머리에, 카스티야산(産) 숄보다 더 값비싼 숄을 두른 여자들로 붐볐다. 바는 최고조로 흥청거렸고, 칵테일 쟁반이 빙빙 돌아 바깥 정원에까지 이르니 마침내 잡담과 웃음소리와 즉흥적인 풍자로 분위기가 무르익었다. 사람을 소개받고도 그 자리에서 금방 잊어버리는가 하면, 서로 이름조차 모르는 여자들끼리 신바람 나서 대화를 나누기도 했다.

지구가 태양에서 점점 멀어질수록 불빛들은 더욱 밝아졌고, 이제 오케스트라가 경쾌한 칵테일 음악을 연주하기 시작하면 오페라 같은 고음의 목소리는 한층 더 높아졌다. 분위기가 무르익을수록 유쾌한 말 한마디에도 더 쉽게 웃음이 터져 나왔다. 운집해 있는 손님들은 더욱 빨리 바뀌었고, 새로운 손님들이 속속 도착하면서 단숨에 흩어졌다가 다시 모이곤 했다. 벌써 이리저리 배회하는 사람들, 이를테면 좀 더 진득하게 자리 잡고 있는 사람들 사이를 비집고 돌아다니는 자신만만한 여자들도 있었다. 그들은 짜릿하게 즐거운 순간에 주인공이 되거나, 승리감에 취해 끊임없이 바뀌는 불빛 아래의 변화무쌍한 얼굴과 목소리와 색깔 사이를 미끄러지듯 누비고 다녔다.

오색찬란한 오팔로 치장한 집시처럼 보이는 한 여자가 갑자기 용기를 과시하듯 칵테일 잔을 번쩍 잡아 들고 공중에 쏟아 버리더니 조 프리스코[18]라도 되는 양 손을 놀리며 천막의 연단 위에서 혼자 춤을 추었다. 그러자 한순간 모두 숨을 죽였고, 오케스트라 지휘자는 그녀의 춤에 맞춰 리듬을 바꾸었다. 그녀가 「시사 풍자극」[19]에 나오는 질다 그레이[20]의 대역 배우라는 헛소문이 나돌자 돌연 여기저기서 술렁대기 시작했다. 바야흐로 파티가 시작된 것이다.

개츠비의 집을 처음 방문하던 날 밤, 나는 정식으로 초대

---

18   미국의 코미디언이자 댄서. '블랙 보텀'이라는 춤을 만들어 냈다.

19   1907년부터 해마다 공연된 브로드웨이 뮤지컬 쇼. 플로렌즈 지그펠드가 연출했기 때문에 「지그펠드 시사 풍자극」이라 부르기도 한다.

20   「지그펠드 시사 풍자극」에 출연한 유명 배우로, '시미'라는 춤을 만들어 내고 유행시켰다.

받은 몇 안 되는 손님 중의 하나였다. 대부분은 초대받지 않고 그냥 찾아온 사람들이었다. 그들은 롱아일랜드로 실어다 주는 자동차에 올라탄 다음, 개츠비의 저택 입구 앞에서 내렸다. 거기서 일단 개츠비를 아는 사람이 그를 소개해 주면 그들은 놀이 공원의 규칙에 따라 행동했다. 때때로 그들은 개츠비의 집에 놀러 왔다가 그를 만나지도 않고 돌아갔다. 그런 단순한 마음이 곧 초대장과 다름없었던 셈이다.

나는 정식으로 초대를 받았다. 토요일 아침 일찍 개똥지 빠귀의 알처럼 푸른 제복을 차려입은 운전기사가 자기 주인이 전하는 지극히 형식적인 초대장을 들고 우리 집 잔디밭으로 건너왔다. 내용인즉, 그날 밤 자신의 '보잘것없는 파티'에 왕림해 주신다면 더없는 영광으로 여기겠다는 것이었다. 그는 나를 몇 차례 본 적이 있는데, 오래전부터 나를 찾아뵙고 싶었지만 사정이 여의치 않아서 그러지 못했노라고 했다. 초대장 끝에는 위엄 있는 필치로 '제이 개츠비'라고 서명되어 있었다.

7시가 조금 지났을 무렵, 나는 흰 플란넬 양복을 차려입고 그의 잔디밭으로 건너갔다. 그러고는 이리저리 오가는 낯선 사람들 틈에서 조금 겸연쩍은 기분으로 어슬렁거렸다. 비록 통근 열차에서 간혹 본 듯한 눈에 익은 얼굴도 있기는 했지만 말이다. 나는 무엇보다도 젊은 영국인들이 꽤 많이 눈에 띄는 데 놀랐다. 그들은 모두 옷을 잘 차려입었지만 어딘가 굶주린 듯한 표정이었고, 나지막하고 진지한 목소리로 믿음직하고 부유해 보이는 미국인들과 이야기를 나누고 있었다. 그들은 저마다 채권이든 보험이든 자동차든 뭔가를 팔고 있음이 틀림없었다. 적어도 그들은 눈먼 돈이 가까이 있음을 무척 잘 알았고 어떻게든 입만 잘 놀리면 그 돈이 자신의 손에 들어오리라고 확신하고 있었다.

나는 파티 장소에 도착하자마자 주인을 찾으려고 했다. 한두 사람에게 그가 어디 있느냐고 물어보았지만 그들은 놀란 듯 나를 바라보았고, 그가 어디에 있는지 전혀 모른다고 딱 잘라 말하기에 나는 칵테일 테이블 쪽으로 슬그머니 꽁무니를 빼고 말았다. 그곳이야말로 이 정원 안에서 외톨이인 사람이 할 일 없어 보이거나 혼자임을 들키지 않고 얼쩡거릴 수 있는 유일한 장소였다.

더없이 어색한 기분을 덜기 위해 한잔 마시고 거나하게 취해 볼까 하던 참에 조던 베이커가 집 안에서 나왔다. 그러더니 대리석 계단 꼭대기에 서서 몸을 약간 뒤로 젖힌 채 깔보는 듯하면서도 흥미롭다는 표정으로 정원 아래를 내려다보았다.

싫든 좋든, 나는 지나가는 사람들에게 진지하게 말을 건네려면 그 전에 미리 누군가와 반드시 한패가 되어야 함을 깨달았다.

"안녕하십니까!" 나는 그녀 쪽으로 다가가면서 크게 소리를 질렀다. 내 목소리가 정원을 가로질러 부자연스러울 정도로 크게 들리는 것 같았다.

"당신이 올지도 모른다고 생각했어요. 이웃에 산다는 걸 기억하고 있었거든요……." 내가 다가가자 그녀는 멍한 표정으로 대꾸했다.

그녀는 이제부터 나를 잘 돌봐 주겠다고 약속이라도 하듯 아무 감정 없이 불쑥 내 손을 잡더니 층계 밑에 서 있는, 노란색 드레스를 입은 두 여자의 말에 귀를 기울였다.

"안녕하세요! 당신이 이기지 못해서 유감이에요." 두 여자가 함께 소리쳤다.

골프 시합을 두고 하는 이야기였다. 그녀는 지난주에 열린 결승전에서 패했던 것이다.

"당신은 우리가 누군지 모를 거예요. 한 달 전에 여기서 만났는데." 노란 드레스를 입은 두 여자 중 하나가 말했다.

"그 뒤로 머리를 염색하셨네요." 조던이 대꾸했고, 나는 놀라서 움찔했다. 그러나 그 여자들은 대답도 듣지 않고 별생각 없이 계속 걸어가 버렸다. 결국 조던은 때 이르게 뜬 달을 향해 말을 내뱉은 꼴이 되었다. 달은 출장 외식업자의 바구니에서 막 꺼내 놓은 저녁 식사 같았다. 황금빛으로 그을린 조던의 날씬한 팔이 내 팔을 감았고, 우리는 계단을 내려가서 정원 주위를 산책했다. 황혼 속에서 칵테일 쟁반이 우리에게 전달되자, 우리는 노란 드레스를 입은 두 여자 그리고 저마다 자신을 '멈블' 씨라고 소개한 세 남자와 함께 한 식탁에 앉았다.

"이런 파티에 자주 오나요?" 조던이 옆자리에 앉아 있는 여자에게 물었다.

"지난번 당신을 만났을 때가 마지막이었어요." 그 여자가 민첩하고 자신감 넘치는 목소리로 대답했다. 그녀는 친구 쪽으로 고개를 돌렸다. "루실, 너도 그렇지 않니?"

루실이라는 여자 역시 그렇다고 했다.

"난 이런 파티가 좋아요. 행동거지에 신경 쓰지 않아도 되니 언제나 즐길 수 있거든요. 지난번에 여기 왔을 때 의자에 옷이 걸려서 찢어졌는데 그분이 내 이름과 주소를 묻더니 일주일도 안 되어 크루아리에[21] 의상실에서 새 이브닝드레스

---

21 1920년대 초반 뉴욕시에는 이런 이름의 옷 가게가 없었다. 피츠제럴드는 맨해

한 벌을 소포로 보내왔지 뭐예요." 루실이 말했다.

"그래서 그것을 받았나요?" 조던이 물었다.

"물론이죠. 오늘 밤 그 옷을 입고 오려고 했지만 가슴 부분이 너무 커서 줄여야겠더라고요. 보라색 구슬이 달린 옅은 푸른색 드레스예요. 무려 265달러나 한다고요."

"그렇게 지나친 호의를 보이는 사람에게는 뭔가 수상한 구석이 있는 법이에요. 그 사람은 누구와도 말썽을 일으키고 싶어 하지 않아요." 또 다른 여자가 신나게 말했다.

"누가 그렇다는 겁니까?" 내가 물었다.

"개츠비 씨요. 어떤 사람한테 들은 얘기로는요……."

두 여자와 조던은 허물없는 사이처럼 몸을 기울였다.

"어떤 사람한테 들은 얘기로는요, 그 남자는 사람을 죽인 적이 있대요."

우리는 모두 전율했다. 세 명의 멈블 씨도 몸을 앞쪽으로 기울이고 열심히 듣고 있었다.

"난 그렇게 생각하지 않아. 그 사람이 전쟁 중에 독일 스파이였다는 말이 더 맞는 것 같아." 루실이 의심스럽다는 투로 말했다.

세 남자 중 하나가 확인이라도 해 주듯 고개를 끄덕였다.

"나는 독일에서 함께 자란 데다 그에 관해서라면 모르는 것이 없는 사람한테서 그 얘기를 들었지요." 그는 우리에게 단정적으로 말했다.

"아, 아니에요. 그럴 리가 없어요. 왜냐하면 그 사람은 전쟁 중에 미군에 소속되어 있었거든요." 첫 번째 여자가 말했

틀 5번가에 있던 모자 가게 '폴라 푸아레'에서 이름을 따온 듯하다.

다. 우리가 그 말을 믿는 듯하자 그녀는 부쩍 열의를 보이며 몸을 앞으로 기울였다. "그가 가끔 주위에 아무도 없다고 생각할 때 짓는 표정을 보세요. 살인을 한 사람이 틀림없어요."

그녀는 눈살을 찡그리며 몸서리를 쳤고, 루실 역시 마찬가지였다. 우리는 모두 고개를 돌려서 개츠비가 어디에 있는지 보려고 주위를 살폈다. 이 세상에는 수군거릴 만한 것이 별로 없음을 잘 아는 사람들조차 그에 관해 수군거린다는 점은 개츠비가 그만큼 세상 사람들에게 낭만적인 추측을 불러일으키고 있다는 증거였다.

첫 번째 만찬이 나오기 시작할 무렵 — 자정이 되면 한 차례 더 나온다. — 조던은 정원의 다른 쪽 테이블에 자리 잡은 자기 일행과 함께 식사하자며 나를 초대했다. 거기에는 결혼한 커플 세 쌍과 조던의 경호원을 자처하는 남자가 하나 있었다. 그는 거칠고 풍자하는 버릇이 입에 붙은 끈덕진 대학생으로, 조던이 조만간 자신에게 어떤 식으로든 굴복하리라고 생각하는 모양이었다. 이들은 여기저기 돌아다니지 않고 한결같이 위엄 있는 태도를 유지하면서 전원의 차분하면서도 고상한 품위를 대표하는 역할을 떠맡고 있었다. 이스트에그 사람들은 짐짓 자신을 낮추는 듯한 겸손한 태도로 웨스트에그 사람들을 대하면서도 그들의 만화경 같은 쾌락을 조심스럽게 경계하고 있었다.

"우리, 밖으로 나가요." 어딘지 어색하고 어울리지 않는 분위기 속에서 삼십 분 정도를 보낸 뒤 조던이 속삭였다. "제가 있기엔 너무 점잖은 자리 같아요."

우리는 자리에서 일어났고, 그녀는 동석한 대학생에게 집주인을 찾으러 간다고 말했다. 그녀는 내가 개츠비를 한 번도 만나 본 적이 없으니 찾아보자고 했다. 나는 그 말에 왠지 마음이 불안했다. 대학생은 냉소적이면서 침울한 표정으로 고개를 끄덕였다.

우리가 제일 먼저 둘러본 바는 사람들로 붐볐지만 그곳에 개츠비는 없었다. 계단 꼭대기에도, 베란다에도 없었다. 어쩌다 보니 장엄한 문을 열고 천장이 높은 고딕식 서재로 들어가게 되었다. 영국산 참나무를 조각해서 장식한 서재는 마치 이국의 유적을 통째로 옮겨다 놓은 것 같았다.

건장한 중년 남자 하나가 올빼미 눈 모양의 커다란 안경을 끼고 약간 술에 취한 듯 큼직한 테이블 끄트머리에 앉아서 불안한 눈빛으로 서가를 응시하고 있었다.[22] 우리가 들어서자 그는 흥분하여 의자를 한 번 획 돌리더니 조던을 머리에서 발끝까지 훑어보았다.

"어떻게 생각하시오?" 그가 성급하게 물었다.

"뭘 말입니까?"

그는 서가를 향해 손을 흔들어 댔다.

"저것들 말이오. 사실 직접 진위 여부를 확인할 필요도 없어요. 내가 이미 조사했으니까. 저것들은 다 진짜요."

"저 책들 말입니까?"

그는 고개를 끄덕였다.

"진짜 중에서도 진짜요……. 페이지도 빠진 게 없고 모두 온전해요. 난 저것들이 그저 마분지로 만든 장식용 책이리라

---

22 피츠제럴드의 절친한 친구이자 작가 링 라드너를 모델로 삼은 인물로 알려져 있다. 라드너는 안경을 끼지도, 몸집이 좋지도 않았지만 '올빼미 눈'이라는 별명을 가지고 있었다.

고 생각했거든. 그런데 완벽히 진짜인 거요. 이렇게 내용도 다 있고…… 자, 여기 좀 보시오! 내가 직접 보여 드리리다."

우리가 당연히 의심하리라 생각한 그는 서가로 달려가서 『스토더드 강연집』[23] 1권을 들고 돌아왔다.

"자, 보시오!" 그가 의기양양하게 소리쳤다. "이건 진짜로 인쇄한 책이라는 말이오. 처음에는 나도 속았지요. 이곳 집주인은 데이비드 벨라스코[24] 같은 존재요. 이건 실로 대단한 위업이오. 얼마나 철두철미하냐는 말이오! 놀라운 리얼리즘이라고요! 너무 과하지도 않고…… 페이지를 칼로 자르지도 않았소. 한데 여긴 왜 들어온 거요? 뭐, 찾는 물건이라도 있소?"

그는 나에게서 책을 낚아채더니 벽돌 한 장이라도 빠지면 서가 전체가 무너질지 모른다고 투덜거리며 급히 제자리에 다시 꽂아 놓았다.

"누가 당신들을 데리고 왔소? 아니면 그냥 온 거요? 나는 누가 데려다줍디다. 대부분의 사람들이 누군가를 따라서 왔더군." 그가 따지듯 물었다.

조던은 재미있다는 기색으로, 아무 대답도 없이 경계를 늦추지 않은 채 그를 바라보았다.

"나는 루스벨트라는 여자가 데려다주었답니다." 그가 말을 이었다. "클로드 루스벨트 부인 말이오. 그녀를 아시오? 지난밤 어딘가에서 그녀를 만났지요. 나는 오늘까지 일주일 내내 술을 퍼마셨고, 그래서 서재에 앉아 있으면 술이 좀 깰 거

---

23 미국의 저술가 존 L. 스토더드가 1897년부터 출간한, 총 열다섯 권에 이르는 강연집인데, 실제로는 여행기에 가깝다.

24 브로드웨이의 연극 감독. 사실주의 전통에 따라 현실과 매우 흡사하게 제작한 무대 장치로 유명하다.

라고 생각했소."

"그래, 술은 깨셨나요?"

"조금은 깬 것 같소. 아직 확실하지는 않지만. 여기에 들어온 지 겨우 한 시간밖에 되지 않았거든. 내가 당신들한테 저 책 얘기를 했던가? 저것들은 진짜 책이오. 저 책들은……."

"벌써 얘기하셨어요."

우리는 그와 공손하게 악수를 하고서 다시 밖으로 나왔다.

정원의 천막에서는 무도회가 벌어지고 있었다. 늙은이들은 품위도 지키지 않고 끝없이 원을 그리느라 젊은 여자들을 뒤로 밀어내고 있었다. 춤에 일가견 있는 커플들은 구석에서 비틀거리면서도 우아하게 서로를 부둥켜안고 춤을 추었다. 그리고 혼자 참석한 여자들은 대부분 홀로 춤을 추거나, 잠시 오케스트라에서 밴조나 타악기 연주자들을 거들고 있었다. 한밤중에 이르자 흥겨워하는 소리가 한층 고조되었다. 유명한 테너 가수가 이탈리아어로 노래를 불렀고, 이름난 알토 가수가 재즈풍으로 열창했다. 그 사이사이 정원 곳곳에서 눈길을 끄는 '묘기'가 벌어졌고, 다른 한쪽에서는 행복하지만 공허한 웃음소리가 터져 나오며 여름 하늘로 솟아올랐다. 무대에 오른 '쌍둥이'들은 — 바로 노란 드레스를 입고 있던 아가씨들이었다. — 어느새 시대극 의상을 입고 짐짓 어린애 흉내를 내고 있었다. 핑거볼보다 더 큰 잔으로 샴페인이 돌고 돌았다. 하늘 위로 달이 좀 더 높이 떠올랐다. 롱아일랜드 해협에 떠 있는 세모꼴의 은빛 비늘이 잔디밭에서 두들겨 대는 둔탁하고 작은 밴조 소리에 맞춰 조금씩 떨리고 있었다.

나는 여전히 조던 베이커와 함께 있었다. 우리는 내 또래의 남자 한 명, 사소한 우스갯소리를 해도 미친 듯이 웃어 대는 수선스럽고 체구가 작은 아가씨와 함께 같은 테이블에 앉아 있었다. 그제야 나는 흥이 나기 시작했다. 핑거볼 두 잔 정도의 샴페인을 마시자 눈앞에서 벌어지는 파티의 광경이 뭔가 의미 있고 중요하며 심원한 듯 여겨졌다.

소란이 잠시 가라앉은 사이에 내 또래의 남자가 나를 보고 미소 지었다.

"낯이 익습니다. 혹시 전쟁 때 제3사단에서 근무하지 않았습니까?" 그가 정중하게 말했다.

"아, 그렇습니다만. 제9기관총 대대에 있었지요."

"난 1918년 6월까지 제7보병 연대에 있었거든요. 전에 어디선가 뵌 것 같았습니다."

우리는 한동안 비가 잦고 음산한 프랑스의 작은 마을에 관해 이야기를 나누었다. 얼마 전에 모터보트를 한 대 구입했는데 이튿날 아침에 타 볼 생각이라는 말로 미루어 보아 그는 이 근처에 사는 게 틀림없었다.

"같이 타지 않겠습니까, 형씨? 바로 이 해협의 바다에서 말이지요."

"몇 시에요?"

"그쪽이 편한 시간이라면 아무 때나요."

막 그의 이름을 물어보려는 순간, 조던이 주위를 둘러보며 미소를 지었다.

"이제는 기분이 좋으신 모양이죠?" 그녀가 물었다.

"많이 좋아졌어요." 나는 이렇게 대답하고서 방금 만난 남자 쪽으로 얼굴을 돌렸다. "저한테는 좀 익숙하지 않은 파티입니다. 아직 주인도 만나 보지 못했거든요. 전 저쪽 집에 삽니다……." 나는 손을 들어 저 멀리 보이지 않는 울타리를 가리켰다. "개츠비라는 분이 운전기사를 통해 제게 초대장을 보내왔더군요."

잠시 그는 내 말을 알아듣지 못한 듯 나를 쳐다보았다.

"내가 개츠비입니다." 그가 불쑥 말했다.

"뭐라고요!" 나는 소리를 질렀다. "아, 실례했습니다."

"아시는 줄 알았습니다, 형씨.[25] 제가 주인 노릇을 제대로 못 했군요."

그는 사려 깊은 미소를 지었다. 아니, 사려 깊은 것 이상의 의미가 담긴 미소였다. 영원히 변치 않는 확신을 내비치는 듯한, 한평생 기껏해야 네댓 번밖에 만나 볼 수 없는 매우 희귀한 미소 말이다. 한순간 외부 세계를 대면하는 — 또는 대면하는 듯한 — 미소였고, 또한 어쩔 수 없이 당신을 좋아할 수밖에 없으며 당신에게 온 정신을 쏟겠다고 맹세하는 것 같은 미소였다. 당신이 이해받고 싶은 만큼 당신을 이해하고, 당신이 스스로 믿는 만큼 당신을 믿으며, 당신이 전하고 싶어 하는 최상의 호의적인 인상을 분명히 전달받았노라고 말해 주는 미소였다. 바로 그 순간 그 미소가 갑자기 사라져 버렸다. — 어느새 내 앞에는 서른하고도 한두 살 정도 더 먹은 단정하지만 좀 버릇없는 인상의 젊은이가 있을 뿐이었다. 그런데 그의 격식을 차린 말투는 어리석음을 가까스로 벗어난 수준에 불과했다. 자기소개를 하기 얼마 전까지만 해도 말을 조심스럽게 골라 쓰고 있음을 강하게 느낄 수 있었다.

---

25   old sport. 남성이 친구나 동등한 지위의 상대에게 사용하는 호칭. 말의 유래에 대해선 여러 가지 설이 있으나 본래 운동 경기나 체육 활동을 함께해 온 사이에서 쓰이던 표현이라고 한다.

개츠비가 자신의 정체를 밝힌 뒤 바로 집사가 급히 다가 왔고 시카고에서 전화가 걸려 왔다고 전했다. 그는 우리를 한 사람씩 차례로 돌아보면서 고개를 살짝 숙이며 실례하겠다고 말했다.

"뭐든지 필요하신 게 있으면 부탁하십시오, 형씨." 그가 나에게 간곡히 말했다. "그럼 이만 실례하겠습니다. 나중에 다시 뵙지요."

그가 자리를 뜨자마자 나는 즉시 조던 쪽으로 몸을 돌렸 다. 내가 얼마나 놀랐는지 그녀에게 확인시켜 줘야 할 것 같았 기 때문이다. 나는 개츠비 씨가 혈색 좋고 뚱뚱한 중년 신사이 리라고 생각했던 것이다.

"저 사람은 도대체 뭐 하는 사람입니까? 뭐 아는 게 있나 요?" 내가 물었다.

"그냥 개츠비라는 이름을 가진 사람일 뿐이에요."

"어디 출신이냐는 말이에요. 그리고 뭘 하는 사람이고 요?"

"이젠 당신도 그 화제에 발동이 걸리셨군요." 그녀는 살짝 미소를 띠며 대답했다. "글쎄요, 언젠가 내게 자신은 옥스퍼 드 대학교 출신이라고 말해 주더군요."

개츠비의 희미한 배경이 드디어 형태를 잡아 가는 듯했지 만 그녀의 다음 말이 곧장 찬물을 끼얹었다.

"하지만 난 믿지 않아요."

"왜 믿지 않죠?"

"잘 모르겠어요." 그녀가 힘주어 말했다. "어쩐지 그가 그 학교를 다녔을 것 같지 않아요."

그녀의 말투 어딘가에서 "내 생각에 그 사람은 살인을 한 것 같아요."라는, 어느 다른 여자의 의혹이 떠오르자 호기심이 일었다. 개츠비가 루이지애나주의 습지대 출신이거나 뉴욕시의 로어이스트사이드 출신이라면 쉬이 믿었을지도 모른다. 그럴싸한 일이니까. 하지만 젊은 사람이 — 적어도 시골에서 자란 나의 미천한 경험으로 미뤄 본다면 — 어디인지도 모를 곳에서 뻔뻔스럽게 흘러 들어와서 롱아일랜드 해협에 궁전 같은 저택을 마련할 수는 없었다.

"어쨌든 그 사람은 굉장히 성대한 파티를 열지요." 자질구레한 얘기라면 딱 질색이라는 듯 조던은 화제를 돌렸다. "그리고 난 이렇게 성대한 파티가 좋아요. 남의 눈에 잘 띄지 않잖아요. 작은 파티에는 프라이버시가 없거든요."

베이스 드럼 소리가 크게 울리더니 갑자기 오케스트라 지휘자의 목소리가 정원의 떠들썩한 소리를 압도하면서 크게 울렸다.

"신사 숙녀 여러분." 그가 큰 소리로 외쳤다. "개츠비 씨의 요청으로 여러분을 위해 블라디미르 토스토프[26] 씨의 최근 작품을 연주하도록 하겠습니다. 이 작품은 지난 5월 카네기홀에서 성황리에 연주되었습니다. 신문을 읽으신 분은 아시겠지만 커다란 센세이션을 불러일으킨 작품이지요." 그는 굳이 공손한 태도로 유쾌하게 미소를 지으며 이렇게 덧붙였다. "반응이 엄청났지요!" 그러자 모든 사람이 웃음을 터뜨렸다.

"이 작품은 「블라디미르 토스토프의 세계 재즈사」로 알려져 있습니다." 그가 힘차게 말을 맺었다.

토스토프의 음악은 내 귀에 제대로 들어오지 않았다. 연

---

26 피츠제럴드가 러시아 작곡가처럼 보이도록 이름을 붙인 허구의 인물이다.

주가 시작되자마자 대리석 계단 위에 혼자 서서 여기저기 모여 있는 사람들을 흐뭇한 시선으로 둘러보는 개츠비의 모습이 눈에 띄었기 때문이다. 햇볕에 그을은 피부는 보기 좋게 팽팽했고, 짧게 깎은 머리카락은 날마다 단장하는 듯 단정해 보였다. 그에게서 수상쩍은 그림자는 하나도 찾아볼 수 없었다. 술을 마시지 않는다는 사실 말고는 손님들과 다른 점이 별로 없는 것 같았다. 손님들이 흥에 겨워 떠드는 소리가 커질수록 그는 더욱 빈틈없어 보였다. 「세계 재즈사」 연주가 끝나자 남자의 어깨 위에 강아지처럼 다정하게 머리를 기대는 여자도 있었고, 누군가가 받쳐 주겠거니 생각하고는 남자들의 팔 쪽으로, 심지어 사람들 속으로 장난스럽게 몸을 젖혀 넘어지는 여자들도 있었다. 하지만 누구 하나 개츠비한테 몸을 던지지 않았고, 프랑스식 단발머리를 한 어느 여자도 개츠비의 어깨를 건드리지 않았으며, 개츠비를 중심으로 노래를 부르는 사중창단도 없었다.

"실례합니다."

개츠비의 집사가 갑자기 우리 옆에 나타났다.

"미스 베이커이십니까?" 그가 물었다. "죄송합니다만 개츠비 씨가 조용히 단둘이서 뵙고 싶다고 하십니다."

"나하고요?" 그녀가 놀라서 소리쳤다.

"네, 그렇습니다."

그녀는 놀랍다는 듯 나한테 눈썹을 추켜올려 보이더니 천천히 자리에서 일어나 집사를 따라 집 쪽으로 걸어갔다. 그녀는 이브닝드레스를 차려입었지만, 이브닝드레스뿐만 아니라 어떤 옷을 입더라도 꼭 운동복을 입은 듯했다. 그녀는 맑고 상쾌한 아침에 골프장에서 처음 골프를 배우는 사람처럼 경쾌하게 움직였다.

나는 혼자 남았고, 시간은 벌써 새벽 2시로 접어들고 있었다. 테라스 위쪽에 걸린 창이 많은 길쭉한 방에서 한동안 소란스럽지만 흥미를 끄는 소리가 들려왔다. 코러스를 하는 여자 둘과 함께 음담패설을 늘어놓으면서 나더러 같이 어울리자던 조던의 대학생 경호원을 피해 나는 집 안으로 들어갔다.

큼직한 방은 사람들로 가득 차 있었다. 노란 드레스를 입은 아가씨 중 하나는 피아노를 치고 있었다. 그리고 그녀 옆에 키가 크고 붉은 머리카락을 지닌 유명한 코러스 출신의 젊은 부인이 서서 노래를 부르고 있었다. 그 여자는 샴페인을 꽤 많이 마신 모양인지 노래를 부르는 동안 터무니없게도 세상사가 온통 슬프디슬픈 일뿐이라고 결론을 내린 듯했다. 그녀는 노래를 부르는 수준을 넘어서 아예 흐느껴 울고 있었다. 노래를 부르다 멈출 때마다 숨을 헐떡이며 단속적으로 흐느꼈고, 다시 떨리는 소프라노로 가사를 이어 나갔다. 눈물이 그녀의 두 뺨을 타고 흘러내렸다. ── 물론 눈물이 주르르 흘러내리지는 않았다. 눈물은 두껍게 칠한 속눈썹에 닿아서 먹물 같은 시커먼 실개천을 이루며 천천히 얼굴 위로 흘러내렸다. 얼굴에 그려진 악보대로 노래하는 모양이라고 누군가가 우스갯소리를 하자 그녀는 두 손을 번쩍 들어 올리더니 곧 의자에 푹 파묻혀 취한 채로 깊이 곯아떨어졌다.

"저 여자는 자기가 남편이라고 주장하는 어떤 남자와 다퉜어요." 내 곁에 있는 여자가 설명해 주었다.

나는 주위를 살펴보았다. 아직까지 남아 있는 여자들은 대부분 남편이라는 남자들과 다투고 있었다. 조던의 일행이자 이스트에그에서 온 두 부부조차 말싸움을 한 뒤에 서로 떨어져 있었다. 한 남자가 호기심에 가득 차서 젊은 여자 배우에게 말을 걸자, 그의 아내는 품위 있게 무관심한 척 짐짓 웃어 넘기는 듯하더니 순식간에 완전히 이성을 잃고 측면 공격을 퍼부었다. 말이 끊긴 틈을 타서 갑자기 각이 진 다이아몬드처럼 성마르게 남편에게 다가가더니 그의 귀에 대고 "당신 약속했잖아요!" 하고 소리를 질렀다.

집에 가기 싫어하는 것은 바람난 사내들뿐만이 아니었다. 지금 홀은 유감스럽게도 술에 취하지 않은 두 남자와, 몹시 분노한 그들의 부인들이 점령하고 있었다. 부인들은 약간 격앙된 목소리로 서로를 위로하고 있었다.

"내가 기분을 좀 내려고 하면 우리 집 양반은 으레 집에 가자고 해요."

"그렇게 이기적인 소리는 평생 처음 듣네요."

"우리는 언제나 맨 먼저 집에 가요."

"우리도 그래요."

"어쩌지, 오늘 밤은 우리가 거의 맨 마지막까지 남은 손님이 되었는데." 두 남자 중 하나가 나지막한 목소리로 말했다. "오케스트라는 벌써 삼십 분 전에 가 버렸고."

부인들은 남편들이 그토록 심술궂게 나오니 믿기 어렵다고 입을 모았지만 언쟁은 짧은 승강이로 끝나 버렸고, 두 부인은 발버둥질하면서 밤 속으로 끌려 나가고 말았다.

홀에서 하인이 모자를 가져다주기를 기다리는 사이, 서재 문이 열리더니 조던 베이커와 개츠비가 함께 걸어 나왔다. 개츠비가 마지막으로 그녀에게 뭔가 말을 건넸는데, 손님 몇이 그에게 작별 인사를 하려고 다가가자 그의 열성적인 태도는 갑자기 형식적인 태도로 딱딱하게 굳어 버렸다.

조던의 일행이 현관에서 그녀를 재촉하고 있었지만 그녀는 악수를 하느라고 잠시 머뭇거렸다.

"방금 참으로 놀라운 얘기를 들었어요. 우리가 저기서 얼마나 오래 있었나요?" 그녀가 속삭였다.

"글쎄요, 한 시간쯤 됐을 거요."

"이건……. 정말로 놀라운 얘기예요." 그녀가 얼빠진 표정으로 반복했다. "하지만 아무한테도 말하지 않겠다고 맹세했으니 당신을 이렇게 애태울 수밖에 없네요." 그녀는 내 얼굴에다 대고 우아하게 하품을 했다. "저에게 연락 주세요……. 전화번호부에서…… 시고니 하워드 부인 이름으로…… 제 숙모예요……." 그녀는 이렇게 말하면서 서둘러 걸어 나갔다. 그녀는 갈색빛 손을 흔들며 쾌활하게 인사하고는 문간에 서 있는 자신의 일행 속으로 사라져 버렸다.

나는 처음 방문한 주제에 너무 늦게까지 남아 있어서 좀 부끄러웠지만 개츠비를 중심으로 모인 손님들과 마지막까지 어울렸다. 초저녁부터 그를 찾아다녔으며 아까 정원에서 알아보지 못해서 미안하다는 말을 전하고 싶었다.

"그런 말씀 마십시오." 그가 힘주어 대답했다. "그렇게 신경 쓰지 마세요, 형씨." 나를 안심시키듯 어깨를 토닥이는 그의 손길이 '형씨'라는 친근한 표현보다 훨씬 친밀하게 느껴졌다. "내일 아침 9시에 모터보트 타기로 한 것, 잊지 마십시오."

그때 집사가 그의 뒤에서 말했다.

"필라델피아에서 전화가 걸려 왔습니다."

"알았어. 잠깐만 기다려. 곧 간다고 해……. 자, 그럼 안녕히들 가십시오."

"안녕히 주무세요."

"안녕히 가세요." 그는 미소를 지었다. 마치 그가 오랫동안 그러기를 늘 원했던 것처럼, 갑자기 내가 맨 마지막까지 남은 손님들 중 하나였다는 사실에 어떤 의미심장한 기쁨이 담겨 있는 듯했다.

"안녕히 가시오, 형씨……. 안녕히 주무시오."

하지만 층계를 내려가면서 나는 파티가 아직 완전히 끝나지 않았음을 깨달았다. 정문에서 십오 미터쯤 떨어진 장소에 설치된 열두서너 개가 넘는 헤드라이트가 기괴하고 떠들썩한 광경을 비추고 있었다. 개츠비의 차고를 나온 지 채 이 분도 지나지 않은 신형 쿠페 승용차가 바퀴 하나 없이 오른쪽을 위로 하고 길옆 도랑 속에 처박혀 있었다. 담이 삐죽 튀어나와 있어서 타이어가 빠진 모양이었는데, 호기심 많은 운전기사 대여섯 명이 주의 깊게 쳐다보고 있었다. 그러나 그들이 차를 멈춰 세우고 길을 가로막고 있는 동안, 뒤에 늘어선 차들이 신경질적으로 경적을 울려 대는 바람에 안 그래도 정신없는 광경은 더욱 혼란스러웠다.

기다란 먼지막이 코트를 입은 남자가 부서진 차에서 내리더니 길 한복판에 서서 유쾌하면서도 당황스러운 표정으로 차를 쳐다보았다. 그러고는 타이어로, 다시 타이어에서 구경꾼들로 시선을 옮겼다.

"이런! 차가 도랑에 빠졌군그래." 그가 소리쳤다.

차가 빠졌다는 사실에 그는 몹시 놀란 모양이었다. 나는 처음에 그 놀라는 모습이 예사롭지 않구나, 하고 생각하다가 이내 그가 누군지 알아보았다. 바로 아까 개츠비의 서재에 죽치고 앉아 있던 단골손님이었다.

"어떻게 된 겁니까?"

그는 어깨를 으쓱거렸다.

"난 기계에 대해선 문외한입니다." 그가 단호하게 말했다.

"하지만 어쩌다 저렇게 됐지요? 벽으로 몰아넣은 겁니까?"

"저한테 묻지 마십시오." 이 사건에 대해선 아는 바 없다는 듯 올빼미 눈의 남자가 말했다. "난 운전에 대해 잘 몰라요…… 아무것도 모르는 것과 다름없지요. 어쨌든 일이 이렇게 되어 버렸고, 내가 아는 건 고작 그것뿐이오."

"참, 운전이 서툴면 한밤중에 운전을 하지 말았어야죠."

"하지만 난 운전하려던 게 아니었소." 그가 화를 내며 설명했다. "전혀 그럴 생각이 없었다고요!"

구경꾼들은 겁에 질린 듯 입을 다물었다.

"그럼 자살하려고 했나요?"

"바퀴 하나만 빠진 게 천만다행이지요! 서툰 운전사가 제대로 운전을 하려고도 하지 않았으니!"

"모르시는 말씀!" 범인 취급을 받던 사람이 덧붙였다. "내가 운전한 게 아니라는 말이오. 차 안에 사람이 또 있소이다."

이 말을 듣자 사람들은 충격을 받았고, 그제야 자동차 문이 천천히 열리면서 "아, 아, 아!" 하는 신음 소리가 들렸다. 군중은 — 이제 정말 군중이라 불러도 좋을 만큼 사람들이 몰려들었다. — 무의식적으로 뒤로 물러섰고, 자동차 문이 활짝 열리자 유령이라도 본 것처럼 모두 꼼짝하지 않았다. 그러자 창백한 사람 하나가 문에 매달린 채 비틀거리며 아주 천천히, 그야말로 아주 천천히 부서진 차에서 기어 나오더니 발에 잘 맞지도 않는 큼직한 무용 신발을 신은 발로 시험해 보듯 조심스레 땅을 디뎠다.

밝은 헤드라이트 불빛 때문에 앞이 잘 보이지 않는 데다 끊임없이 울려 대는 경적 때문에 그 유령 같은 사람은 먼지막이 코트를 입은 사람을 알아볼 때까지 잠시 몸을 가누지 못한 채 불안하게 서 있었다.

"어떻게 된 일이오?" 그가 조용히 물었다. "휘발유가 떨어진 거어요?"

"저기 좀 봐요!"

대여섯 명이 동시에 차에서 빠져나간 타이어를 손가락으로 가리켰다. 그는 잠깐 그것을 응시하더니 하늘에서 떨어지지는 않았나, 싶은 듯 하늘을 쳐다보았다.

"바퀴가 빠져 버렸어요." 누군가가 설명했다.

그러자 그는 고개를 끄덕거렸다.

"처음에 난 차가 멈추운 걸 몰라았어요."

그 사람은 잠시 말이 없었다. 그러고 나서 길게 숨을 푹 내쉬더니 두 어깨를 펴고 결연한 목소리로 이렇게 말했다.

"주유우소가 어디 있는지 아시는 분 있소오이까?"

적어도 열 명이 넘는 사람들이 — 그들 중 일부는 방금 차에서 기어 나온 사람보다 상태가 더 낫지도 않았지만 — 그에게 더는 자동차에 바퀴가 붙어 있지 않다고 설명해 주었다.

"차를 뒤로 빼요." 그가 잠시 뒤 제안했다. "후진 기어를 넣어 봐요."

"하지만 바퀴가 빠져 버렸다니까 그러시네!"

그는 머뭇거렸다.

"한번 시도해 본다고 나쁠 건 없잖아요." 그가 말했다.

빵빵거리는 경적 소리가 점점 커지자 나는 몸을 돌려서 잔디밭을 가로질러 집으로 향했다. 나는 힐끗 뒤를 한 번 돌아보았다. 그날도 어김없이 웨이퍼 과자[27] 같은 달이 개츠비의 저택 위를 환히 비추고 있었다. 변함없이 밤하늘을 아름답게 장식했고, 아직도 환하게 불 밝힌 정원의 웃음소리와 말소리 보다 더 오래도록 남아 있었다. 그때 갑자기 창문과 큼직한 문에서 공허감이 흘러나오더니 현관에 서서 한 손을 쳐들고 정중하게 작별 인사를 고하는 집주인의 모습을 완벽한 고독으로 에워싸기 시작했다.

지금까지 내가 써 놓은 것을 읽어 보면 몇 주일 간격으로 사흘 밤 동안 일어난 사건들에 내가 완전히 사로잡혀 있는 듯 보일지도 모른다. 하지만 오히려 이 모든 일은 다만 사람들로 붐비던 어느 여름날에 우연히 마주친 사건들에 지나지 않는다. 시간이 한참 지난 뒤에도 나는 그런 사건들보다 내 개인적인 일에 훨씬 관심을 기울였다.

나는 주로 일을 하며 시간을 보냈다. 이른 아침 내가 프로비티 신탁 회사를 향해 뉴욕시 남쪽의 하얀 건물들 사이를 급히 내려갈 때면 태양은 내 그림자를 서쪽으로 드리웠다. 나는 친하게 지내는 사무원이나 젊은 채권 판매업자와 함께 어둡고 북적대는 식당에서 작은 돼지고기 소시지와 으깬 감자, 커피로 점심을 때웠다. 나는 저지시티에서 살고 경리과에서 일하는 아가씨와 짧게나마 연애도 했다. 그런데 그녀의 오빠가 나를 못마땅한 눈빛으로 흘겨보았던 까닭에, 그녀의 7월 휴가를 계기로 우리 관계가 조용히 정리되도록 내버려 두었다.

나는 보통 예일 클럽[28]에서 저녁을 먹었다. 무슨 이유 때

---

27 밀가루, 설탕, 달걀, 레몬즙 따위를 섞어 틀에 넣고 살짝 구운 다음, 두 쪽 사이에 크림이나 초콜릿을 넣은 과자.

문인지는 알 수 없었지만 이때가 하루 중 가장 우울한 시간이었다. 식사를 마치고 나면 위층 도서실에 올라가서 넉넉히 한 시간 동안 투자와 채권에 관해 공부했다. 클럽에는 시끄러운 녀석도 몇 명 있긴 했지만 그들이 도서실까지 들어오는 일은 절대 없었으므로 꽤 공부하기 좋은 장소였다. 공부를 끝낸 뒤 밤 날씨가 따뜻하면 나는 매디슨가를 따라 어슬렁어슬렁 내려가서 그 유서 깊은 머리힐 호텔을 지나 33번가 너머 펜실베이니아역까지 걸어갔다.

나는 뉴욕이 좋아지기 시작했다. 활기 넘치고 모험으로 가득한 밤의 분위기와 끊임없이 명멸하는 남녀와 자동차가 들뜬 눈동자에 안겨 주는 만족감이 마음에 들기 시작한 것이다. 나는 5번가를 걸어 올라가 군중 속에서 낭만적인 여자들을 골라내고, 단 몇 분 사이에 그들의 삶 속으로 들어가 보는 상상을 하며 즐겼다. 어느 누구도 그 사실을 눈치채거나 그러지 말라고 말리지 않을 것이다. 때로는 마음속으로 보이지 않는 길모퉁이에 자리한 아파트까지 그 여자들을 따라가서 그들이 문을 열고 따뜻한 어둠 속으로 사라지기 전에 뒤돌아서서 나를 향해 미소 짓는 모습을 혼자 상상해 보기도 했다. 이따금 나는 마법에 걸린 듯한 대도시의 황혼 녘에 주체할 수 없는 고독감을 느꼈고, 사람들에게서도 그런 인상을 받았다. 가령 식당에서 외롭게 저녁 식사 시간을 기다리면서 쇼윈도 앞을 서성대는 가난한 젊은 사무원들, 밤과 삶에서 가장 강렬한 순간들을 낭비하며 어스름 속을 헤매는 젊은 사무원들에게서

---

28 예일 대학교 졸업생과 교수를 위한 클럽으로, 맨해튼 그랜드센트럴역 근처에 자리해 있다.

말이다.

다시 8시가 되어 40번가의 어두운 골목 속에 극장가를 향하는 택시들이 부릉부릉 소리를 내며 다섯 줄로 서 있을 때, 나는 가슴이 철렁 내려앉는 느낌이었다. 택시에 탄 사람들은 차가 떠나기를 기다리며 서로 몸을 기대거나 노래를 불렀고, 들리지는 않지만 무슨 농담을 주고받으며 웃어 대기도 했다. 담뱃불의 움직임만으로 택시 안의 알 수 없는 몸짓을 어렴풋하게나마 추측할 뿐이었다. 나 역시 즐거운 일을 향해 서둘러 가고 있다고 상상하고 그들의 은밀한 흥분을 나누며 그들에게 행운을 빌어 주었다.

나는 한동안 조던 베이커를 보지 못하다가 한여름에야 그녀를 다시 만났다. 처음에는 그녀가 유명한 골프 챔피언이라서 우쭐한 마음에 그녀와 여기저기 쏘다녔다. 그러다가 상황이 그 이상의 뭔가로 발전했다. 실제로 그녀를 사랑하지는 않았지만 애정이 깃든 호기심 같은 감정을 느끼게 되었다. 그녀가 세상을 향해 쳐든 따분해하는 거만한 얼굴에는 뭔가 비밀이 있었다. 비록 처음에는 그렇지 않았더라도 대부분의 가식은 결국 뭔가를 숨기고 있게 마련이다. 그런데 어느 날 나는 마침내 그것이 무엇인지 알아냈다. 우리가 워릭[29]에서 열린 파티에 함께 참석했을 때 그녀가 빌려 온 자동차의 지붕을 열어 놓은 채 빗속에 세워 두었다고 거짓말을 했던 것이다. 그러자 나는 데이지의 집에 갔던 날 밤에는 미처 떠오르지 않았던 그녀에 관한 이야기가 문득 기억났다. 처음으로 참가한 중요한 골프 대회에서 거의 신문에 날 뻔한 소동이 있었다. 준결

---

29   미국 뉴욕주 북쪽에 위치한 교외로, 주로 중산층이 거주한다.

승 때 아주 곤란한 장소에 떨어진 골프공을 쳐 내기 쉬운 곳으로 슬쩍 옮겨 놓았다는 소문이 돌았던 것이다. 그 사건은 스캔들 수준으로까지 확대되다가 돌연 유야무야되고 말았다. 캐디 한 사람이 진술을 번복했고, 단 한 명뿐이던 목격자는 어쩌면 자신이 잘못 보았을지도 모른다고 발뺌했던 것이다. 그러나 그 사건과 그 이름은 내 뇌리에 여전히 남아 있었다.

조던 베이커는 영리하고 약삭빠른 사람을 본능적으로 피했다. 이제 와 생각해 보니, 규범에서 조금이라도 어긋나는 행동이 용납되지 않는 곳에서야만 오히려 마음을 놓을 수 있기 때문인 듯했다. 그녀는 어떻게 구제할 수 없을 정도로 부정직했다. 불리한 입장에 서는 것을 참지 못했고, 상황이 마음에 들지 않으면 이 세상을 향해 차갑고 오만한 미소를 보이면서도 자신의 강인하고 발랄한 육체의 욕구를 충족시키기 위해 아주 어릴 적부터 속임수와 거래해 왔던 것 같았다.

그렇다고 해서 내 마음이 달라진 것은 아니었다. 여자의 부정직함이란 그리 심하게 나무랄 것이 못 된다. 그때 나는 문득 순간적으로 섭섭한 마음이 들었지만 곧 잊어버리고 말았다. 우리가 자동차 운전에 관해 묘한 대화를 주고받은 것도 바로 그 워릭의 파티에서였다. 이야기의 발단은 그녀가 노동자들 곁으로 차를 바싹 몰고 가다가 그만 차의 흙받기로 그중 한 사람의 윗도리 단추를 가볍게 건드린 일이었다.

"운전 솜씨가 형편없군요. 좀 더 조심하든가, 아니면 아예 운전을 하지 말든가 해야겠어요." 내가 다그쳤다.

"조심하고 있어요."

"아니, 조심하지 않잖아요."

"그럼 다른 사람들이 조심하겠죠." 그녀가 대수롭지 않게 대꾸했다.

"아니, 그게 무슨 상관이라는 말입니까?"

"그 사람들이 비켜 갈 게 아니냐는 말이에요." 그녀는 계속 자기 주장을 굽히지 않았다. "사고가 나려면 양쪽 다 실수를 해야 한다고요."

"만약 당신처럼 부주의한 사람을 만나면 어쩌려고요?"

"그럴 일이 없기를 바라야지요. 난 조심성 없는 사람을 끔찍이도 싫어하거든요. 당신을 좋아하는 이유도 거기 있지요." 그녀가 대답했다.

햇빛 때문에 긴장한 그녀의 잿빛 눈동자는 곧장 앞을 바라보고 있었지만 그녀는 의도적으로 우리의 관계를 변화시켰다. 잠깐 동안 나는 그녀를 사랑한다고 생각했다. 하지만 나는 생각이 느린 데다가 욕망에 제동을 거는 내면의 규칙마저 많이 지니고 있었다. 무엇보다도 먼저 고향에서의 연애 사건으로부터 확실히 빠져나와야 함을 잘 알았다. 나는 일주일에 한 번씩 "당신의 사랑하는 닉"이라고 서명한 편지를 그녀에게 보냈지만, 그 순간 떠오르는 것이라고는 그녀가 테니스를 칠 때 윗입술에 콧수염처럼 살며시 땀방울이 맺힌다는 점뿐이었다. 고작 그 정도의 관계일지라도 확실히 끊어 버리지 않고서는 자유로워질 수 없었다.

사람은 누구나 자신의 기본 덕목 중 최소한 한 가지는 갖추고 있다고 생각하는데, 나에게도 그러한 덕목이 있다. 즉 나는 내가 아는 몇 안 되는 정직한 사람 중 하나다.

4

일요일 아침, 교회 종소리가 해변가 마을에 울려 퍼지는 동안 세상 사람들은 자신의 아내를 데리고 개츠비의 저택으로 돌아와서 잔디밭에 찬란한 빛을 뿌리고 있었다.

"그 사람은 밀주업자[30]래요." 젊은 부인들은 개츠비의 칵테일과 꽃 사이를 오가며 말했다. "자기가 폰 힌덴부르크[31]의 조카이자 그 악마와 육촌 사이라는 사실을 알아낸 남자를 죽였대요. 여보, 장미꽃 한 송이 집어 줘요. 그리고 저기 있는 크리스털 잔에 마지막 한 방울까지 따라 줘요."

언젠가 나는 기차 시간표의 빈자리에다 그해 여름 개츠비의 저택에 왔던 사람들의 이름을 적어 놓은 적이 있다. 이제는 쓸모없는 낡은 종이 쪼가리가 되어 버렸지만, 접힌 부분이 다 해진 그 시간표 위쪽에는 "이 시간표는 1922년 7월 5일까지

---

30 수정 헌법 18조에 따라 미국에서는 1919년부터 1933년까지 금주법이 시행되었다. 이때 불법으로 술을 판매하던 사람을 '밀주업자'라고 불렀다.

31 독일의 군인이자 정치가. 1차 세계 대전 중 독일군 원수로 참전했으며 공화국 2대 대통령을 지낸 뒤 아돌프 히틀러에게 권좌를 물려주었다.

만 유효함."이라고 쓰여 있었다. 그러나 나는 지금도 희미하게 남아 있는 그 이름들을 알아볼 수 있다. 아마 그 이름들은 개츠비의 환대를 받고도 그에 관해 아무것도 모른다고 아리송한 찬사를 보내던 사람들에 대해 개략적으로 얘기하는 것보다 훨씬 뚜렷한 인상을 줄 터다.

이스트에그에서는 체스터 베커 부부, 리치 부부, 예일 대학교에서 알고 지내던 번슨이라는 남자, 지난여름 메인주에서 물에 빠져 죽은 웹스터 시베트 박사가 이곳을 방문했다. 게다가 혼빔 부부, 윌리 볼테어 부부, 항상 구석에 모여 있다가 누가 가까이 다가오면 마치 염소처럼 코를 벌름거리던 블랙벅 문중 사람들이 모두 몰려왔다. 또한 아이스메이 부부, 크리스티 부부(차라리 휴버트 아우어바흐와 크리스티 씨의 아내라고 해야 할 것이다.)와 소문에 따르면 어느 겨울 오후 특별한 이유도 없이 머리카락이 솜처럼 하얗게 변했다는 에드거 비버가 찾아왔다.

내 기억으로는 클래런스 엔다이브도 이스트에그에서 온 사람이었다. 그는 딱 한 번, 하얀 니커보커스[32]를 입고 왔는데, 그때 정원에서 에티라는 부랑자와 싸움을 벌였다. 좀 더 멀리 떨어진 롱아일랜드 지역에서는 치들 부부, O.R.P. 슈레이더 부부, 조지아주의 스톤월 잭슨 에이브럼스 부부, 피시가드 부부, 리플리 스넬 부부가 왔다. 스넬은 주 형무소에 들어가기 사흘 전 개츠비의 집에 왔는데 몹시 술에 취해 자갈 깔린 진입로에 자빠져 있다가 율리시스 스웨트 부인의 자동차에 그만 오른손을 치이고 말았다. 댄시 부부도 왔고, 예순이 훨씬

—————

32 무릎 근처에서 밑단을 졸라매는 느슨한 바지.

넘은 S. B. 화이트베이트, 모리스 A. 플링크, 해머헤드 부부 그리고 담배 수입업자인 벨루거와 그의 딸들도 왔다.

웨스트에그에서는 폴 부부, 멀레디 부부, 세실 로벅과 세실 쇤, 주 의회의 상원 의원인 굴릭, '필름스 파 엑설런스' 영화사를 장악하고 있는 뉴턴 오키드, 에크하우스트, 클라이드 코언, 돈 S. 슈워츠(아들), 아서 매카티 등이 왔는데, 그들은 하나같이 영화와 이런저런 관계가 있는 사람들이었다. 또한 캐틀립 부부, 벰버그 부부, 뒷날 자기 아내를 살해한 바로 그 멀둔과 형제 사이인 G. 얼 멀둔도 왔다. 흥행사인 다 폰타노도 왔고, 에드 리그로스와 제임스 B. ('롯것'[33]) 페리트, 드종 부부, 어니스트 릴리가 방문하기도 했다. 그들은 도박을 하러 온 것이었는데, 페리트가 정원을 어슬렁거리고 다니면 그의 호주머니는 깨끗이 털렸다. 그것은 곧 이튿날 '연합 운송' 회사의 주가가 올라야 한다는 뜻이었다.

클립스프링어라는 사람은 그 저택에 하도 자주 그리고 하도 오래 머무른 탓에 '하숙생'으로 통했다. 그에게 과연 다른 집이 있었는지 의심스럽다. 연극계 인사들로는 거스 웨이즈, 호레이스 오도너번, 레스터 마이어, 조지 덕위드, 프랜시스 불이 왔다. 또한 뉴욕시에서 온 인사로는 크롬 부부, 백히슨 부부, 데니커 부부, 러셀 베티, 코리건 부부, 켈러허 부부, 듀워 부부, 스컬리 부부, S. W. 벨처, 스머크 부부, 지금은 이혼한 젊은 퀸 부부 그리고 타임스 스퀘어[34]에서 지하철에 뛰어들어

---

33 Rot-Gut. 독주(毒酒). 또는 싸구려 술이나 저급한 품질의 술.

34 미국 뉴욕시 맨해튼 한가운데에 위치한 거리로, 극장과 식당이 즐비한 번화가다.

자살한 헨리 L. 팔미토가 있었다.

베니 매클리너핸은 언제나 젊은 아가씨 네 명을 데리고 왔다. 방문할 때마다 다른 여자들을 대동했지만 외모가 몹시 비슷해서 아무래도 전에 온 적이 있는 듯했다. 나는 그들의 이름을 잊어버렸다. 이름이 재클린이었던가, 콘수엘라나 글로리아, 주디, 그것도 아니라면 준이라는 이름이었던 것 같다. 그들의 성(姓)은 꽃 이름이나 달[月] 이름을 딴 음악적인 단어였거나, 아니면 미국의 엄청난 부자들 같은 좀 더 엄숙한 이름이었던 듯한데, 꼬치꼬치 캐물으면 아마 그 자본가들의 사촌뻘이라고 고백했을지도 모른다.

이 사람들 말고는 포스티나 오브라이언이 적어도 한 번은 왔던 것으로 기억한다. 베데커 가문의 딸들과 전쟁 중에 총에 맞아 코가 날아가 버린 청년 브루어, 올브럭스버거 씨와 그의 약혼녀인 미스 하그, 아디터 피츠피터스, 미국 재향 군인회 회장을 지낸 P. 주웨트 씨, 자신의 운전기사라고 알려진 남자와 같이 온 미스 클로디아 히프, 그리고 우리가 공작이라고 부르던 무슨 왕자인가 하는 사람도 있었는데 설령 그의 이름을 알았다 한들 벌써 잊어버리고 말았을 터다.

이 사람들 모두가 그해 여름 개츠비의 저택에 왔다.

7월 하순 어느 날 아침 9시에 개츠비의 호화로운 자동차가 돌이 깔린 진입로를 비틀거리며 올라오더니 우리 집 문 앞에 멈춰 서서 3음계 멜로디로 경적을 울려 댔다. 그가 나를 찾아온 것은 이때가 처음이었다. 비록 나는 그가 개최한 파티에 두 번이나 참석했고, 그의 모터보트를 탄 적도 있으며, 그의 간곡한 초대로 그의 저택 해변을 자주 이용했지만 말이다.

"잘 있었소, 형씨? 오늘 나하고 점심이나 합시다. 제 차로 함께 갈까 생각했소만."

그 사람은 미국인 특유의 여유 있는 동작으로 자동차 흙받기 위에서 몸의 균형을 잡고 있었다. 아마 그런 동작은 젊은 시절에 무거운 물건을 들어 봤거나 진득하게 똑바로 앉아 있어 본 적이 없거나 우리가 산발적으로 벌이는 우아하지만 긴장되는 경기 때문에 생긴 습관이리라. 이러한 특성은 끊임없이 꼼꼼하게 격식을 차리면서도 안절부절못하는 모습으로 나타났다. 그는 잠시도 가만히 있는 법이 없었다. 항상 발로 어딘가를 가볍게 두들겨 대거나 참을성 없이 손을 쥐었다 펴고는 했다.

그는 감탄하며 자동차를 바라보는 나를 쳐다보았다.

"차 멋있죠, 형씨?"그는 자동차를 좀 더 잘 보이게 하려고 차에서 뛰어내렸다. "전에 이런 차를 본 적이 있나요?"

나는 본 적이 있었다. 누구나 다 보았을 것이다. 짙은 크림색에 니켈 장식이 번쩍이고, 괴물처럼 길쭉한 차체 곳곳에 뽐내듯 모자 상자와 음식 상자, 공구함이 놓여 있으며, 미로처럼 복잡하게 제작된 앞 유리가 태양을 열두세 가닥쯤으로 반사하는 차 말이다. 여러 겹의 유리로 된, 일종의 녹색 가죽 온실 같은 자동차를 타고 우리는 시내를 향해 출발했다.

나는 지난달에 그와 대여섯 차례 이야기를 나눴지만 실망스럽게도 그에게는 화젯거리가 별로 없었다. 그래서 뭐라고 못 박을 수는 없지만 중요한 인물이리라는 첫인상은 차츰 사라지고 단순히 호화로운 여관을 운영하는 이웃 정도로 보이기 시작했다.

그러던 무렵 당혹스럽게도 자동차를 함께 타게 된 것이었다. 웨스트에그에 도착하기도 전에 개츠비는 우아한 말투를 버리고 캐러멜색의 양복 무릎을 그저 탁탁 치기 시작했다.

"이보시오, 형씨." 그가 갑자기 입을 열었다. "나에 대해 어떻게 생각하시오?"

나는 적잖이 당황했으므로 그 질문에 어울릴 법한 말을 겨우 찾아내서 대충 얼버무리기 시작했다.

"그럼 내가 살아온 인생 얘기를 좀 해 드려야겠군요." 그가 내 말을 가로막았다. "다른 데서 들은 온갖 소문으로 나를 오해하지 않았으면 하니까요."

보아하니 그는 자기 집 홀에서 오가는 황당한 비난들을 이미 아는 모양이었다.

"하느님께 맹세코 진실을 말씀드리지요." 그는 신의 처벌을 멈추게 하려는 듯 갑자기 오른손을 쳐들었다. "난 중서부의 어느 부잣집에서 태어났어요……. 가족은 모두 죽고 없습니다. 미국에서 자랐지만 교육은 옥스퍼드에서 받았어요. 선조 대대로 그곳에서 교육을 받아 왔거든요. 집안 전통이죠."

그는 곁눈질로 나를 슬쩍 쳐다보았다. 그 순간 조던 베이커가 왜 그가 거짓말을 한다고 생각하는지 알 수 있었다. 그는 "교육은 옥스퍼드에서 받았"다는 대목을 서둘러 넘어갔고, 마치 전에도 그 말 때문에 괴롭힘을 당한 적이 있는 듯 급히 삼키거나, 아니면 그 부분에서 아예 목구멍이 콱 막혀 버린 것 같았다. 이런 의심이 일자 그가 들려주는 과거는 산산조각이 났고, 그에게 조금은 음흉한 구석이 있지 않을까 하는 생각이 들었다.

"중서부 어디 출신입니까?" 내가 아무렇지도 않게 물었다.

"샌프란시스코요."

"그렇군요."

"가족이 모두 죽는 바람에 거액의 유산을 상속받게 됐지요."

갑작스러운 가족의 죽음을 아직도 마음에서 털어 내지 못했다는 듯 그의 음성은 자못 숙연했다. 한순간 나는 그가 나를 놀리는 게 아닐까 하고 의심했지만 한번 힐끗 쳐다보니 확실히 그런 기색은 없었다.

"그 뒤에 전 인도의 젊은 왕자처럼 유럽의 모든 수도에서…… 파리, 베네치아, 로마 말이지요…… 거기서 보석, 주로 루비를 수집하고, 사파리 사냥을 하고, 취미로 그림도 좀 그리면서 살았어요. 오래전에 있었던 매우 슬픈 일을 잊으려고 말입니다."

나는 그의 터무니없는 말에 너무 어이가 없어서 그만 웃음이 터져 나오려는 것을 간신히 참았다. 실오라기마저 훤히 들여다보일 만큼 너무 상투적인 얘기였으므로, 머리에 터번을 두른 '캐릭터'가 톱밥을 질질 흘리면서 불로뉴 숲속의 호랑이를 추격하는 이미지밖에 떠오르지 않았다.

"그러다가 전쟁이 터졌지요, 형씨. 나에겐 반가운 구원과 다름없었어요. 그래서 그 기회를 맞아 죽으려고 무진 애를 썼지만, 내 목숨은 마법에 걸린 것 같았어요. 전쟁이 시작되었을 때 나는 중위로 임관했지요. 아르곤 숲[35] 전투에서 기관총 부대 둘을 너무 전진시키는 바람에 아군과의 거리가 무려 일 킬로미터나 벌어져서 보병 부대가 제때 앞으로 나올 수 없

---

35 프랑스 동부의 숲이 우거진 구릉지. 1차 세계 대전 당시, 이곳에서 미국군이 독일군에게 압승을 거두었다.

는 상황이었어요. 그래서 루이스식 기관총 16정을 가진 병사 130명이 이틀 낮 이틀 밤 동안 꼬박 거기서 머물러야 했고, 마침내 보병 부대가 도착했을 때 적군의 시체 더미 속에서 독일군 사단의 휘장을 세 개 발견했지요. 그 덕분에 나는 소령으로 특진했고, 어딜 가든 연합국 정부에서 훈장을 달아 주더군요. 심지어 몬테네그로, 저 아드리아해에 있는 그 작은 몬테네그로에서까지 훈장을 달아 줬다니까요!"

그 작은 몬테네그로! 그는 목소리를 높여 그 말을 발음하면서 고개를 끄덕였다, 미소를 지으면서 말이다. 그 미소는 몬테네그로의 수난의 역사를 헤아리며 그곳 사람들의 용감한 투쟁을 동정하는 듯했다. 또한 작지만 따뜻한 마음으로 경의를 보내온, 즉 몬테네그로라는 나라의 국가 정세를 완전히 이해하는 미소였다. 바야흐로 내 불신은 매혹의 수면 아래로 가라앉고 말았다. 마치 열두 권쯤 되는 잡지를 잽싸게 훑어본 것 같았다고나 할까?

개츠비는 호주머니 속에 손을 집어넣더니 리본을 매단 쇳덩이 하나를 내 손바닥에 떨어뜨렸다.

"몬테네그로에서 준 거지요."

놀랍게도 그 훈장은 진짜처럼 보였다. '다닐로 훈장'이라고 쓰인 금속의 가장자리에는 '몬테네그로, 니콜라스 왕'이라는 글자가 둥그렇게 새겨져 있었다.

"뒤집어 보세요."

나는 '제이 개츠비 소령의 무공을 기리며'라는 문구를 소리 내어 읽었다.

"여기 또 내가 늘 가지고 다니는 게 있지요. 옥스퍼드 시절의 기념품입니다. 트리니티 대학교[36] 구내에서 찍은 사진

이죠……. 내 왼쪽 옆에 있는 친구가 현재 동캐스터 백작이고
요."

사진 속에는 화려한 블레이저 운동복을 차려입은 청년 대
여섯 명이 아치 아래서 빈둥거리고 있었다. 그 뒤쪽으로 한 무
리의 첨탑이 보였고, 지금보다 약간 어려 보이는 개츠비가 크
리켓 배트를 들고 서 있었다.

그렇다면 이것은 모두 사실이었다. 나는 베네치아의 대
운하에 자리한 왕궁 같은 그의 저택에서 불타오르듯 번득이
는 호랑이 가죽을 보았다. 보석 상자를 열고 진홍빛으로 반짝
이는 루비를 바라보며 마음의 상처를 달래는 그의 모습을 보
았다.

"오늘 어려운 부탁을 하나 드리려고 합니다." 그가 만족스
러운 표정으로 기념품들을 호주머니에 집어넣으면서 말했다.
"그러자면 나에 관해 좀 알아 두는 편이 좋겠다고 생각했지
요. 나를 별 볼 일 없는 사람이라고 생각하지 않길 바랐어요.
아시다시피 난 주로 낯선 사람들과 지내는데, 그건 나에게 일
어난 비극을 잊고자 여기저기 떠돌아다니기 때문이지요." 그
는 잠시 머뭇거렸다. "오늘 오후에 그 얘기를 듣게 될 겁니다."

"점심 먹으면서요?"

"아뇨, 오후에요. 난 우연히 당신이 미스 베이커와 차를
마시기로 했다는 사실을 알게 되었어요."

"미스 베이커를 사랑한다는 말인가요?"

"그게 아니에요, 형씨. 난 그녀를 사랑하지 않습니다. 하
지만 미스 베이커는 친절하게도 이 문제에 관해 당신에게 얘

36   영국 옥스퍼드 대학교에 속한 단과 대학.

기해 주겠다고 하더군요."

나는 '이 문제'라는 것이 도대체 무엇인지 눈곱만큼도 짐작할 수 없었지만 흥미롭다기보다 좀 귀찮다는 생각이 들었다. 나는 제이 개츠비 씨에 대해 이야기하려고 조던에게 차를 마시자고 한 게 아니었다. 그 부탁이라는 것이 터무니없는 일이리라는 확신이 들자 잠깐이나마 사람들이 득실거리는 그의 잔디밭에 발을 들여놓았음을 후회했다.

그는 더 이상 말하려 하지 않았다. 뉴욕시에 가까워지자 그의 태도는 더욱 반듯해졌다. 우리는 옆구리에 붉은 띠를 두른 대양 횡단 선박들이 언뜻언뜻 비치는 포트루스벨트37를 지나 거무스레하니 빛이 바랬지만 아직 사람들이 드나드는 1900년대의 술집들이 줄지어 있는 빈민굴의 자갈길을 빠른 속도로 지나갔다. 그러자 이윽고 쓰레기 계곡이 양쪽으로 펼쳐졌다. 그곳을 지나가는 동안 정비소에서 윌슨 부인이 기운차게 헐떡거리며 펌프를 누르고 있는 모습이 언뜻 보였다.

우리는 흙받기를 날개처럼 펴고 롱아일랜드시티를 절반쯤 가볍게 지나갔다. 그러다가 잠시 멈춰 섰는데, 고가 철도의 기둥 사이를 돌 때 "탁, 탁, 탁!" 하는 귀에 익은 오토바이 소리와 함께 경찰관 하나가 미친 듯이 우리 옆을 바짝 따라왔기 때문이다.

"알았소, 형씨." 개츠비가 소리쳤다. 우리는 속력을 늦추었다. 개츠비는 지갑에서 하얀 카드를 하나 꺼내더니 경찰관의 눈앞에 대고 흔들어 보였다.

---

37 롱아일랜드에는 이런 지명이 없다. '포트워싱턴'이 있기는 하지만 맨해튼에서 멀리 떨어져 있다.

"됐습니다." 경찰관이 거수경례하며 말했다. "개츠비 씨, 다음부터는 알아 모시겠습니다. 실례가 많았습니다!"

"그게 뭐였습니까? 옥스퍼드 사진이라도 보여 준 겁니까?" 내가 물었다.

"언젠가 경찰서장한테 호의를 베푼 적이 있거든요. 그랬더니 해마다 크리스마스카드를 보내와요."

거대한 다리 너머, 햇빛은 들보 사이로 움직이는 자동차들을 끊임없이 아른아른 비추었고, 강 건너로는 하얀 각설탕 덩어리 같은 도시가 솟아 있었다. 바라건대 저 도시의 모든 것이 냄새나지 않는 깨끗한 돈으로 세워졌으면 했다. 퀸스보로 다리에서 바라보는 뉴욕은 언제나 처음 보는 도시 같았고, 여전히 이 세상의 모든 신비와 아름다움에 대한 터무니없는 첫 약속을 간직하고 있었다.

시신 한 구가 꽃으로 장식한 영구차에 실려 지나가고 있었고, 차양을 내린 마차 두 대와 고인의 친구들을 태운 좀 더 밝은 분위기의 마차들이 그 뒤를 따랐다. 그 친구들은 남동부 유럽인 특유의 짧은 윗입술과 슬픈 눈빛으로 우리를 내려다보았다. 나는 그들이 이처럼 우울한 휴일에 개츠비의 화려한 차를 보았다고 생각하니 기분이 좋았다. 마침 블랙웰아일랜드[38]를 지날 때 백인 기사가 운전하는 리무진 한 대가 우리 앞을 지나갔는데, 그 안에는 맵시 있게 차려입은 흑인 남자 둘과 여자 하나, 전부 세 사람이 타고 있었다. 그들이 거만하게 경

---

38 퀸스와 맨해튼 사이를 흐르는 이스트강에 위치한 섬. 한때 자선 병원과 형무소가 있었다. 1921년에 '웰페어아일랜드'로, 1973년에 다시 '프랭클린루스벨트아일랜드'로 이름을 바꾸었다.

쟁이라도 하듯 우리를 향해 달걀 노른자위 같은 눈동자를 굴리는 모습을 보고 나는 크게 웃음을 터뜨렸다.

'이 다리를 넘어섰으니 이제 무슨 일이든 일어날 수 있을 거야. 정말로 무슨 일이든…….' 나는 혼자 생각에 잠겼다.

심지어 개츠비 같은 인물의 존재마저 특별히 놀랍지는 않을 터였다.

소란스러운 정오였다. 선풍기가 잘 돌아가는 42번가의 지하 레스토랑에서 개츠비와 점심을 먹기 위해 만났다. 바깥 거리의 햇살 때문에 눈을 끔벅거리다가 대기실에서 다른 사람과 이야기를 나누는 그를 겨우 알아보았다.

"캐러웨이 씨, 이쪽은 내 친구 울프심[39] 씨입니다."

체구가 작고 코가 납작한 유대인 한 사람이 큼직한 머리를 쳐들더니 양쪽 콧구멍에 코털이 무성하게 자란 얼굴로 나를 쳐다보았다. 잠시 후 나는 어슴푸레함 속에서 그의 조그마한 두 눈을 찾아냈다.

"……그래서 난 그를 한 번 쳐다보았지……." 울프심이 진지하게 내 손을 쥐고 흔들어 대며 말했다. "……한데 내가 어떻게 했을 것 같나?"

"무슨 말씀이신지?" 내가 정중하게 물었다.

그런데 그가 내 손을 놓고 다양한 감정을 표현하는 코로 개츠비를 가리키는 것으로 보아 나에게 건넨 말이 아닌 게 틀림없었다.

"캐츠포한테 돈을 건네주며 이렇게 말했지. '좋아, 캐츠

---

39 도박사이자 조직 폭력계의 거물인 아널드 로스스타인을 모델로 한 인물.

포. 입을 다물기 전까진 그자에게 땡전 한 푼도 주지 마.'라고 말이야. 그랬더니 그 자리에서 즉시 입을 다물더군."

개츠비가 우리 두 사람의 팔을 잡고 레스토랑 안으로 들어가자 울프심은 막 꺼내려던 말을 삼키고 최면술에 걸린 사람처럼 멍하게 있었다.

"하이볼[40]로 드릴까요?" 수석 웨이터가 물었다.

"근사한 레스토랑이군." 울프심이 천장에 장로교회풍으로 그려진 요정들을 쳐다보면서 말했다. "하지만 난 길 건너편 레스토랑이 더 좋아!"

"그래, 하이볼로 주게나." 개츠비가 웨이터에게 주문한 뒤 울프심에게 말했다. "거긴 너무 더워요."

"덥고 비좁은 건 사실이야……. 하지만 온갖 추억이 깃들어 있는 곳이거든." 울프심이 말했다.

"거기가 어딘데요?" 내가 물었다.

"옛 메트로폴[41] 말입니다."

"옛 메트로폴이라." 울프심 씨는 침울한 얼굴로 생각에 잠겼다. "죽은 사람의 얼굴과 떠나가 버린 사람의 얼굴로 가득 차 있지. 이제 영원히 가 버린 친구들의 얼굴로 말이야. 거기서 로지 로즌설[42]이 총에 맞은 일은 평생 잊을 수 없을 테지. 그때 우린 여섯이서 테이블에 앉아 있었고, 로지는 밤새도록 무진장 먹고 마셨지. 새벽이 되어 갈 무렵 웨이터가 이상한 표정을 지으며 그에게 다가오더니 밖에서 누가 잠깐 보자고 한

---

40 위스키나 브랜디에 얼음을 넣고 소다수나 물을 섞은 음료.

41 브로드웨이와 43번가 근처에 위치한 호텔.

42 조직 폭력계 인물로, 1912년 메트로폴 호텔에서 반대파 갱 단원에게 살해되었다. 본명은 허먼 로즌설로 '로지'는 그의 애칭이다.

다는 거야. 로지가 '좋아.'라고 하면서 자리에서 일어나려고 하기에 나는 그를 끌어다가 다시 의자에 앉혔지.

'만나고 싶으면 그 개자식들보고 직접 이리로 오라고 해, 로지. 이 방 밖으로는 단 한 발도 절대 나가선 안 돼.'

새벽 4시 무렵이었으니 아마 블라인드를 올렸더라면 밝은 새벽빛을 볼 수 있었을 거야."

"그래서 그 사람은 밖으로 나갔나요?" 내가 순진하게 물었다.

"물론 나갔고말고." 분노가 치미는 듯 울프심의 코가 나를 향해 번쩍 빛났다. "그는 문 쪽으로 가면서 이렇게 말했어. '웨이터가 내 커피를 가져가지 못하게 해!' 그리고 나서 그가 보도로 걸어 나가자 놈들은 그의 불룩한 배에다 총을 세 방 갈기고는 차를 타고 달아나 버렸지."

"그중 네 명은 전기의자에서 처형당했지요." 내가 기억을 더듬으며 말했다.

"베커까지 넣으면 모두 다섯 명이지." 그는 흥미로운 표정을 지으며 나를 향해 코를 벌름거렸다. "사업 거래선을 찾고 있는 모양이로군."

이 두 문장이 어떻게 서로 연결될 수 있는지 당혹스러웠다. 개츠비가 나 대신 대답했다.

"아, 아닙니다. 이 친구는 그 사람이 아니에요!" 그가 큰 소리로 외쳤다.

"아니라고?" 울프심은 실망한 듯한 표정이었다.

"이 사람은 그냥 친구예요. 그 이야기는 다음에 하자고 말씀드렸는데요."

"미안하이. 사람을 잘못 봤군그래." 울프심이 말했다.

잘게 썬 육즙 가득한 고기가 나오자 울프심은 옛 메트로 폴의 감상을 완전히 잊은 듯 게걸스럽게 먹어 치웠다. 그러면서도 눈으로는 아주 천천히 식당을 두루 살폈다. 등을 돌려 바로 뒤에 있는 사람들까지 살펴보고 나서야 한 바퀴 둘러보는 일을 비로소 마쳤다. 만약 내가 없었더라면 아마 우리 식탁 밑까지도 들여다보았을 것이다.

"이봐요, 형씨." 개츠비가 나한테 몸을 기울이면서 말했다. "오늘 아침 차에서 당신 기분을 상하게 하지 않았는지 모르겠습니다."

예의 그 미소가 다시 얼굴에 떠올랐지만 이번에는 나도 굽히지 않았다.

"나는 비밀을 싫어합니다. 그리고 당신이 왜 툭 터놓고 원하는 걸 말하지 않는지 알 수 없군요. 왜 이 모든 걸 미스 베이커를 통해서 알아야 합니까?" 내가 대답했다.

"아, 비밀이랄 건 아무것도 없어요." 그는 나를 안심시키듯 말했다. "아시다시피 미스 베이커는 훌륭한 선수가 아닙니까? 그러니 옳지 않은 일은 절대로 할 리 없어요."

돌연 그는 시계를 들여다보더니 자리를 박차고 일어나서 울프심과 나만을 테이블에 남겨 둔 채 급히 밖으로 나갔다.

"전화를 걸 일이 있어서 그래." 그의 뒷모습을 눈으로 좇으며 울프심이 말했다. "좋은 친구지, 안 그런가? 얼굴도 미남이고 나무랄 데 없는 신사야."

"그래요."

"그는 영국의 오그스퍼드[43] 출신이야."

---

43 울프심은 사투리를 사용하므로 '옥스퍼드'를 묘하게 발음한다.

"아, 네."

"그는 영국에 있는 오그스퍼드 대학교에 다녔어. 오그스퍼드 대학교를 아시나?"

"네, 들어 봤습니다."

"세계에서 제일 유명한 대학 중의 하나야."

"개츠비 씨를 아신 지 오래되었나요?" 내가 물었다.

"몇 년 됐지." 그가 만족한 듯 대답했다. "운 좋게도 전쟁 직후에 그와 알게 되었지. 한 시간 동안 그와 얘기하고 나니 교양 있는 사람을 만났구나 하는 생각이 들었어. '집에 데려가서 어머니와 누이동생에게 소개해 주고 싶은 사람이구먼.' 하고 혼잣말을 할 정도였다니까." 그는 잠시 말을 끊었다. "아, 내 커프스단추를 쳐다보고 있군그래."

사실 나는 커프스단추를 전혀 의식하지 않았지만 그가 그렇게 말하는 바람에 쳐다볼 수밖에 없었다. 이상하게도 친근감이 드는, 상아로 만든 단추였다.

"최상품 인간의 어금니로 만든 거요." 그가 나에게 알려 주었다.

"그렇군요!" 나는 그 단추들을 자세히 살펴보았다. "참 기발한 발상이로군요."

"그렇지." 그는 윗도리 속으로 소매를 추켜올렸다. "그래, 개츠비는 여자들에 대해 퍽 조심스럽게 굴지. 친구 마누라는 쳐다보지도 않으려고 해."

본능적으로 신뢰하는 젊은이가 돌아와서 도로 식탁에 앉자 울프심은 커피를 훌쩍 마시고 자리에서 일어섰다.

"점심 잘 먹었네. 젊은 사람들이 귀찮아하기 전에 난 그만 가 보도록 하지." 그가 말했다.

"서두를 필요 없어요, 마이어." 개츠비가 별 성의도 없이 말했다. 울프심은 마치 축복의 기도라도 올리듯 손을 들어 올렸다.

"호의는 고맙네만 난 세대가 다르다네." 그가 정중하게 말했다. "자네들은 여기 앉아서 스포츠나 젊은 아가씨들에 대해 이야기하라고. 그리고……." 그는 다음 말은 알아서 상상하라는 듯 다시 한 번 손을 흔들어 보였다. "나로 말하자면, 올해 나이가 쉰이니 더 이상 자네들을 귀찮게 하고 싶지 않네."

악수를 하고 돌아설 때 슬프게 생긴 그의 코가 바르르 떨렸다. 나는 혹시 그의 기분을 상하게 할 만한 말을 하지는 않았나, 되짚어 보았다.

"저 사람은 이따금 아주 감상적일 때가 있어요. 오늘이 바로 그런 날이에요. 뉴욕 인근에선 꽤 독특한 인물이죠……. 브로드웨이에서 살다시피 해요." 개츠비가 설명했다.

"도대체 뭐 하는 사람인데요……? 연극배우입니까?"

"아뇨."

"그럼 치과 의사인가요?"

"마이어 울프심이? 아뇨, 그는 도박사입니다." 개츠비가 망설이다가 냉담하게 덧붙였다. "1919년 월드 시리즈를 조작한[44] 장본인이지요."

"월드 시리즈를 조작해요?" 내가 되물었다.

그 말을 듣자 나는 머리가 다 아찔했다. 물론 1919년에 월

---

44 흔히 '블랙삭스 부정 사건'으로 알려져 있다. 1919년 시카고 화이트삭스 소속의 선수 여덟 명이 뇌물을 받고 신시내티 레즈에 일부러 패배해 주었다는 내용의 추문이다. 당시 배후의 조종 인물로 아널드 로스스타인이 지목되었다.

드 시리즈가 조작된 사실을 기억하고 있었지만, 단지 우연히 발생한 사건이라고, 여러 불가피한 상황이 뒤얽힌 결과라고 여겼을 따름이었다. 한 인간이 5000만 명이나 되는 사람들의 믿음을 가지고 놀 수 있다고는 전혀 생각하지 못했던 것이다. 그것도 금고를 폭파시키는 강도처럼 집요하게 말이다.

"어떻게 그런 일이 일어날 수 있습니까?" 내가 잠시 뒤에 물었다.

"기회를 잡았던 거지요."

"왜 감옥에 들어가 있지 않죠?"

"그 사람을 잡아넣지는 못해요, 형씨. 머리가 잘 돌아가는 사람이니까요."

나는 점심값을 내겠다고 고집했다. 웨이터가 거스름돈을 가지고 왔을 때, 사람들이 붐비는 레스토랑 건너편에 있는 톰 뷰캐넌이 눈에 띄었다.

"잠깐만 저를 따라오세요. 인사할 사람이 있어서요." 내가 말했다.

톰은 우리를 보자 자리에서 벌떡 일어나더니 우리 쪽으로 대여섯 걸음 다가왔다.

"도대체 그동안 어디 있었나? 자네한테서 연락이 오지 않는다고 데이지가 몹시 화내고 있어." 그가 반가워하며 물었다.

"이쪽은 개츠비 씨 그리고 이쪽은 뷰캐넌 씨입니다."

그들은 짧게 악수를 나누었고, 개츠비의 얼굴이 굳으면서 당황스러워하는 어색한 표정이 떠올랐다.

"도대체 그동안 어디에서 뭘 하고 지낸 거야? 오늘은 어쩌다 이렇게 멀리까지 식사를 하러 왔고?" 톰이 나에게 다그쳐 물었다.

"개츠비 씨와 함께 점심을 하고……."

내가 다시 개츠비 쪽으로 몸을 돌렸을 때, 그는 어느새 자리를 뜨고 없었다.

1917년 10월 어느 날이었지요…….

(그날 오후 조던 베이커는 플라자 호텔 커피숍의 딱딱한 의자에 몸을 꼿꼿이 세우고 앉아서 이렇게 말했다.)

……저는 보도와 잔디밭을 오가면서 이리저리 걷고 있었어요. 잔디밭 쪽이 더 기분이 좋았지요. 밑창에 고무를 덧댄 영국산 구두를 신고 있어서 부드러운 땅바닥에 쏙쏙 박혔거든요. 또 새로 산 체크무늬 스커트를 입고 있었는데 바람에 조금 날렸어요. 그럴 때마다 집집이 문 앞에 걸려 있는 붉은색과 흰색, 푸른색 깃발이 팽팽하게 펼쳐지면서 불만스럽다는 듯 '탓, 탓, 탓' 소리를 냈지요.

깃발과 잔디밭 모두 데이지 페이 집안의 것이 제일 컸어요. 데이지는 저보다 두 살 위로 열여덟 살이었고, 루이빌의 젊은 아가씨 중에서 제일 인기가 있었지요. 그녀는 흰옷을 차려입고 새하얀 작은 로드스터를 몰고 다녔어요. 데이지의 집에는 하루 종일 전화벨이 울려 댔죠. 캠프 테일러에서 온 흥분한 젊은 장교들은 그날 밤 '단 한 시간이라도' 그녀를 독차지하려고 야단법석이었거든요.

그날 아침 데이지의 집 맞은편에 가 보니 흰색 로드스터가 길모퉁이에 서 있었고, 그 차 안에 처음 보는 중위와 그녀가 함께 앉아 있는 모습이 보였어요. 서로에게 어찌나 푹 빠져 있던지 제가 1.5미터쯤 떨어진 곳까지 가까이 다가가도록 알아채지 못하는 거예요.

"안녕, 조던." 데이지가 놀란 듯한 표정으로 소리쳤어요. "이리 좀 와 봐."

그녀가 저와 말하고 싶어 한다고 생각하니 기분이 우쭐해졌어요. 저보다 나이가 위인 여자들 중에서 데이지가 제일 좋았거든요. 그녀는 붕대 만들러 적십자사에 가는 길이냐고 물었어요. 그렇다고 대답했지요. 그랬더니 자기는 그날 갈 수 없다고 전해 달라고 하더군요. 그 장교는 데이지가 말하는 동안 줄곧 그녀를 쳐다보고 있었는데, 젊은 아가씨라면 누구나 받고 싶을 만한 시선이었지요. 제게는 무척 로맨틱해 보였기에 여전히 기억하고 있어요. 그 장교의 이름이 바로 제이 개츠비였고, 저는 그 뒤로 사 년 넘게 그 사람을 보지 못했어요…… 심지어 그 뒤 롱아일랜드에서 만났을 때도 그가 그 사람인 줄 몰랐죠.

그게 1917년의 일이었어요. 그 이듬해 내게도 남자 친구가 몇 사람 생겼고, 골프 시합에 나가기 시작하면서 데이지를 자주 만나지 못했어요. 그녀가 어울리는 사람들은 꼭 그녀보다 약간 더 나이가 많았어요. 그런데 이상한 소문이 돌기 시작했죠…… 어느 겨울밤, 데이지가 해외로 파견되는 군인 한 사람을 배웅하러 뉴욕에 가려고 가방을 챙기다가 어머니한테 들켰다는 거예요. 뉴욕에 못 가게 된 그녀는 몇 주일 동안 집 안사람들하고 말 한마디 하지 않았대요. 그런 일이 있은 뒤 그녀는 더 이상 군인들과 사귀지 않았고, 그 대신 군대에 갈 수 없는 평발이나 근시의 남자들하고만 돌아다녔어요.

하지만 이듬해 가을이 되자 데이지는 다시 평소와 마찬가지로 명랑해졌어요. 세계 대전이 휴전에 들어간 뒤 사교계에 데뷔하더니 2월에 뉴올리언스 출신의 남자와 약혼했다는 얘기가 들려왔죠. 그런데 6월이 되자 데이지는 시카고의 톰 뷰캐넌과 결혼했어요. 루이빌에서는 일찍이 보지 못한, 그야말로 성대한 결혼식이었지요. 신랑은 기차 객실 네 대에 백 명이나 되는 하객을 데리고 와서 실바크 호텔 한 층을 통째로 빌렸어요. 결혼식 전날에는 그녀에게 35만 달러짜리 진주 목걸이를 선물했어요.

저는 신부 들러리였어요. 결혼식 전날 밤 피로연이 열리기 삼십 분 전에 신부 방에 들어가 보니 그녀는 꽃 장식을 한 드레스를 차려입고 6월의 여름밤처럼 아름다운 모습으로 침대에 누워 있었어요⋯⋯. 그런데 코가 삐뚤어지게 곤드레만드레 취해 있는 거예요. 한 손에는 백포도주 병을 쥐고, 다른 손에는 편지 한 통을 들고 있었어요.

"축하해 줘. 술을 마셔 본 적이 없는데, 아 왜 이렇게 술맛이 좋을까!" 그녀가 중얼거렸지요.

"데이지, 도대체 왜 이러는 거야?"

저는 덜컥 겁이 났어요. 정말로요. 단 한 번도 그렇게 술 취한 여자를 본 적이 없었거든요.

"자, 여기 있어." 그녀는 침대 위에 올려놓은 휴지통을 뒤지더니 진주 목걸이를 꺼냈어요. "이걸 갖고 내려가서 임자가 누구든 그 사람한테 돌려줘. 어서 가서 데이지의 마으음이 변했다고 전해 주고, '데이지의 마으음이 변했다.'라고 말이야!"

데이지는 울기 시작했어요⋯⋯. 울고 또 울었지요. 저는 곧장 데이지 어머니의 가정부를 찾아서 데려왔어요. 우리는 문을 걸어 잠근 뒤 찬물을 채운 욕조 속에 그녀를 집어넣었어요. 그래도 손에 쥔 편지를 놓으려고 하지 않더군요. 아예 그 편지를 가지고 욕조 속에 들어갔어요. 기어이 물에 담가 젖은 공처럼 쥐어짜더니 눈송이같이 조각조각 흩어지는 광경을 보고 나서야 겨우 그것을 비누 접시에 버리게 해 주었어요.

하지만 다른 말은 한마디도 하지 않았어요. 우리는 그녀에게 암모니아 냄새를 맡게 해서 정신을 차리게 한 뒤 그녀의 이마에 얼음을 얹어 주고 다시 드레스를 입혀 주었지요. 그리고 삼십 분 뒤 방에서 나왔을 때 진주 목걸이는 제대로 목에 걸려 있었고요. 그 소동은 그렇게 끝이 났어요. 이튿날 5시에 그녀는 눈 하나 깜박하지 않고 톰 뷰캐넌과 결혼식을 올렸고, 석 달 동안 남태평양으로 신혼여행을 떠났지요.

두 사람이 신혼여행에서 돌아왔을 때 샌타바버라[45]에서 만났는데, 저는 남편에게 그렇게 반해 있는 여자는 처음 보았어요. 그가 잠깐이라도 방을 나가면 불안하게 방 안을 둘러보며 이렇게 말하는 거예요. "톰은 어디 간 거야?" 그러곤 문에서 그가 나타날 때까지 얼빠진 얼굴을 하고 있는 거예요. 모래사장에 앉아서 남편의 머리를 무릎에 올려놓은 채 한 시간씩이나 손으로 그의 눈가를 쓰다듬고 문지르며 더없이 행복한 표정으로 내려다보곤 했지요. 그들이 함께 있는 모습은 감동적이었어요……. 그때가 8월이었지요. 제가 샌타바버라를 떠난 지 일주일 뒤에 톰의 차가 벤투라 가도[46]에서 왜건과 충돌하여 그만 앞바퀴가 빠져 버린 사고가 있었어요. 같이 타고 있던 여자의 팔이 부러지는 바람에 몇몇 신문에 났지요. 샌타바버라 호텔에서 청소부로 일하는 여자였어요.

45   미국 캘리포니아주 태평양 연안에 있는 휴양 도시.
46   로스앤젤레스와 샌타바버라 사이에 있는 고속 도로. 경치가 아름답기로 유명하다.

이듬해 4월, 데이지는 딸을 낳았고 그들은 일 년 동안 프랑스로 건너가서 지냈지요. 저는 어느 해 봄에 칸[47]에서 그들을 만났고 그다음엔 도빌[48]에서 보았는데, 그 뒤 그들은 시카고로 돌아와서 정착했어요. 아시다시피 데이지는 시카고에서 무척 인기가 있었어요. 두 사람은 젊고 돈 많고 난폭한 무리와 어울려 다녔지만 그녀의 평판은 아주 좋았지요. 아마 술을 마시지 않았기 때문일 거예요. 술꾼들 틈에서 술을 마시지 않는다는 건 커다란 이점이 있거든요. 입조심도 할 수 있고, 설사 어떤 작은 실수를 하더라도 자기한테 유리하게 상황을 이끌 수 있잖아요. 다른 사람들이 잔뜩 술에 취해서 그 실수를 알아보지 못하거나 상관하지 않도록 말이에요. 데이지는 외도 따위는 꿈도 꾸지 못했을 거예요……. 하지만 그녀의 목소리에는 뭔가 심상치 않은 구석이 있었죠…….

그런데 여섯 주 전쯤에 데이지가 몇 년 만에 처음으로 개츠비의 이름을 다시 들은 거예요. 바로 제가 당신에게 물었을 때에요……. 기억나세요? 웨스트에그에 사는 개츠비라는 사람을 아느냐고 물었잖아요. 당신이 집으로 돌아간 뒤 내 방에 들어와서 나를 깨우더니 이렇게 물어보더군요. "개츠비라니, 어느 개츠비 말이야?" 그래서 제가 이러저러한 사람이라고 말해 줬지요……. 저는 반쯤 잠들어 있었거든요……. 그러자 그녀는 아주 이상야릇한 목소리로 자기가 아는 사람이 틀림없다고 하는 거예요. 그제야 저는 데이지의 하얀 자동차에 타고 있던 장교와 개츠비를 비로소 연관 짓게 됐지요.

47 프랑스 리비에라 해안에 위치한 휴양 도시.
48 프랑스 서북쪽 해안에 자리한 휴양 도시.

조던 베이커가 모든 이야기를 마쳤을 때는 플라자 호텔을 떠난 지 삼십 분이 지난 뒤로, 우리는 관광용 사륜마차를 타고 센트럴파크를 지나고 있었다. 해는 벌써 영화배우들이 사는 웨스트 50번가의 높다란 아파트 뒤로 넘어갔고, 여자아이들의 맑은 목소리가 풀 속 귀뚜라미의 울음처럼 무더운 황혼을 뚫고 솟아올랐다.

나는 아라비아의 족장
그대의 사랑은 나의 것
그대가 잠들어 있는 한밤중에
그대의 텐트 속으로 몰래 들어가리……49

"참으로 기묘한 우연이군요." 내가 말했다.
"하지만 그건 우연이 아니었어요."
"아니라니요?"
"개츠비가 그 집을 산 것은, 데이지가 바로 그 만의 건너편에 살고 있었기 때문이니까요."

그렇다면 그 6월의 밤에 그가 그토록 애타게 바라보던 것은 밤하늘의 별만이 아니었던가. 개츠비는 아무런 목적도 없는 호화로움의 자궁으로부터 갑자기 태어나서 생생한 모습으로 나에게 다가왔던 것이다.

"그는 알고 싶어 해요……." 조던이 말을 이었다. "……어느 날이든 오후에 당신이 데이지를 집으로 초대하면 자기도

---

49 해리 B. 스미스와 프랜시스 윌러가 작사하고 테드 스나이더가 작곡한 「아라비아 족장」이라는 노래로, 1921년에 미국에서 크게 유행했다.

불러 줄 수 있는지 말이에요."

그토록 겸손한 부탁을 듣자 나는 너무 놀라서 몸이 다 떨릴 지경이었다. 그는 오 년을 기다리며 우연히 날아드는 나방들에게 별빛을 나눠 줄 저택을 구입한 것이었다. 정작 자신은 어느 날 오후에 낯선 사람의 집 정원으로 '건너갈' 수 있게끔 말이다.

"그렇게 간단한 걸 부탁하려고 내게 이 얘길 전부 했나요?"

"그는 두려워하고 있어요. 그토록 오랫동안 기다려 왔으니까요. 또 당신 기분을 상하게 할까 봐 걱정하는 마음도 있고요. 그러면서도 그 사람은 자못 완강하지요."

뭔가 불안한 마음이 들었다.

"왜 그 사람은 직접 당신에게 데이지를 만나게 해 달라고 부탁하지 않는 겁니까?"

"그 사람은 데이지에게 자기 집을 보여 주고 싶은 거예요. 당신 집이 바로 그 옆에 있잖아요." 그녀가 설명했다.

"아, 그렇군요!"

"언젠가 밤에 그녀가 자기 파티에 우연히 들르기를 바랐나 봐요." 조던이 말을 이었다. "하지만 그녀는 오지 않았어요. 그래서 그는 아무렇지도 않은 듯 사람들에게 그녀를 아는지 묻기 시작했고, 그렇게 해서 처음으로 찾아낸 사람이 저였죠. 파티에서 저를 부른 바로 그날 말이에요. 그 사람이 얼마나 조심스럽게 계획을 짰는지 몰라요. 물론 저는 즉시 뉴욕에서 점심을 같이 하자고 했지요……. 제 말을 듣더니 금방이라도 화를 낼 것 같더군요.

'상식에서 벗어나는 행동은 하기 싫습니다!' 그는 계속해

서 이렇게 말하는 거예요. '바로 옆집에서 만나고 싶어요.'

당신이 톰과 각별한 사이라는 얘기를 해 주자 그는 계획을 전부 포기하려고 했어요. 그는 톰에 대해 아는 게 거의 없어요. 혹시나 데이지의 이름이 눈에 띌까 해서 몇 해 동안 시카고의 신문을 빠짐없이 읽었다고는 해도 말이지요."

벌써 날이 어두워지고 있었다. 우리가 탄 마차가 작은 다리 아랫길로 들어섰을 때 나는 한 팔로 조던의 황금빛 어깨를 감싸고 내 쪽으로 끌어당기며 저녁을 같이 하지 않겠느냐고 제안했다. 갑자기 데이지와 개츠비에 대한 생각이 머릿속에서 사라졌다. 그 대신 세상을 냉소적으로 대하는 깔끔하고 강인하며 약간은 식견이 좁은 여자, 내 둥근 팔에 안겨서 유쾌히 몸을 기대고 있는 이 여자에게 온정신이 팔려 있었다. 짜릿한 흥분과 함께 경구 한 구절이 귓가에 울려 대기 시작했다. '이 세상에는 쫓기는 자와 쫓는 자, 바쁘게 뛰는 자와 지쳐 버린 자가 있을 따름이로다.'

"그리고 데이지한테도 자기 삶이 있어야 해요." 조던이 나에게 중얼거렸다.

"데이지는 개츠비를 만나고 싶어 하나요?"

"그녀는 아직 아무것도 몰라요. 개츠비는 그녀가 이 사실을 모르길 원해요. 당신은 그냥 데이지에게 차를 마시러 오라고 초대하기만 하면 돼요."

장벽처럼 늘어선 어두운 나무숲을 지나자 59번가 앞으로 한 블록 가득, 아늑하지만 창백한 불빛이 공원 안쪽을 비추었다. 개츠비나 톰 뷰캐넌과 달리 나에게는 어두운 처마 밑이나 눈이 부시도록 번쩍이는 간판을 따라 떠도는 형체 없는 얼굴의 여인이 없었다. 그래서 나는 두 팔을 조이며 옆에 있는 여

자를 바짝 끌어당겼다. 조소하는 듯한 창백한 입술로 그녀가
미소를 짓자 이번에는 내 얼굴 쪽으로 다시 한 번 바짝 끌어당
겼다.

5

그날 밤 웨스트에그의 집으로 돌아왔을 때 나는 잠깐이나마 우리 집에 불이 난 줄 알았다. 새벽 2시인데도 웨스트에그 반도의 한 모퉁이 전체가 불빛으로 활활 타오르고 있었기 때문이다. 그 불빛은 관목에 비쳐 환상적으로 보이는가 하면, 길가 전선에도 가늘고 길쭉한 빛을 번쩍 비추었다. 길모퉁이 하나를 돌아선 뒤에야 비로소 나는 그것이 건물 꼭대기에서 지하실까지 환하게 불을 밝혀 놓은 개츠비의 저택이라는 사실을 깨달았다.

처음에는 또 파티가 열리나 보다, 하고 생각했다. 시끌벅적한 파티를 벌이다가 '숨바꼭질'이나 '정어리 놀이'[50]를 하느라 온 집 안을 활짝 열어젖히고 놀이터로 만든 줄 알았다. 그러나 아무 소리도 들리지 않았다. 다만 나무에 스치는 바람이 전깃줄을 흔들어 대는 탓에 마치 집은 어둠을 향해 윙크하

---

50 Sardines-in-the-box. 숨바꼭질을 거꾸로 즐기는 놀이로, 한 명이 숨으면 여러 사람이 찾으러 다닌다.

듯 명멸할 뿐이었다. 내가 탄 택시가 부르릉거리며 달아나자 개츠비가 잔디밭을 가로질러 나에게 걸어오는 모습이 보였다.

"집이 마치 세계 박람회장 같군요." 내가 말했다.

"그렇게 보입니까?" 그는 멍하니 자기 집 쪽으로 눈을 돌렸다. "방을 좀 돌아보고 있었지요. 우리 코니아일랜드[51]에 갈까요, 형씨? 제 자동차로 말입니다."

"그러기에는 너무 늦었어요."

"그럼 풀장에 뛰어드는 건 어때요? 여름 내내 한 번도 이용하지 않았거든요."

"전 잠을 좀 자야겠어요."

"그럼 하는 수 없군요."

그는 조바심을 억누르며 잠자코 나를 바라보았다.

"미스 베이커와 이야기를 나눴습니다." 내가 잠시 뒤 말했다. "내일 데이지에게 전화를 걸어서 우리 집에 차를 마시러 오라고 할 겁니다."

"아, 그거 잘됐군요." 그가 무관심한 듯 대꾸했다. "당신에게 폐를 끼치고 싶지 않습니다만."

"언제가 좋겠습니까?"

"당신은 언제가 좋습니까?" 그는 내 말을 재빨리 되받았다. "정말 폐가 되고 싶지 않아서요."

"내일모레가 어떻습니까?"

그는 잠시 생각에 잠겼다. 그러고 나서 내키지 않는다는 듯 이렇게 대답했다.

"잔디를 깎았으면 하는데요."

---

51 미국 뉴욕시 맨해튼 근교의 브루클린에 위치한 유원지.

우리는 동시에 잔디밭을 쳐다보았다. 초라한 우리 집 잔디와 색이 짙고 잘 가꿔진 저택의 잔디가 아주 뚜렷이 경계를 이루었다. 나는 그가 우리 잔디를 말하는 것이 아닌가, 하고 생각했다.

"의논드릴 작은 일이 하나 더 있는데요." 그는 모호하게 말하면서 머뭇거렸다.

"그럼 아예 며칠 뒤로 연기할까요?" 내가 물었다.

"저어, 그게 아닙니다. 적어도……." 그는 말만 꺼내 놓고 우물쭈물했다. "저어, 내 생각엔…… 글쎄, 한데 말이지요. 형씨, 돈을 그렇게 많이 버는 편은 아니지요?"

"네, 그다지 많이 벌지는 못합니다만."

이 대답에 안심이 되었는지 그는 확신을 가지고 말을 이어 나갔다.

"그럴 줄 알았습니다. 실례였다면 용서하십시오……. 아시다시피, 나는 부업으로 조그마한 사업을 하고 있습니다. 그래서 생각해 봤는데, 당신 수입이 그리 많지 않다면……. 채권 판매 일을 하고 계시지요, 형씨?"

"그러려고 하고 있지요."

"그럼 이 일에 구미가 당길 겁니다. 시간을 별로 들이지 않고서도 꽤 많은 돈을 벌 수 있거든요. 가끔 비밀에 부쳐야 하는 일이 생기기는 하지만."

만약 다른 상황에서 이런 이야기가 오갔다면 이 일은 분명 내 인생에서 커다란 위기가 되었을 것이다. 그러나 이때는 그 제안이 단지 내가 신경 써 주었음에 대한 보답임이 명백했으므로 나는 그 자리에서 거절하는 것 외에 달리 선택의 여지가 없었다.

"지금 하는 일도 벅찹니다. 고맙긴 하지만 다른 일을 할 수가 없어요." 내가 대답했다.

"울프심하고 거래할 필요가 없는 일인데요." 그는 점심 식사 때 불쑥 튀어나온 '사업 거래선'이라는 말 때문에 내가 뒷 걸음질을 한다고 여기는 모양이었다. 나는 그런 것이 아니라고 분명히 못 박았다. 그는 내가 뭣이든 대화를 시작하기를 바라면서 좀 더 기다렸지만, 나는 이미 다른 일에 온통 정신이 팔려 있었으므로 아무런 반응을 보이지 않았다. 그러자 그는 하는 수 없이 그냥 집으로 돌아갔다.

그날 밤 내 마음은 가볍고 행복했다. 우리 집 현관에 들어서면서 잠 속으로 걸어 들어가는 듯했다. 그래서 나는 개츠비가 코니아일랜드에 갔는지 가지 않았는지, 또 자기 집에 요란스럽게 불을 밝히고 그가 얼마간 '방들을 둘러보았는지' 알지 못한다. 이튿날 아침, 나는 사무실에서 데이지에게 전화를 걸어 우리 집으로 차를 마시러 오라고 초대했다.

"톰은 데리고 오지 않았으면 좋겠다." 나는 그녀에게 주의를 주었다.

"뭐라고요?"

"톰은 데리고 오지 말라고."

"'톰'이 누군데요?" 그녀가 순진한 목소리로 물었다.

약속한 날에는 비가 퍼부었다. 11시가 되자 비옷을 입은 사람이 잔디 깎는 기계를 끌고 와서 우리 집 문을 두드리더니 개츠비 씨가 우리 집 잔디를 깎으라고 보냈다고 했다. 그 순간 나는 핀란드인 가정부에게 다시 와 달라고 일러두는 것을 잊어버렸음을 깨달았다. 그래서 웨스트에그 마을로 얼른 차를 몰았다. 하얗게 회칠한 비에 젖은 골목에서 그 여자를 찾아낸

다음, 컵 몇 개와 레몬과 꽃을 샀다.

꽃은 사지 않아도 되는 것이었다. 오후 2시쯤 개츠비의 저택에서 수많은 화분과 함께 아예 온실 전체를 옮겨 온 듯했기 때문이다. 그러고 나서 한 시간 뒤 흰색 플란넬 양복에 은색 셔츠를 입고 황금색 넥타이를 맨 개츠비가 성마르게 현관문을 열어젖히며 허겁지겁 들어왔다. 얼굴은 창백하고 좀체 잠을 자지 못했는지 눈 밑에 거무스레한 흔적이 남아 있었다.

"준비가 다 되었나요?" 집 안에 들어오자마자 그가 물었다.

"잔디를 말하는 거라면 보기 좋게 잘되었지요."

"무슨 잔디 말입니까?" 그가 멍청하게 물었다. "아, 바깥뜰의 잔디 말이군요." 그는 창밖을 내다보았지만 표정으로 보건대 딱히 무언가를 보는 것 같지는 않았다.

"아주 보기 좋군요." 그가 모호하게 말했다. "어떤 신문을 보니까 4시쯤에 비가 그친다고 하더군요. 《저널》에서 본 것 같은데. 준비는 다 되었나요? ……차를 마시는 데 필요한 것 말입니다."

내가 그를 데리고 식료품 저장실로 가자 그는 핀란드인 가정부를 못마땅한 듯 쳐다보았다. 우리는 함께 상점에서 배달된 레몬 케이크 열두 개를 자세히 살펴보았다.

"이 정도면 괜찮을까요?" 내가 물었다.

"물론이지요. 물론이고말고요! 아주 훌륭해요!" 그러고는 "……형씨." 하고 힘없는 목소리로 덧붙였다.

비는 3시 30분쯤 차차 뜸해지더니 축축한 안개로 바뀌었고, 그 안개 속으로 이따금씩 엷은 빗방울들이 이슬처럼 흘러내렸다. 개츠비는 멍한 시선으로 클레이의 『경제학』[52]을 들여다보다가 핀란드인 가정부가 부엌 마룻바닥을 울리며 걷는 소리에 놀라거나, 도무지 보이지는 않지만 바깥에서 놀라운 사건들이 일어나고 있다는 듯 때때로 흐려진 창 쪽으로 시선을 던지기도 했다. 마침내 그가 자리에서 벌떡 일어서더니 애매한 목소리로 집에 가 봐야겠다고 말했다.

"왜 그러십니까?"

"아무도 차를 마시러 오지 않는군요. 시간이 너무 늦었어요!" 그는 마치 다른 약속이라도 있는 양 자기 시계를 들여다보았다. "하루 종일 기다릴 순 없잖아요."

"바보처럼 굴지 마세요. 아직 4시 이 분 전이라고요."

마치 내가 억지로 주저앉힌 듯 개츠비는 비참한 모습으로 다시 자리에 앉았고, 바로 그때 자동차 한 대가 우리 집의 좁은 길로 접어드는 소리가 들렸다. 우리는 함께 벌떡 일어났고, 나는 약간 어리둥절한 얼굴로 마중을 나갔다.

물방울이 떨어지는 라일락나무 밑으로 큼직한 오픈카 한 대가 진입로를 따라 올라와서는 멈췄다. 보라색 삼각 모자 아래, 옆으로 살짝 고개를 숙인 데이지는 밝고 황홀한 미소를 띠며 나를 쳐다보았다.

"오빠, 정말로 여기 사는 거예요?"

활기 넘치는 물결 같은 그녀의 목소리는 우중충한 빗속에서 한껏 기운을 북돋아 주는 강장제와 같았다. 나는 뭐라고 대답하기 전에, 일단 오르락내리락하는 그 목소리를 귀로 따라가는 데 여념이 없었다. 푸른 페인트로 주욱 그어 내린 듯 젖은 머리카락 한 가닥이 그녀의 뺨 위로 흘러내려 있었고, 내가

---

52   영국의 경제학자 헨리 클레이가 쓴 경제학 저서. '일반 독자를 위한 입문서'라
      는 부제가 붙어 있고, 1918년 맥밀런 출판사에서 출간되었다.

자동차에서 내리는 그녀를 도와주려고 붙잡은 손은 빗물에 젖어서 번들거렸다.

"나를 사랑하나요?" 그녀가 내 귀에다 대고 나지막하게 속삭였다. "그게 아니라면 왜 혼자만 오라고 했죠?"

"그건 래크렌트 성(城)53의 비밀이지. 운전기사더러 멀리 가서 한 시간 정도 있다 오라고 해."

"퍼디, 한 시간 뒤에 돌아와요." 기사에게 말하고 나서 그녀는 엄숙한 목소리로 중얼거렸다. "저 사람 이름은 퍼디예요."

"휘발유 때문에 그의 코도 어떻게 된 모양이지?"

"그렇진 않을 거예요. 그런데 그건 왜요?" 그녀가 천진난만하게 말했다.

우리는 집 안으로 들어갔다. 놀랍게도 거실은 아무도 없이 텅 비어 있었다.

"그것참 이상한데!" 내가 소리를 질렀다.

"뭐가 이상해요?"

가벼우면서도 위엄 있게 현관문을 두드리는 소리가 들리자 그녀는 그쪽으로 고개를 돌렸다. 내가 나가서 문을 열어 주었다. 개츠비가 주검처럼 창백한 얼굴로 마치 아령이라도 쥐고 있는 듯 윗도리 주머니에 두 손을 깊숙이 찌른 채 슬픈 표정으로 내 눈을 응시하며 물웅덩이 속에 서 있었다.

그는 여전히 두 손을 윗도리 주머니에 찔러 넣고, 내 옆을 지나서 복도로 걸어 들어갔다. 그러고는 전깃줄에 닿은 양 갑

---

53 영국계 아일랜드 소설가 마리아 에지워스(1767~1849)가 쓴 소설의 제목. 독자들은 이 작품의 결말에 이르러 과연 성의 소유자가 누구인지 의문을 품게 된다.

자기 몸을 홱 돌리더니 거실 안으로 사라져 버렸다. 그 모습은 조금도 우습지 않았다. 나는 심장이 거칠게 뛰고 있음을 느끼면서 점점 거세지는 빗줄기를 막고자 문을 닫았다.

한 삼십 초 동안 아무 소리도 나지 않았다. 그러더니 거실에서 목메인 듯한 중얼거림과 짧은 웃음소리 같은 것이 들려왔고, 이어서 데이지의 꾸민 듯한 맑은 목소리가 들렸다.

"다시 만나게 되어 정말로 기뻐요."

그리고 말이 끊겼다. 견딜 수 없는 침묵이었다. 나는 복도에서 달리 할 일이 없었기 때문에 거실 안으로 들어갔다.

개츠비는 여태 두 손을 호주머니에 찌른 채 억지로 편안함을 가장하며, 심지어 좀 따분하다는 듯 벽난로 장식에 몸을 기대고 있었다. 몸을 너무 뒤로 젖힌 나머지 그의 머리가 고장난 벽난로 장식 시계의 글자판에 닿았다. 그는 이런 자세로, 겁을 먹었으면서도 우아한 모습으로 딱딱한 의자 끝에 앉아 있는 데이지를 혼란한 눈빛으로 내려다보고 있었다.

"우린 전에 만난 적이 있지요." 개츠비가 중얼거렸다. 그는 순간적으로 나를 힐끔 쳐다보았고, 그의 입술은 웃으려다가 만 모양으로 벌어져 있었다. 그 순간 다행히도 그의 머리에 눌린 장식 시계가 위태롭게 옆으로 기울자 그는 몸을 돌려 떨리는 손가락으로 시계를 붙잡아서 제자리에 올려놓았다. 그러고는 뻣뻣하게 소파에 앉더니 팔꿈치를 팔걸이에 올리고 손으로 턱을 괴었다.

"시계를 건드려서 죄송합니다." 그가 말했다.

이제는 오히려 내 얼굴이 뻘겋게 달아올랐다. 머릿속에는 할 말이 가득 차 있었지만 나는 그 흔한 말 한마디조차 끄집어 낼 수 없었다.

"낡은 시계인걸요." 나는 두 사람을 향해 바보처럼 말했다.

한순간 다들 시계가 바닥에 떨어져서 산산조각이 났다고 여기는 것 같았다.

"우린 여러 해 동안 서로 만나지 못했어요." 데이지는 최대한 아무렇지도 않은 목소리로 말했다.

"11월이면 오 년이 됩니다."

개츠비의 기계적인 대답에 우리 모두는 잠시나마 당황했다. 기어이 내가 가까스로 머리를 짜냈고, 부엌에서 차를 준비하는 일을 도와 달라고 청했다. 그런데 두 사람이 자리에서 일어난 바로 그 순간, 마귀 같은 핀란드인 가정부가 쟁반에 차를 받쳐 들고 나타났다.

반갑게 찻잔과 케이크를 건네받으며 법석대는 가운데, 자연스럽게 어떤 신체적 예절이 자리를 잡아 갔다. 개츠비는 아무 눈에도 띄지 않는 곳으로 홀로 옮겨 가서 데이지와 내가 이야기를 나누는 동안 긴장되고 불행해 보이는 눈빛으로 진지하게 우리 두 사람을 번갈아 쳐다보았다. 그러나 조용히 침묵을 지키자고 만난 것이 아니었기에 나는 첫 번째 기회를 틈타 양해를 구하고 자리에서 일어섰다.

"어디 갑니까?" 즉시 개츠비가 놀라서 물었다.

"금방 돌아올 겁니다."

"가기 전에 얘기할 게 있는데요."

그는 서둘러 나를 쫓아 부엌으로 들어오더니 문을 닫고는 비참한 목소리로 "아, 맙소사!" 하고 속삭였다.

"왜 그러십니까?"

"이건 끔찍한 실수예요." 그가 머리를 좌우로 흔들며 말했다. "끔찍한, 정말 끔찍한 실수라고요."

"당황해서 그러는 거예요. 그뿐입니다." 그리고 나는 때맞춰 이렇게 덧붙였다. "데이지 역시 당황해하고 있고요."

"그녀가 당황해한다고요?" 그는 믿을 수 없다는 듯 되풀이했다.

"당신이 당황한 것만큼 말이지요."

"그렇게 큰 소리로 말하지 마십시오."

"당신은 꼭 어린애처럼 구는군요." 나는 버럭 화를 냈다. "게다가 무례하기까지 하고요. 데이지는 지금 저기 혼자 앉아 있습니다."

그는 손을 들어 내 말을 가로막더니 비난하는 눈빛으로 나를 쳐다보았다. 그 눈빛은 아직도 차마 잊히지 않는다. 그런 뒤 그는 조심스럽게 문을 열고 거실로 돌아갔다.

나는 뒤쪽 길로 걸어 나갔다. 개츠비가 삼십 분 전에 안절부절못하며 집을 한 바퀴 돌았던 것처럼 말이다. 그러고는 무성한 잎이 지붕처럼 비를 막아 주는, 커다란 옹이가 진 검은 나무 쪽으로 뛰어갔다. 비가 다시 퍼붓기 시작했고, 개츠비의 정원사가 잘 깎아 주었지만 여전히 엉성한 우리 집 잔디밭에는 작은 진흙 구덩이와 선사 시대의 늪 같은 것들이 곳곳에 생겨나 있었다. 나무 밑에서는 개츠비의 거대한 집 말고는 아무것도 보이지 않았다. 그래서 나 역시 칸트가 교회의 첨탑을 바라보았듯이[54] 삼십 분 동안 그 거대한 집을 건너다보았다. 십년 전에 한 양조업자가 '시대'의 유행에 따라 지은 집으로, 만약 근방에 자리한 조그마한 주택의 집주인들이 모두 짚으로

---

54 독일의 철학자 이마누엘 칸트(1724~1804)는 명상에 잠길 때면 교회의 첨탑을 바라보았다고 한다.

지붕을 덮는다면 그가 오 년 동안 세금을 대신 내 주겠다고 했다는 이야기가 전해 온다. 그런데 이웃들이 거절한 탓에 그는 한 가문을 세우려는 자신의 계획을 아마 포기할 수밖에 없었으리라. 그 뒤 곧바로 그 양조업자는 몰락했다. 그의 자식들은 대문에서 검은 장의(葬儀) 화환을 떼기도 전에 그 집을 팔아 버렸다. 미국 사람들이란 어쩌다 자진해서 농노가 되려고도 하지만 실상 소작농으로 남아 있으려고 늘 완강하게 고집을 부려 왔던 것이다.

삼십 분이 지나자 다시 햇살이 비치면서 식료품상의 자동차가 개츠비 저택의 하인들이 먹을 저녁거리를 싣고 저택의 진입로를 따라 올라오는 모습이 보였다. 나는 개츠비가 지금은 그 무엇이든 한 숟가락도 들고 싶어 하지 않으리라고 생각했다. 가정부 하나가 저택 위쪽의 창문들을 열기 시작했고, 창문마다 잠깐씩 모습을 보인 뒤에 중앙의 커다란 내닫이창으로 몸을 내밀더니 뭔가 생각에 잠긴 듯한 얼굴로 정원에 침을 뱉었다. 이제 두 사람 곁으로 돌아갈 시간이었다. 연신 내리는 빗소리는 그들이 중얼거리는 목소리처럼 감정의 기복에 따라 어떤 때는 조금 높아지기도, 어떤 때는 낮아지기도 했다. 그러나 비가 그치고 다시 조용해지자 집 안에도 고요가 내려앉은 듯했다.

나는 집으로 향했다. 난로를 뒤집어엎지 않았을 뿐 그야말로 부엌에서 온갖 시끄러운 소리를 낸 뒤에 들어갔다. 그러나 그들이 무슨 소리를 들은 것 같지는 않았다. 그들은 긴 의자 양쪽 끝에 앉아서 마치 누군가가 무슨 질문을 허공에 던져 놓은 듯 서로 마주 보고 있을 뿐이었다. 아까의 당황한 기색은 흔적조차 찾아볼 수 없었다. 데이지의 얼굴에는 눈물 자국이 있었고, 내가 들어서자 그녀는 벌떡 일어나더니 거울 앞에 가서 손수건으로 그 자취를 닦기 시작했다. 그러나 개츠비에게는 정녕 놀랍다고밖에 할 수 없는 변화가 일어났다. 그는 문자그대로 찬란한 빛을 내뿜고 있었다. 희열을 드러내는 말이나 몸짓은 없었지만 새로운 행복의 광휘가 그로부터 흘러넘치며 작은 방을 가득 채우고 있었다.

"아, 돌아왔군요, 형씨." 그는 마치 몇 년 동안이나 나를 만나지 못했던 듯 말했다. 순간적으로 나는 그가 악수를 하려는 게 아닌가 생각했다.

"비가 그쳤습니다."

"그래요?" 그는 내가 무슨 말을 하는지 알아차리고 방 안에 반짝이는 방울같이 비쳐 드는 햇살을 발견했다. 그러고는 마치 기상 캐스터처럼, 늘 열광적으로 햇살을 환영하고 후원하는 사람처럼 밝게 미소를 지었다. 그러고는 그 소식을 데이지에게 전해 주었다. "어떻게 생각해요? 비가 그쳤다고 하네요."

"제이, 기뻐요." 뼈저리게 슬프고 아름다움으로 가득 찬 목소리로 그녀는 예기치 않은 기쁨을 표현할 뿐이었다.

"당신과 데이지를 우리 집에 초대하고 싶습니다. 데이지에게 집을 구경시켜 주고 싶어요." 그가 말했다.

"나도 함께 말입니까?"

"물론이지요, 형씨."

데이지는 세수를 하려고 위층으로 올라갔다. 나는 깨끗하지 못한 화장실 수건이 문득 생각나서 창피했지만 이미 엎질러진 물이었다. 그동안 개츠비와 나는 잔디밭에서 그녀를 기다렸다.

"우리 집 근사하죠, 안 그래요?" 그가 나에게 물었다. "집 전면에 햇살이 비치는 모습 좀 보십시오."

나는 그의 집이 아주 훌륭하다는 데 동의했다.

"그래요." 그의 두 눈은 아치형 문 하나, 네모난 탑 하나를 샅샅이 훑어보았다. "저 집을 살 돈을 버는 데 꼬박 삼 년이나 걸렸어요."

"재산을 상속받은 걸로 아는데요."

"그랬지요, 형씨." 그가 무의식적으로 대답했다. "하지만 공황 때 거의 다 잃었어요……. 전쟁의 공황 말입니다."

그는 자기가 지금 무슨 말을 하는지 거의 모르는 것 같았다. 내가 무슨 사업을 하느냐고 묻자 "그건 내 문제예요."라고 대답했기 때문이다. 그는 자신이 잘못 대답했다는 사실을 얼마 뒤에야 깨달았다.

"아, 여러 가지 일을 했지요." 그가 얼른 고쳐 말했다. "약국 사업55도 하고, 석유 사업도 하고요. 하지만 지금은 다 그만두었지요." 그는 좀 더 경계하는 눈초리로 나를 쳐다보았다. "그날 밤 내가 제안한 것에 대해 생각해 봤나요?"

내가 미처 대답하기도 전에 데이지가 집 밖으로 나왔다. 그녀의 드레스에 두 줄로 나란히 달린 놋쇠 단추가 햇빛을 받아서 반짝거렸다.

"저 어마어마하게 큰 저택에 살아요?" 그녀가 손으로 가리키며 외쳤다.

"어디, 마음에 들어요?"

---

55 금주법이 시행되는 동안 의사의 처방을 받으면 약국에서 위스키를 구입할 수 있었다. 일부 약국은 밀주 판매업의 창구로 이용되었다.

"네, 마음에 들어요. 하지만 어떻게 저기서 혼자 사는지 모르겠군요."

"저 집은 밤낮으로 재미있는 사람들로 북적거린답니다. 흥미로운 일을 하는 사람들 말이지요. 유명 인사들 말입니다."

우리는 롱아일랜드 해협을 따라 지름길로 가는 대신 도로 쪽으로 내려가서 큼직한 뒷문으로 들어갔다. 데이지는 뭔가에 홀린 듯 뭐라고 중얼거리며 하늘을 배경으로 솟아 있는 중세 봉건 시대풍 저택의 실루엣에 찬사를 보내는가 하면, 노란 수선화의 진한 향기와, 산사나무와 자두 꽃의 가벼운 향기와, 제비꽃의 옅은 금빛 향기로 가득한 정원에 감탄하기도 했다. 그런데 이상한 점은, 우리가 대리석 계단까지 다가갔는데도 문을 드나드는 화려한 드레스 자락은 전혀 눈에 띄지 않고, 나무에서 지저귀는 새소리 말고는 아무 소리도 들리지 않았다.

그리고 실내로 들어가서 우리가 마리 앙투아네트의 음악실과 왕정복고 시대의 살롱을 어정거리는 동안, 온갖 손님들이 개츠비의 명령에 따라 우리 눈에 띄지 않도록 조용히 숨죽인 채 소파와 테이블 뒤에 숨어 있지는 않을까 하는 생각이 떠올랐다. 개츠비가 '머튼 대학교[56] 서재'의 문을 닫는 순간, 나는 틀림없이 올빼미 눈의 사나이가 유령처럼 웃음을 터뜨리는 소리를 들은 것 같았다.

우리는 위층으로 올라가서 장밋빛과 보랏빛 비단으로 장식하고 갖가지 싱싱한 꽃들로 생기가 도는 고풍스러운 침실

---

56 영국 옥스퍼드 대학교에 속한 단과 대학. 개츠비의 서재는 이곳 도서관을 본떠 만들었다.

들, 의상실과 당구장, 바닥에 움푹 파인 욕조가 있는 욕실을 차례차례 지나쳤다. 한번은 파자마 차림에, 머리카락이 헝클어진 사내가 방바닥에서 운동을 하고 있는 방에 불쑥 들어가기도 했다. 그는 다름 아닌 '하숙생' 클립스프링어였다. 나는 그날 아침에 그가 정신없이 해변을 돌아다니는 모습을 보았다. 마침내 우리는 개츠비의 방에 들어갔는데, 침실과 욕실과 애덤식 서재[57]로 이루어져 있었다. 우리는 거기에 앉아 그가 벽장에서 꺼내 온 샤르트뢰즈를 한 잔씩 마셨다.

그는 단 한 순간도 데이지한테서 눈을 떼지 않았다. 그녀의 사랑스러운 눈동자가 보이는 반응에 따라 자기 집의 모든 것들을 재평가하는 듯했다. 놀랍게도 그녀가 실제 눈앞에 있는 이상, 다른 것은 이제 무의미하다는 듯이 그는 이따금씩 자신의 소유물들을 멍한 시선으로 둘러보았다. 한번은 그만 계단에서 굴러떨어질 뻔하기도 했다.

그의 침실은 화장대 위에 놓인 순금의 화장 도구만을 제외하면 모든 방들 가운데에서 가장 소박했다. 데이지가 기쁜 얼굴로 브러시를 집어 머리를 빗어 내리자 개츠비는 의자에 앉아서 눈을 가린 채 웃기 시작했다.

"이보다 더 웃길 순 없어요, 형씨. 나는 할 수 없어요……. 아무리 해 보려고 해도……." 그가 유쾌하게 말했다.

그는 틀림없이 두 번째 단계를 지나 이제 세 번째 단계로 접어들고 있었다. 처음에는 당황했고 그다음에는 어쩔 줄 모른 채 기뻐하다가 지금은 그녀가 자기 앞에 있다는 사실에 감

---

57 18세기 스코틀랜드의 건축가이자 실내 장식가인 애덤 형제, 즉 로버트 애덤과 제임스 애덤의 스타일로 꾸민 서재를 의미한다.

탄하고 있었다. 그는 아주 오랫동안 오직 그 생각에만 몰두해 왔고 끝까지 그것만을 꿈꾸어 왔으며, 말하자면 상상하기 어려울 만큼 이를 악물고 내내 긴장한 상태로 기다려 왔던 것이다. 이제 그는 긴 기다림에 대한 반작용으로, 가령 너무 많이 감아 놓은 시계의 태엽처럼 격하게 풀리고 있었다.

잠시 뒤 그는 다시 정신을 가다듬고 양복과 실내복 그리고 넥타이와 와이셔츠가 벽돌처럼 차곡차곡 높이 쌓여 있는, 특허받은 큼직한 옷장 두 개를 열어 보였다.

"영국에서 옷을 사서 보내 주는 사람이 있어요. 봄가을로 계절이 바뀔 때마다 물건을 골라서 보내오지요."

그는 와이셔츠 더미 하나를 끄집어내더니 셔츠를 하나씩 우리 앞에 던졌다. 얇은 리넨 셔츠, 두꺼운 실크 셔츠, 고급 플란넬 셔츠가 떨어질 때마다 개킨 자국이 하나하나 펴지며 가지각색으로 테이블 위에 내리쌓였다. 우리가 감탄하는 동안 그는 셔츠를 더 많이 가져왔고, 부드럽고 값비싼 셔츠 더미는 점점 더 높이 쌓여 갔다. 산호빛과 풋사과빛, 보랏빛과 옅은 오렌지색의 줄무늬, 소용돌이무늬, 바둑판무늬 셔츠들에는 하나같이 옅은 남색으로 그의 이름 머리글자가 수놓여 있었다. 갑자기 데이지가 이상한 소리를 내며 셔츠에 머리를 파묻고 왈칵 울음을 터뜨렸다.

"너무나 아름다운 셔츠들이에요." 겹겹이 쌓인 셔츠 더미 속에 그녀의 훌쩍거리는 소리가 묻혀 버렸다. "슬퍼져요, 난 지금껏 이렇게…… 이렇게 아름다운 셔츠를 본 적이 없거든요."

집 안을 구경한 뒤에 우리는 저택의 대지와 수영장, 모터보트와 한여름의 꽃밭을 둘러볼 생각이었다. 그러나 개츠비 저택의 창밖으로 다시 비가 내리기 시작하자 우리는 나란히 서서 롱아일랜드 해협의 파도치는 수면을 바라보았다.

"안개만 끼지 않았더라면 만 건너편에 있는 당신 집이 보였을 겁니다. 당신 집의 부두 끝에는 항상 밤새도록 초록색 불이 켜져 있더군요." 개츠비가 말했다.

데이지가 느닷없이 개츠비의 팔짱을 끼었지만 그는 방금 자신이 한 말에 정신이 팔려 있는 것 같았다. 어쩌면 그 불빛이 지닌 막대한 의미가 이제 영원히 사라져 버렸노라고 불현듯 생각했는지도 모른다. 그와 데이지를 갈라놓았던 그 엄청난 거리에 비하면 그 불빛은 그녀와 아주 가까이, 거의 손에 닿을 듯 가까이 있었다. 달 근처에 자리한 어떤 별처럼 매우 가깝게 보였던 것이다. 하지만 바야흐로 그것은 다시 한낱 부두에 켜진 초록색 불빛에 지나지 않았다. 그에게 마법을 부리던 대상 중 하나가 줄어든 셈이었다.

나는 어스름 속에서 잘 보이지 않는 온갖 물건을 눈여겨보면서 방 안을 어슬렁거렸다. 그의 책상 위쪽 벽에 걸린, 요트복을 입은 노인의 사진이 내 시선을 끌었다.

"저 사람은 누굽니까?"

"저분요? 댄 코디 씨예요, 형씨."

언젠가 들어 본 적이 있는 이름 같았다.

"지금은 세상을 떠났습니다. 몇 해 전만 해도 나와 가장 가깝게 지내던 사람이었지요."

큼직한 사무용 책상 위에는 마찬가지로 요트복을 입은 개츠비의 조그마한 사진도 있었다. 개츠비는 반항이라도 하듯 머리를 젖히고 있었는데, 열여덟 살 무렵에 찍은 사진 같았다.

"사진 멋진데요!" 데이지가 소리쳤다. "이 퐁파두르 스타일[58] 말이에요! 이런 머리를 했다고 말한 적 없었잖아요……. 요트 얘기도 하지 않았고요."

"여길 좀 봐요." 개츠비가 황급히 말했다. "여기에 스크랩해 둔 신문 기사들이 많아요……. 모두 당신에 관한 것들이지요."

그들은 나란히 서서 신문 기사를 살펴보았다. 내가 그에게 루비를 보여 달라고 말하려는 순간 전화벨이 울렸고, 그러자 개츠비가 수화기를 집어 들었다.

"네……. 글쎄요. 지금은 곤란해요……. 지금은 얘기하기 곤란하다니까요, 형씨. '작은' 도시라고 했잖아요……. 작은 도시가 어딘지는 그 친구가 잘 알 거요……. 글쎄, 디트로이트를 작은 도시라고 생각한다면 그런 친구를 당최 어디에 써먹겠소……."

그는 전화를 끊었다.

"어서 이쪽으로 좀 와 봐요!" 데이지가 창가에서 소리쳤다.

여전히 비가 내리고 있었지만 서쪽에서는 어둠이 갈라지며 바다 위로 거품 같은 구름이 분홍빛과 황금빛 파도처럼 뭉게뭉게 피어올랐다.

"저것 좀 봐요." 그녀가 속삭이더니 잠시 뒤에 다시 말을 이었다. "저 분홍빛 구름을 하나 가져다가 그 위에 당신을 태우고 이리저리 밀어 보고 싶어요."

그때 나는 집에 돌아가려고 했지만 그들이 끝내 놔주지 않았다. 아마 내가 옆에 있어야 단둘이 있다는 상황이 더욱 만

58　앞머리를 뒤로 둥글게 말아 올리고, 양옆의 머리 역시 위로 빗어 올려서 앞머리와 합치는 형태의 머리 모양.

족스럽게 느껴지는 모양이었다.

"그럼 이렇게 하지요. 클립스프링어에게 피아노를 쳐 달라고 합시다." 개츠비가 제안했다.

개츠비는 "유잉!" 하고 이름을 부르며 방을 나가더니 이윽고 어리둥절해하는 청년을 데리고 돌아왔다. 성긴 금발에 뿔테 안경을 쓴 그는 조금 피곤해 보였다. 청년은 목 부분이 터진 스포츠 셔츠와 흐릿한 빛깔의 면바지를 단정하게 차려입고 스니커즈를 신고 있었다.

"운동하는 걸 방해한 건 아니지요?" 데이지가 겸손하게 물었다.

"잠을 자고 있었습니다." 클립스프링어가 당황해서 큰 소리로 대답했다. "제 말은요, 잠을 자고 있었다고요. 그러다가 일어나서⋯⋯."

"클립스프링어는 피아노를 잘 칩니다." 개츠비가 청년의 말을 자르며 말했다. "그렇지, 유잉?"

"잘 치지는 못해요. 못 치는데⋯⋯. 피아노를 잘 친다고는 할 수 없죠. 연습을 하나도 안 해서⋯⋯."

"자, 모두 1층으로 내려갑시다." 개츠비가 그의 말을 가로챘다. 그가 스위치를 올리자 집 안 전체에 불이 들어오면서 어두컴컴한 창들이 일제히 사라져 버렸다.

음악실에 들어서자 개츠비는 피아노 옆에 하나밖에 없는 램프를 밝혔다. 그는 떨리는 손으로 성냥불을 그어 데이지의 담배에 불을 붙여 주고는 멀찍이 떨어져 있는 기다란 의자에 그녀와 함께 앉았다. 그곳에서는 홀의 불빛이 바닥에 반사되어 번들거릴 뿐 다른 불빛이라곤 전혀 없었다.

클립스프링어는 「사랑의 둥지」59를 연주한 뒤, 의자에 앉은 채 몸을 돌려서 슬픈 표정으로 어둑한 저편에 앉아 있는 개 츠비를 찾았다.

"보시다시피 전혀 연습을 안 했어요. 못 친다고 말씀드렸 잖아요. 연습을 통 안 해서……."

"말이 너무 많아, 형씨." 개츠비가 명령하듯 말했다. "어서 쳐 보라고!"

아침에도
저녁에도
우리는 즐겁지 않은가……

바깥에서는 바람이 세차게 불었고 해협을 따라 희미하게 천둥소리가 들렸다. 웨스트에그는 이제 온통 환히 불을 밝히고 있었다. 사람들을 실은 전차가 뉴욕을 떠나서 빗속을 뚫고 저 마다의 집으로 돌진하고 있었다. 인간의 내면에 심오한 변화가 일어나고, 어떤 흥분이 공기 중에 퍼져 나가는 시간이었다.

한 가지는 분명하지
다른 일은 잘 몰라
부자는 더욱 부자가 되고
가난한 사람에게 생기는 건 아이들뿐
그러는 동안
그러는 사이……

---

59 오토 하박이 작사하고 루이스 A. 허시가 작곡한 노래로, 1920년에 미국에서 크 게 유행했다.

작별 인사를 하러 개츠비에게 다가갔을 때 그의 얼굴에는 다시 당혹스러운 표정이 떠올라 있었다. 지금 자기가 누리는 행복이 얼마큼 가치가 있는지 어렴풋이 의심을 품은 듯한 표정이었다. 오 년에 이르는 세월! 심지어 그날 오후에도 데이지가 그의 꿈에 미치지 못하는 순간이 있었을지 모른다. 물론 그녀의 잘못이라기보다 그가 품어 온 환상의 거대한 힘 때문에 말이다. 그 환상의 힘은 그녀를 초월하였을 뿐 아니라 모든 것을 뛰어넘었다. 그는 창조적인 열정으로 몸소 그 환상에 뛰어들었고 그것을 끊임없이 부풀어 오르게 했으며, 자신의 길 앞에 떠도는 온갖 찬란한 깃털로 장식한 것이었다. 그 어떤 정열도, 그 어떤 순수함도 한 인간이 그의 유령 같은 가슴속에 품은 환상에 결코 도전할 수 없으리라.

　　그를 쳐다보자 현재의 분위기에 조금 적응한 모습이 눈에 들어왔다. 그는 그녀의 손을 꽉 잡고 있었다. 그리고 그녀가 나지막한 목소리로 그의 귓가에 뭐라고 속삭이자 감정이 왈칵 솟구치는 듯 그녀를 향해 몸을 돌렸다. 지금 생각해 보면, 물결처럼 파도치는 그녀의 음성이 열띤 흥분으로 그를 사로잡았던 것 같다. 그 목소리는 아무리 꿈꾸어도 부족하지 않을 불멸의 노래였기 때문이다.

　　그들은 내 존재를 까맣게 잊었지만 데이지는 나를 힐끗 올려다보며 손을 내밀었다. 개츠비는 이제 나를 완전히 잊어버린 것 같았다. 나는 다시 한 번 그들을 바라보았고, 그들은 강렬한 기운에 도취한 채 아득한 눈빛으로 나를 돌아다보았다. 나는 그들을 그곳에 남겨 둔 채 방을 나왔다. 그러고는 대리석 계단을 내려가서 빗속으로 걸어 들어갔다.

6

이 무렵 어느 날 아침 야심만만한 젊은 기자 하나가 뉴욕에서 개츠비의 저택으로 찾아와서 뭔가 할 말이 없느냐고 물었다.

"뭐에 대해 말하라는 겁니까?" 개츠비가 정중하게 물었다.

"글쎄요……. 밝히고 싶은 말이라면 뭐든지요."

오 분 동안 혼란스러운 대화가 오고 간 뒤에야 비로소 이 기자가 신문사 사무실 주변에서 굳이 밝히고 싶지 않거나 아니면 도통 이해할 수 없는 어떤 문제와 관련하여 개츠비의 이름을 들었음이 밝혀졌다. 그날은 쉬는 날이었지만 가상하게도 진상을 '알아보려고' 자진하여 이렇게 서둘러 찾아온 것이었다.

마구잡이 사격과 다름없는 행동이었지만 그 기자의 본능적 예감은 적중했다. 개츠비에게서 환대받은 수백 명의 사람들이 자신이야말로 그의 과거에 대해 익히 안다며 악명 높은 소문을 퍼뜨렸고, 그 소문은 여름 내내 부풀려지다 마침내 뉴스거리가 되기 일보 직전이었다. 당시에 떠돌던 '캐나다로 연결되어 있는 지하 파이프라인'[60] 같은 소문들이 그와 얽혀 있었다. 또 개츠비가 아예 집이 아니라 집처럼 생긴 배에서 기거하며 롱아일랜드 해협을 몰래 오르내린다는 이야기 역시 끈질기게 나돌았다. 도대체 왜 노스다코타주의 제임스 개츠가 이런 터무니없는 소문을 듣고 흐뭇해했는지 설명하기란 쉽지 않다.

제임스 개츠 ── 바로 이것이 그의 진짜 이름, 아니면 적어도 법률상의 이름이었다. 그는 열일곱 살 때, 진정으로 인생이 시작되던 바로 그 특별한 순간에 제이 개츠비로 이름을 바꿨다. 그것은 댄 코디의 요트[61]가 슈피리어 호수에서 가장 위험한 곳에 닻을 내리는 장면을 그가 목격한 순간이기도 했다. 그날 오후 찢긴 초록색 셔츠에 면포 바지를 입고 호숫가를 따라 빈둥거리던 인물은 제임스 개츠였다. 그러나 노 젓는 배를 빌려 투올로미호(號)로 다가가서 코디에게 삼십 분 뒤면 바람이 거세게 불어와 요트가 박살 나리라고 일러 줬을 때 그는 이미 제이 개츠비였다.

어쩌면 그는 이미 오래전에 그 이름을 준비해 두었는지도 모른다. 그의 부모는 무능하고 별 볼 일 없는 농사꾼이었다. 그의 상상력으로는 결코 그들을 부모로 받아들일 수 없었다. 사실인즉 롱아일랜드 웨스트에그의 제이 개츠비는 스스로 만들어 낸 이상적인 모습에서 솟아 나온 인물이었다. 그는 하느님의 아들이었다. ── 만약 이 말에 의미가 있다면 예컨대

그는 문자 그대로 '자기 아버지의 일',[62] 즉 거대하고 세속적이며 겉만 번지르르한 아름다움을 섬기는 일을 떠맡아야 했으리라. 그래서 그는 열일곱 살의 청년이 만들어 낼 법한 제이 개츠비 같은 인물을 창조한 뒤 그 이미지에 걸맞게 끝까지 충실했던 것이다.

그는 일 년이 넘도록 슈피리어 호수의 남쪽 기슭에서 조개를 캐거나 연어를 잡는 등 숙식을 해결할 만한 일을 하면서 겨우겨우 살아갔다. 힘든 일과 게으른 생활을 반복하면서 그의 몸은 자연스럽게 갈색으로 그을고 단단해져 갔다. 그는 일찌감치 여자에 눈을 떴지만, 자신의 성격을 버려 놓는다는 이유로 그들을 경멸하였다. 젊은 여자들은 무지하기 때문에 경멸했고, 그렇지 않은 여자들은 지나치게 자기도취에 빠진 그가 당연하게 여기는 일을 두고 히스테리를 부리기 때문에 경멸했다.

그러나 그의 마음속에서는 언제나 폭풍우가 거칠게 몰아치고 있었다. 밤에 잠을 잘 때면 너무나 기괴하고 환상적인 생각이 머릿속에서 떠나지를 않았다. 시계가 세면대 위에서 째깍거리고 촉촉한 달빛이 바닥에 아무렇게나 벗어 놓은 옷을 적시는 동안, 차마 말로 표현할 수 없을 정도로 화려한 우주가 그의 머릿속에서 실타래처럼 피어났다. 매일 밤 그는 졸음이 몰려와서 생생한 장면을 망각의 포옹으로 감쌀 때까지 새로운 환상을 계속 늘려 나갔다. 얼마 동안 이런 환상은 그의 상

---

62 「누가복음」 2장 49절 "예수께서 가라사대 어찌하여 나를 찾으셨나이까? 내가 내 아버지의 일에 관계해야 할 줄 알지 못하셨나이까 하시니."에서 따온 표현이다.

상력에 돌파구를 마련해 주었다. 현실이 꿈처럼 비현실적인 것이 될 수 있다는 충분한 암시요, 이 세상의 주춧돌이 요정의 날개 위에도 안전하게 세워질 수 있다는 약속인 셈이었다.

앞으로 다가올 영광을 본능적으로 감지한 그는 이보다 몇 달 앞서 남부 미네소타주에 있는 작은 루터교 재단의 세인트 올라프 대학교에 입학했다. 자기 운명의 북소리에, 아니 운명 그 자체에 학교가 너무 무심한 것에 실망하고 학비를 조달하느라 시작한 수위 일마저 경멸스러워지자 그는 두 주 만에 대학교를 박차고 나왔다. 그러고 나서 그는 슈피리어 호수로 돌아왔고, 댄 코디의 요트가 수심이 낮은 호숫가에 닻을 내린 바로 그날 뭔가 할 일을 찾고 있었다.

네바다주 은광과 유콘강, 1875년 이후의 모든 광산이 만들어 낸 인물이라고 할 수 있는 코디는 그때 쉰 살이었다. 그는 자신을 엄청난 백만장자로 만들어 준 몬태나주의 동광(銅鑛) 사업을 이끌면서 육체적으로는 여전히 강건했지만 바야흐로 정신은 나약해졌다. 이를 눈치챈 수많은 여자들이 그에게서 돈을 긁어내려고 갖은 수작을 부렸다. 여성 기자 엘러 케이는 마치 맹트농 부인[63]처럼 그의 병약함을 이용해 그를 요트에 태워 바다로 보냈고, 그와 관련한 그다지 유쾌하지 않은 사건은, 1902년 과장을 일삼던 저급 저널리즘계에서는 이미 잘 알려진 일이었다. 그는 지난 오 년 동안 기후가 무척 좋은 해안을 따라 여행한 뒤 마침내 리틀걸만에 다다랐고, 제임스 개츠의 운명으로서 그 모습을 드러냈던 것이다.

63 프랑스의 왕 루이 14세의 정부로, 왕의 총애를 받으며 막강한 영향력을 행사했다.

노에 기댄 채 난간을 두른 갑판을 올려다보는 젊은 개츠에게 그 요트는 이 세상의 모든 아름다움과 매력을 상징하는 존재였다. 모르긴 몰라도 그는 아마 코디에게 미소를 지었을 것이다. 어쩌면 자기가 미소를 지으면 사람들이 자신을 좋아해 준다는 사실을 벌써 알아차렸는지도 모른다. 어쨌든 코디는 그에게 몇 마디 질문을 던졌고(그 질문 중 하나에 답하느라고 그새 이름을 지었다.) 이 청년이 민첩한 데다 유별나게 야심만만하다는 사실을 알아냈다. 며칠 뒤 코디는 그를 덜루스[64]에 데려가서 푸른색 상의 한 벌과 흰 면포 바지 여섯 벌, 요트 모자를 사 주었다. 그리고 투올로미호가 서인도 제도와 바버리 해안[65]을 향해 떠날 때 개츠비도 그와 함께했다.

그는 뭐라고 딱히 정의하기 어려운 개인적인 일을 수행하도록 고용되었다. 코디와 함께 있는 동안 그는 집사가 되기도 하고, 항해사나 조타수가 되기도 했으며 비서가 되거나 심지어 경비원 노릇을 하기도 했다. 정신이 멀쩡할 때의 댄 코디는 자신이 술에 취하면 곧 어떤 황당한 일을 벌일지 잘 알았고, 점점 더 개츠비를 신임함으로써 그러한 우발적인 사태에 대처하려고 했다. 두 사람의 관계가 이렇게 오 년이나 지속되는 동안 요트는 미 대륙을 세 번이나 횡단했다. 만약 어느 날 밤 보스턴에서 엘러 케이가 요트에 올라탄 지 일주일 만에 댄 코디가 불미스럽게 사망하지만 않았더라면 그 여행은 아마 영

---

64   슈피리어 호수 서쪽 끝에 접해 있는 항구 도시.

65   이집트에서 대서양에 이르는 북아프리카 해안. 댄 코디가 요트로 이렇게 멀리까지 항해했는지는 자못 의문스럽다. 19세기 무렵, 샌프란시스코에도 이 같은 이름으로 불리던 지역이 있었는데, 아마 피츠제럴드는 이 지역을 염두에 둔 듯하다.

원히 계속되었을지도 모른다.

개츠비의 침실에 걸려 있던, 반백의 머리카락에 표정 없이 강직하고 불그스레한 얼굴을 지닌 댄 코디의 사진이 기억난다. 그는 미국 역사의 한 시기에 개척지의 창녀촌과 술집의 무자비한 폭력을 동부 해안으로 이끌고 온 난봉꾼 개척자였다. 개츠비가 거의 술을 마시지 않다시피 하는 것은 간접적으로 코디에게서 받은 영향 때문이었다. 흥청거리는 파티가 벌어지는 동안 이따금 여자들이 그의 머리에 샴페인을 부은 적도 있었다. 하지만 그는 습관적으로 술에 손을 대지 않았다.

그리고 개츠비는 코디로부터 돈을 물려받았다. 2만 5000달러의 유산이었다. 그러나 실제로는 그 돈을 받지 못했다. 그는 자신에게 불리하게 적용되는 법적 제도를 결코 이해할 수 없었지만, 결국 수백만 달러의 돈은 엘러 케이의 손에 고스란히 넘어가고 말았다. 그에게 남은 것이라고는 남다르게 전수된 적절한 교육뿐이었다. 제이 개츠비의 모호한 윤곽이 비로소 구체적인 한 인간의 실체로 채워졌던 것이다.

그는 이 모든 이야기를 훨씬 뒤에야 들려주었지만 지금 내가 그 이야기를 적는 까닭은 눈곱만큼도 사실이 아닌 소문, 그의 선조를 둘러싼 터무니없는 헛소문을 불식하기 위해서이다. 더구나 그가 이 이야기를 들려준 것은, 내가 그의 말을 믿어야 할지 믿지 말아야 할지 혼란에 빠져 있을 때였다. 말하자면 개츠비가 한숨을 돌리는 동안, 지금 나는 일련의 오해를 없애기 위해 이 짧은 휴식을 이용하고 있는 셈이다.

개츠비의 연애 사건도 잠시 소강상태를 맞고 있었다. 지난 몇 주 동안 나는 그를 만나지도, 전화로 그의 목소리를 들지도 못했다. 조던과 쏘다니거나 그녀의 나이 많은 숙모의 기분을 맞추느라 거의 뉴욕에서 지내고 있었다. 하지만 마침내 어느 일요일 오후, 나는 그의 저택으로 건너가게 되었다. 그런데 채 이 분도 되지 않아 누군가 술을 한잔하자면서 톰 뷰캐넌을 그 집에 데려왔다. 당연히 나는 놀랄 수밖에 없었지만, 정말로 놀라운 점은 이제껏 그런 일이 단 한 번도 없었다는 사실이었다.

일행 셋이 말을 타고 왔다. 톰과 슬론이라는 남자, 전에도 찾아온 적이 있는, 갈색 승마복을 입은 예쁜 용모의 여자가 나타났다.

"만나 뵙게 돼서 반갑습니다. 이렇게 찾아 주시니 고맙군요." 현관에 서서 개츠비가 말했다.

마치 그들이 관심을 보이기나 하는 듯 말이다!

"자, 앉으시지요. 궐련이나 시가를 피우시겠습니까?" 그가 종을 울리며 방 안을 바쁘게 돌아다녔다. "마실 술은 곧 준비하도록 하지요."

그는 톰이 그 자리에 있다는 사실에 크게 고무되었다. 그러나 그들이 술을 마시러 찾아왔다고 그저 막연히 추측할 뿐이었으므로, 그들에게 뭔가를 대접할 때까지 개츠비는 불안한 듯했다. 슬론 씨는 아무것도 마시려 하지 않았다. 레모네이드라도 드릴까요? 아뇨, 괜찮습니다. 그럼 샴페인을 좀 드릴까요? 아뇨, 괜찮습니다……. 죄송합니다…….

"승마는 즐거우셨나요?"

"이 근처는 말을 타기에 길이 참 좋더군요."

"제 생각으로는 자동차들이……."

"물론 그렇지요."

개츠비는 이제 처음 만나서 방금 소개받은 듯 행동하는 톰에게 더 이상 참지 못하고 고개를 돌렸다.

"뷰캐넌 씨, 전에 어디선가 한 번 뵌 것 같습니다."

"아, 그렇지요." 언제 만났는지 기억하지 못함이 분명함에도 톰은 통명스럽지만 예의를 갖추어 대답했다. "그랬지요. 이제 기억이 납니다."

"이 주 전쯤이었어요."

"맞아요. 여기 있는 닉과 함께 계셨죠."

"아내 되시는 분을 알고 있습니다." 개츠비가 거의 공격적인 어조로 말을 이어 나갔다.

"그래요?" 톰이 나에게 고개를 돌렸다.

"닉, 자넨 이 근처에 살고 있나?"

"바로 옆집에 산다네."

"그래?"

슬론 씨는 대화에 끼지 않았지만 거만하게 몸을 젖히고 의자에 기대앉아 있었다. 여자 역시 아무 말도 하지 않았다. 그러나 그녀는 하이볼 두 잔을 마시고 나더니 예상 밖으로 친절하게 굴었다.

"개츠비 씨, 우리 모두 다음 파티에 참석할게요. 괜찮겠죠?" 그녀가 제안했다.

"여부가 있겠습니까? 영광이지요."

"고맙군요." 슬론 씨가 별로 고마워하지 않는 태도로 대꾸했다. "그럼…… 자, 이제 집으로 출발할까요?"

"그렇게 서두르시지 마십시오." 개츠비가 간곡히 말했다. 이제 자신감이 생기기 시작한 그는 톰에 대해 좀 더 알고 싶어 했다. "괜찮으시다면…… 저녁이라도 드시고 가시는 게 어떻습니까? 다른 손님들이 뉴욕에서 이렇게 찾아오더라도 놀라지 않을 겁니다."

"그럼 저희 쪽으로 오셔서 저녁 식사를 하는 건 어때요? 두 분 모두 말이에요." 여자가 열성적으로 말했다.

그것은 나를 포함하여 건넨 말이었다. 슬론 씨가 자리에서 일어섰다.

"자, 갑시다." 그가 말했다. 그런데 이것은 그녀에게만 하는 말이었다.

"진심이에요. 두 분을 모시고 싶어요. 두 분을 모시고도 자리가 남아요." 여자가 고집했다.

개츠비는 내 의향을 묻는 듯 나를 쳐다보았다. 그는 가고 싶어 했고, 슬론 씨가 거부하고 있다는 사실을 눈치채지 못했다.

"저는 갈 수 없습니다." 내가 말했다.

"그럼 당신이라도 오세요." 그녀가 개츠비에게 관심을 쏟으며 재촉했다.

슬론 씨가 그녀의 귀에 대고 뭐라고 속삭였다.

"지금 출발한다면 늦지 않을 거예요." 그녀가 큰 소리로 다시 재촉했다.

"전 타고 갈 말이 없습니다. 군에 있을 때는 말을 타곤 했는데, 따로 말을 구입한 적은 없어요. 자동차를 타고 쫓아가야 겠군요. 그럼 잠깐만 실례합니다." 개츠비가 대답했다.

나머지 사람들은 현관으로 걸어 나갔고, 현관에서는 슬론 씨와 그 여자가 열심히 이야기를 나누고 있었다.

"맙소사, 그자가 정말로 따라오려는 모양이오. 사실 그녀가 원하지 않는다는 걸 모르나 보지?" 톰이 말했다.

"그 여자가 계속 오라고 말했잖아."

"그녀가 큰 파티를 여는데, 그 자리에 오는 사람 중에 저자를 아는 사람은 하나도 없을 텐데." 그가 눈살을 찌푸렸다. "저자는 도대체 어디서 데이지를 만난 걸까? 맙소사, 내 생각이 구닥다리인지는 모르겠지만 요즈음 여자들이 너무 쏘다니는 게 영 마음에 안 든단 말씀이야. 별 괴상한 녀석들을 다 만나고 다니거든."

슬론 씨와 여자는 갑자기 계단을 걸어 내려가더니 말에 올라탔다.

"자, 어서 가자고. 이러다 늦겠어. 빨리 가야 한다고." 슬론 씨가 톰에게 말하고는 나를 향해서 이렇게 말했다. "그 사람에게 기다릴 수 없었다고 전해 주시지 않겠소?"

톰과 나는 악수를 했고, 나머지 사람들은 냉랭하게 서로 고개를 끄덕이며 인사했다. 그리고 그들이 재빨리 말을 몰아 진입로의 아래쪽으로, 8월의 무성한 나뭇잎 밑으로 사라진 뒤에야 개츠비가 모자와 얇은 외투를 손에 들고 현관에 나타났다.

그다음 토요일 밤, 톰이 데이지를 데리고 파티에 참석한 것을 보면 그녀 혼자서 돌아다니는 데에 당황했음이 틀림없었다. 그런데 그가 참석한 그날 저녁의 파티는 이상하리만치 숨이 막힐 듯 긴장감이 감돌았다. 그래서 그런지 그날 저녁은 그해 여름 개츠비가 개최한 어느 파티보다도 뚜렷이 기억에 남아 있다. 똑같은 사람들, 적어도 똑같은 종류의 사람들이 참석하고, 똑같은 샴페인이 흘러넘치고, 다양하고도 색다른 소동 또한 똑같이 벌어졌지만 이제껏 느껴 보지 못한 불쾌감이

랄까, 불편함이랄까 하는 기운이 자욱했다. 어쩌면 내가 벌써 그 세계에 익숙해져 버렸는지도 몰랐다. 웨스트에그를 고유한 기준과 명사(名士)들을 갖춘 하나의 완벽한 세계, 어쩌면 별다른 의식 없이 그곳을 어떤 것에도 비길 수 없는 세계로 받아들이는 데 익숙해진 탓일지도 몰랐다. 이제 나는 데이지의 눈을 통해 그 세계를 다시 한 번 바라보고 있었다. 이미 적응한 사물을 새로운 눈으로 다시 바라본다는 것은 어쩔 수 없이 슬픈 일이다.

그들은 황혼이 깃들 무렵에 도착했고, 우리가 그야말로 빛을 내뿜는 수많은 사람들 사이를 어슬렁거리는 동안 데이지의 목소리는 온갖 기교를 부리듯 목구멍에서 웅얼거렸다.

"이런 광경을 보면 전 너무 흥분돼요. 오빠, 오늘 밤 언제라도 나와 키스하고 싶으면 말만 해요. 기꺼이 키스해 줄게요. 내 이름만 대요. 아니면 녹색 카드를 내보이거나요. 지금 줄게요, 녹색……."

"뒤를 좀 돌아봐요." 개츠비가 제안했다.

"지금 돌아보고 있는데요. 난 지금 재미있게 즐기고 있어요, 신나게……."

"지금까지 이름만 듣던 사람들의 얼굴을 직접 볼 수 있을 겁니다."

톰은 거만한 눈초리로 손님들을 훑어봤다.

"우리는 별로 나돌아 다니지 않소. 사실 난 여기 있는 사람들 중에 아는 사람이 하나도 없는 것 같소만." 그가 말했다.

"아마 저기 저 부인은 알 텐데요." 개츠비가 하얀 자두나무 밑에 위엄 있게 앉아 있는, 거의 인간이라고 생각하기 어려울 정도로 아름다운, 한 떨기 난초 같은 여자를 가리켰다. 지금껏 그저 그림자같이 여기던 유명한 영화계 인사를 알아보듯이, 톰과 데이지는 비현실적인 독특한 감각으로 그 여자를 바라보았다.

"아름답군요." 데이지가 말했다.

"그녀에게 허리를 굽히는 사람은 그녀가 출연했던 영화의 감독이지요."

개츠비는 격식을 차리며 그들을 데리고 이 그룹에서 저 그룹으로 돌아다녔다.

"이쪽에 계신 분은 뷰캐넌 부인이고…… 이쪽은 뷰캐넌 씨입니다……." 한순간 머뭇거리다가 그가 덧붙였다. "폴로 선수이지요."

"아, 아닙니다. 난 아니에요." 톰이 재빨리 부인했다.

그러나 톰이 그날 저녁 내내 '폴로 선수'로 통했음을 보면 그 말이 개츠비 마음에 들었음은 틀림없으리라.

"이렇게 유명 인사를 많이 만나 보기는 처음이에요." 데이지가 감격해서 말했다. "난 저 사람이 마음에 드는데……. 이름이 뭔가요? ……코가 푸르스름한 저 신사 말이에요."

개츠비는 그가 누구라고 일러 주면서 평범한 제작자라고 덧붙였다.

"글쎄, 어쨌든 저 사람이 좋아요."

"난 폴로 선수가 아니면 좋겠어. 난 이 유명 인사들을 그냥 바라보기만 하면 좋겠어……. 망각 속에 잊힌 채 말이야."

데이지와 개츠비는 함께 춤을 추었다. 그의 우아하고 보수적인 폭스트롯을 보면서 깜짝 놀랐던 기억이 난다. 나는 그가 춤을 추는 모습을 그때까지 한 번도 본 적이 없었다. 그러고 나서 그들이 우리 집으로 어슬렁어슬렁 걸어가서 삼십 분쯤 계단 위에 앉아 있는 동안, 나는 그녀의 부탁으로 정원에서 망을 보았다. "불이 나거나 홍수가 날지도 모르잖아요. 아니면 하느님의 징벌에 대비해야 할지도 모르죠." 그녀가 설명했다.

우리가 저녁을 먹으려고 함께 앉아 있을 때 한동안 망각 속에 잠겨 있던 톰이 모습을 드러냈다. "저기 있는 사람들과 함께 식사를 해도 괜찮겠지? 한 친구가 어떤 재미있는 이야기를 늘어놓고 있거든." 그가 물었다.

"그렇게 해요. 주소를 받아 적고 싶으면 여기 내 금제 연필을 써요……." 데이지가 상냥하게 대답했다. 그녀는 잠시 주위를 둘러보더니 그 아가씨가 "품위는 없지만 얼굴이 예쁘장"하다고 말했다. 나는 이 말을 듣고서 그녀가 개츠비와 단둘이 있었던 삼십 분을 제외하면 별로 재미있게 시간을 보내지 못했음을 알 수 있었다.

우리가 앉은 테이블에는 유달리 술에 취한 사람들이 많았다. 그것은 내 실수였다. 개츠비는 전화를 받으러 갔고, 나는 두 주 전에 만난 사람들과 자리를 같이했던 것이다. 그때는 즐거웠지만 지금은 불쾌할 정도였다.

"미스 베데커, 괜찮아요?"

질문을 받은 아가씨가 내 어깨에 기대려고 했지만 뜻대로 되지 않았다. 그녀는 대신 의자에서 몸을 쭉 펴더니 두 눈을 똑바로 떴다.

"뭐라고요?"

이튿날 근처 클럽에서 데이지에게 골프를 치자고 조르던 무기력하고 덩치 큰 여자가 미스 베데커를 변호하고 나섰다.

"오, 저 애는 이제 괜찮아요. 칵테일 대여섯 잔이 들어가면 늘 저렇게 소리를 질러 대기 시작하죠. 술에 손대지 말라고 늘 말했건만."

"난 술에 손도 안 댔어." 비난받은 아가씨가 힘없이 대꾸했다.

"우린 네가 소리 지르는 걸 들었어. 그래서 내가 여기 계신 시베트 박사님께 '선생님, 선생님의 도움이 필요한 사람이 여기 있어요.'라고 했단 말이야."

"얘도 고맙게 생각할 거예요." 또 다른 친구가 고맙게 생각하는 기색도 없이 말했다. "하지만 선생님이 애 머리를 수영장에다 집어넣는 바람에 애 옷이 다 젖었잖아요."

"내가 제일 싫어하는 게 수영장에 머리를 집어넣는 거야. 뉴저지주에선 물에 빠질 뻔했다니까." 미스 베데커가 중얼거렸다.

"그러니까 술 좀 작작 마시라고." 시베트 박사가 대꾸했다.

"사돈 남 말하시네요!" 미스 베데커가 거칠게 소리를 질렀다. "선생님 손도 떨리잖아요. 절대로 선생님에게는 수술받지 않을 거예요!"

그런 식이었다. 데이지와 함께 서서 영화감독과 그의 스타를 지켜보았던 것이 그날 밤 거의 마지막으로 기억나는 일이다. 그들은 여전히 흰 자두나무 아래에 있었다. 창백하고 가느다란 한 줄기 달빛이 그 사이에 놓여 있을 뿐, 그들은 거의 얼굴을 맞대고 있었다. 그 사람은 저녁 내내 아주 조금씩 그녀를 향해 얼굴을 기울였을 테고, 비로소 지금 정도의 거리에 이르렀으리라. 문득 그 장면이 떠올랐다. 심지어 내가 지켜보는 동안에도 그는 아주 살짝 얼굴을 숙여 가며 그녀의 뺨에 입을 맞추고 있었다.

"저 여자가 마음에 들어요. 예뻐 보여요." 데이지가 말했다.

그러나 나머지 사람들은 오히려 데이지의 기분을 거슬리게 할 따름이었다. 몸짓이 아니라 감정 때문이라는 데는 논란의 여지가 없었다. 그녀는 브로드웨이가 롱아일랜드의 한 어촌 구석에 만들어 놓은, 이 전례 없는 '장소'인 웨스트에그에 섬뜩함을 느꼈다. 낡고 진부한 미사여구에, 짜증 나는 날것 그대로의 투박한 활기에, 그리고 지름길을 따라 그곳 주민들을 무(無)에서 무로 몰고 가는, 너무나 강요해 대는 그 운명에 섬뜩함을 느꼈다. 그녀는 도저히 이해할 수 없는 바로 그 단순함에서 뭔가 무서운 점을 발견했던 것이다.

나는 그들이 자동차를 기다리는 동안 그들과 함께 전면 계단에 앉아 있었다. 우리의 앞쪽은 어두웠다. 오로지 밝은 문만이 일 제곱미터의 정방형 빛으로 부드럽고 컴컴한 새벽의 어스름을 비추고 있을 뿐이었다. 가끔씩 그림자 하나가 위쪽 의상실 블라인드를 배경으로 움직이다가 다른 그림자에게, 보이지 않는 거울을 들여다보며 립스틱을 바르고 분을 두드리는 어렴풋한 그림자의 행렬에 자리를 내주었다.

"이 개츠비라는 작자는 도대체 뭐 하는 인간이야? 거물 밀주업자라도 되는 건가?" 톰이 갑자기 물었다.

"자네 그런 소리 어디서 들었나?" 내가 되물었다.

"들은 게 아니라 생각해 낸 걸세. 자네도 알다시피 갑자기 떼돈을 번 작자들 중에 거물 밀주업자가 많지 않은가?"

"하지만 개츠비는 아니야." 내가 잘라 말했다.

그는 잠시 침묵을 지켰다. 진입로에 깔아 놓은 자갈이 그의 발밑에서 자그락거렸다.

"어쨌거나 그자는 이 별난 친구들을 한데 모으느라 힘께

나 들였겠군."

회색 안개 같은 데이지의 모피 옷의 깃이 미풍에 가볍게 나부꼈다.

"적어도 그들은 우리가 아는 사람들보다는 재미있네요." 데이지가 애써 말했다.

"당신은 그렇게 재미있어 보이지 않던데."

"음, 재미있었어요."

톰이 웃더니 내 쪽을 향해 몸을 돌렸다.

"아까 그 아가씨가 데이지에게 찬물로 샤워하게 해 달라고 부탁할 때 데이지의 얼굴을 봤나?"

데이지는 율동적이고 허스키한 목소리로 속삭이듯 리듬을 타며 음악에 맞춰 노래를 부르기 시작했다. 그녀가 가사의 의미를 하나하나 음미하며 노래를 부르는 일은 전에도 없었고 앞으로도 없을 터였다. 선율이 높아지면 그녀도 콘트랄토[66] 가수들이 그러하듯 감미롭게 살짝 멈췄다가 다시 부르곤 했다. 이렇게 변화가 생길 때마다 그녀가 발산하는 따뜻하고 인간적인 마력은 공기 속으로 조금씩 퍼져 나갔다.

"초대받지 않은 사람들도 많이 왔어요." 갑자기 그녀가 말을 꺼냈다. "그 아가씨도 초대받지 않았지요. 그들이 그저 밀고 들어오는데도 그 사람은 너무 예의가 발라서 거절하지 못하는 거예요."

"난 그자가 도대체 누군지, 무슨 일을 하는지 알고 싶단 말씀이야. 물론 알아내는 방법이 다 있지." 톰이 끈질기게 말했다.

66 여성 성악 중 가장 낮은 음역.

"지금 당장이라도 말해 줄 수 있어요. 약국을 경영하고 있어요. 그것도 아주 많이요. 자기 힘으로 직접 세운 사업이에요." 데이지가 대답했다.

그때 꾸물거리던 리무진이 서서히 진입로로 굴러 들어왔다.

"오빠, 잘 자요." 데이지가 말했다. 그녀의 시선은 나를 떠나서 불을 밝힌 계단 꼭대기 쪽을 향했다. 그곳에서는 그해 유행하던 산뜻하고도 슬픈 왈츠 「새벽 3시」[67]가 열린 문 바깥으로 흘러나오고 있었다. 조금도 격식을 차리지 않는 개츠비의 파티에는 그녀 세계에선 전혀 찾아볼 수 없는 낭만적인 가능성이 깃들어 있었다. 그 노래에 감도는 뭔가가 그녀를 다시금 집 안으로 불러들이는 것일까? 아무것도 예측할 수 없는 이 어두컴컴한 시간에는 어떤 일이 일어날까? 어쩌면 도저히 믿기 어려운 손님, 모두를 놀라게 할 만한 귀한 인물이 도착할지도 모른다. 아니면 한순간의 마술적인 만남으로 첫눈에 개츠비의 마음을 사로잡은, 그래서 일편단심으로 한 여인을 열렬히 사모할 수밖에 없었던 지난 오 년의 세월을 말끔히 씻어 줄, 눈부시게 아름다운 젊은 아가씨가 도착할지도 모른다.

나는 그날 밤 늦게까지 남아 있었다. 개츠비가 시간이 날 때까지 기다려 달라고 부탁했기 때문이다. 그래서 나는 수영을 하던 패거리가 시원하고 상쾌한 기분으로 어두컴컴한 해변에서 돌아오고, 손님방의 불이 모두 꺼질 때까지 정원에서

---

67 1919년 줄리언 로블리도가 작곡한 왈츠로, 1921년에 도러시 테리스가 가사를 붙이면서 크게 인기를 끌었다.

빈둥거리고 있었다. 마침내 그가 계단을 내려왔을 때 이상하도록 거무스레하게 탄 피부는 그의 얼굴에 팽팽하게 달라붙어 있었고, 두 눈은 반짝이면서도 피곤해 보였다.

"데이지는 좋아하지 않더군요." 그가 불쑥 말했다.

"물론 좋아했어요."

"아닙니다, 좋아하지 않았어요. 즐거운 시간을 보내지 않았다고요." 그가 집요하게 말했다.

그는 잠시 침묵을 지켰고, 나는 그가 형언할 수 없을 만큼 의기소침해하고 있음을 느낄 수 있었다.

"그녀가 멀게만 느껴졌어요. 그녀를 이해시키기가 무척 어렵군요." 그가 말했다.

"그 춤 말입니까?"

"춤이라고요?" 그는 손가락을 한 번 찰싹 튕기는 것으로 자신이 춤추었던 일을 모두 일소해 버렸다. "형씨, 춤은 중요한 게 아니지요."

그가 원하는 것은 데이지가 톰에게 가서 "난 당신을 결코 사랑한 적이 없어요." 하고 말하는 것뿐이었다. 그 한마디로 지난 사 년의 세월을 말끔히 지워 버리고 나면 그들은 좀 더 현실적인 방법을 강구할 수 있을 터였다. 그 가운데 하나는, 그녀가 자유로운 몸이 되면 함께 루이빌로 돌아가 그녀의 집에서 결혼식을 올리는 것이었다. ─ 마치 오 년 전으로 돌아간 듯 말이다.

"데이지는 이해하지 못하고 있어요. 예전에는 이해했거든요. 우린 몇 시간씩이나 앉아서……." 그가 절망적으로 말했다.

그는 돌연 말을 끊더니 과일 껍질이며 내팽개쳐진 선물과

구겨진 꽃이 어지럽게 널린 쓸쓸한 길을 이리저리 걷기 시작
했다.

"나 같으면 그녀에게 너무 많은 것을 요구하지는 않을 겁
니다. 과거는 반복할 수 없지 않습니까?" 내가 불쑥 말했다.

"과거를 반복할 수 없다고요? 아뇨, 반복할 수 있고말고
요!" 그가 믿기지 않는다는 듯 큰 소리로 말했다.

그는 마치 과거가 그의 손이 닿지 않는 곳에, 바로 자기
집 앞의 그늘진 구석에 숨어 있기라도 한 듯 주위를 두리번거
렸다.

"난 모든 것을 옛날과 똑같이 돌려놓을 생각입니다. 그녀
도 알게 될 겁니다." 그가 단호하게 고개를 끄덕이며 말했다.

그는 과거에 대해 많은 이야기를 했고, 나는 그가 되돌리
고 싶어 하는 것이 데이지를 사랑하는 데 들어간, 그 자신에
대한 어떤 관념이 아닐까, 하고 생각했다. 그 뒤로 그의 삶은
혼란스럽고 무질서해졌지만, 만약 다시 한 번 출발점으로 되
돌아가서 천천히 모든 것을 다시 음미할 수만 있다면, 그는 그
것이 무엇인지 찾아낼 수 있으리라…….

……오 년 전 어느 가을밤, 그들은 나뭇잎이 떨어지는 거
리를 함께 걷다가 나무 한 그루 없고 인도가 달빛으로 하얗게
물든 곳에 이르렀다. 그들은 그곳에 멈춰 서서 서로를 바라보
았다. 일 년 중 계절이 바뀔 무렵에 두 번 찾아오는, 신비스러
운 흥분을 간직한 서늘한 밤이었다. 집 안을 밝힌 조용한 불빛
들이 어둠 속에서 콧노래를 부르고 별과 별 사이에서도 소란
하게 움직이고 있었다. 개츠비는 곁눈질로 보도블록이 실제
로 사다리가 되어 나무 위쪽의 비밀 장소로 올라가는 광경을
보았다. 만약 혼자였다면 그는 그 비밀 장소에 이르렀을지도

모른다. 일단 그곳에 다다르면 생명의 젖을 빨고 그 무엇에도 견줄 수 없는 신비의 우유를 들이켤 수 있었으리라.

데이지의 하얀 얼굴이 자기 얼굴에 닿는 순간, 그의 심장은 점점 더 빨리 뛰었다. 이 아가씨와 입을 맞추고 말로 표현할 수 없는 자신의 꿈을 그녀의 불멸의 숨결과 영원히 하나로 결합시킨다면, 그는 자신의 심장이 하느님의 심장처럼 다시는 뛰지 않으리라는 것을 잘 알았다. 그래서 그는 별에 부딪힌 소리굽쇠가 내는 아름다운 소리에 귀를 기울이며 잠시 기다렸다. 그러고 나서 그는 그녀에게 키스했다. 그의 입술에 닿자 그녀는 그를 위해 한 송이 꽃처럼 활짝 피어났고, 비로소 화신(化身)이 되었다.

그가 들려준 이야기, 심지어 무섭도록 경이로운 그의 감상을 들으면서 나에게 뭔가 떠오는 것이 있었다. ― 포착할 수 없는 리듬이랄까, 오래전에 어디선가 들은 적 있지만 잃어버린 말의 파편 같은 것이었다. 한순간 어떤 구절이 내 입가에 막 떠올랐으나 다만 벙어리의 입술처럼 벌어질 따름이었다. 마치 한 줄기의 놀란 숨을 내뱉을 때보다 더 힘이 드는 듯 말이다. 그러나 입술에서는 결국 아무 말도 나오지 않았고, 내가 간신히 떠올린 구절 역시 영원히 전달할 수 없었다.

7

개츠비에 대한 호기심이 최고조에 달한 것은, 어느 토요일 밤 그의 저택에 어둠이 내려앉으면서부터였다. 트리말키오[68]로서의 그의 경력은 시작과 마찬가지로 슬며시 막을 내렸다.

자동차들이 기대에 부풀어 그의 저택 진입로에 들어왔다가 이내 화가 난 듯 떠나 버린다는 사실을 차츰 깨닫게 되었다. 나는 혹시 그가 병이라도 앓고 있지 않은지 알아보려고 건너가 보았다. 험상궂은 얼굴의 낯선 집사가 문을 열어 주더니 미심쩍다는 표정으로 빠끔히 내다보았다.

"개츠비 씨, 어디 편찮으신가요?"

"아닙니다." 그는 잠시 말을 멈춘 다음, 뒤늦게 마지못해서 '선생님'이라는 호칭을 덧붙였다.

"요새 통 뵙지를 못해서 좀 걱정이 돼서요. 캐러웨이라는

---

68 고대 로마의 풍자 작가 페트로니우스의 작품 『사티리콘』에 등장하는 인물. 개츠비처럼 성대한 파티를 자주 열기로 유명하다.

사람이 찾아왔었다고 전해 주십시오."

"누구라고요?" 그가 무례하게 따져 물었다.

"캐러웨이입니다."

"캐러웨이. 네, 알았습니다. 그렇게 전하겠습니다."

그는 느닷없이 문을 쾅 하고 닫아 버렸다.

우리 집 핀란드인 가정부의 말로는 일주일 전 개츠비가 집에 있던 하인들을 모두 해고하고 다른 하인 대여섯 명을 새로 고용했는데, 그들은 웨스트에그 마을의 상인들에게 매수당하는 일 없이 전화로 적당히 식품을 주문한다는 것이었다. 식료품 배달 소년은 부엌이 마치 돼지우리 같았다고 했고, 마을에는 새로 고용된 사람들이 실상 하인이 아니라는 소문이 나돌았다.

이튿날 개츠비가 전화를 걸어 왔다.

"다른 곳으로 떠나려고 합니까?" 내가 물었다.

"아닙니다, 형씨."

"하인을 모두 쫓아냈다면서요."

"입이 무거운 사람들이 필요했어요. 데이지가 꽤 자주 놀러 오거든요…… 오후가 되면요."

그녀의 불만스러운 눈빛에 그만 대저택 전체가 마분지로 만든 집처럼 폭삭 주저앉고 말았던 것이다.

"울프심이 돌봐 주고 싶어 하던 사람들입니다. 모두 형제자매 같은 사이예요. 조그마한 호텔을 경영한 적도 있고요."

"그렇군요."

개츠비는 데이지의 요청으로 전화를 걸었다면서 내일 그녀의 집에 점심 식사를 하러 가지 않겠느냐고 했다. 미스 베이커도 올 예정이라고 했다. 삼십 분쯤 뒤에 데이지가 직접 전화를 걸어 왔고, 내가 참석한다는 사실을 알자 안심하는 눈치였다. 무슨 일이 있었음이 분명했다. 그러나 그들이 설마하니 이 자리를 빌려서 소동을 벌이리라고는 상상도 못 했다. 특히 개츠비가 정원에서 대충 일러 준, 어지간히 비참한 그 소동 말이다.

이튿날은 날씨가 푹푹 쪘다. 그해 여름의 막바지로 접어든, 가장 더운 날이 틀림없었다. 내가 탄 기차가 터널에서 햇볕 속으로 빠져나왔을 때는 내셔널 비스킷 회사[69]의 뜨거운 경적 소리만이 지글지글 끓는 한낮의 정적을 깨뜨리고 있었다. 차 안의 밀짚 시트에 금방이라도 불이 댕길 것 같았다. 내 옆에 앉은 여자는 한동안 흰 셔츠 안으로 흘러내리는 땀을 참고 있다가, 손에 든 신문이 손가락 사이로 축축하게 젖자 절망감에 외마디 비명을 지르면서 의자 깊숙이 몸을 파묻었다. 그 바람에 그녀의 지갑이 바닥에 툭 떨어졌다.

"어머나!" 그녀는 숨을 헐떡거렸다.

나는 나른한 몸을 굽혀 지갑을 주운 뒤 날치기할 생각이 추호도 없음을 보여 주려고 지갑 끄트머리를 잡은 채로 팔을 쭉 뻗어서 그녀에게 돌려주었다. 하지만 그 여자를 포함하여 주변 승객들은 하나같이 의심하는 눈초리로 나를 쳐다보았다.

"너무 덥군요!" 차장이 낯익은 얼굴들을 향해 말했다. "대단한 날씨예요…… 더워요! ……더워요! ……더워도 너무 더워요! ……손님들도 더우시죠? 이렇게 더워서야……."

내 정기 승차권이 그의 손에서 거뭇한 때를 묻히고 돌아

---

69   미국 뉴욕시 퀸스 자치구에 있는 제과 회사로, 머리글자를 딴 '나비스코'라는
      이름으로 더 잘 알려져 있다.

왔다. 이 더위라면 차장이 누구의 달아오른 입술에 키스를 하든, 누구의 머리가 그의 셔츠 가슴 호주머니를 축축이 적시든 조금도 아랑곳하지 않으리라!

……개츠비와 내가 문에서 기다리는 동안, 뷰캐넌 저택의 홀을 가로질러 전화벨 소리가 한 줄기 미풍에 실려 왔다.

"주인어른의 시체라니요!" 집사가 수화기에 대고 고함을 질렀다. "사모님, 죄송합니다만 지금은 해 드릴 수 없는데요……. 이런 한낮에는 너무 더워서 시체를 만질 수 없거든요!"

실제로는 "네…… 네…… 알아보겠습니다."라고 말했을 뿐이었다.

그는 수화기를 내려놓고 조금 번질거리는 얼굴로 우리에게 다가와서 빳빳한 밀짚모자를 받아 들었다.

"부인께서는 응접실에서 기다리고 계십니다!" 그럴 필요도 없는데 굳이 그쪽을 가리키면서 그가 외쳤다. 이런 무더위에는 불필요한 몸짓 하나하나가 일상에 대한 모독처럼 느껴졌다.

차일로 잘 가린 방은 어두컴컴하고 서늘했다. 데이지와 조던이 윙윙대는 선풍기 바람에 날리는 하얀 옷자락을 눌러가며 은으로 만든 우상처럼 큼직한 긴 의자에 누워 있었다.

"움직이질 못하겠어요." 그들이 한목소리로 말했다.

분을 바른 조던의 그을린 손가락이 잠깐 내 손안에 놓였다.

"우리의 운동선수 톰 뷰캐넌 씨는?" 내가 물었다.

내 말이 떨어지기 무섭게 홀에서 톰의 퉁명스럽고 웅얼웅얼거리는 쉰 목소리가 들려왔다. 누군가와 통화하는 모양이었다.

개츠비는 진홍빛 카펫 한가운데 서서 황홀한 시선으로 주위를 살펴보고 있었다. 데이지는 그를 쳐다보며 그 감미롭고도 가슴 설레게 하는 미소를 지었다. 그녀의 가슴에서 미세한 분가루가 공중으로 피어올랐다.

"소문에 따르면 톰의 애인한테서 지금 전화가 걸려 왔다는군요." 조던이 소곤거렸다.

우리는 아무 말도 하지 않았다. 홀에서 들려오는 짜증스러워하는 목소리가 더욱 커졌다. "그럼 좋아. 당신한테 그 차를 팔지 않겠어…… 난 당신한테 아무것도 빚지지 않았다고……. 그리고 그 문제로 점심시간에 나를 성가시게 하다니도저히 못 참아!"

"수화기를 막고 저러는 거야." 데이지가 빈정대듯 말했다.

"아니, 그렇지 않아. 저건 진짜야. 나야 어쩌다 알게 되었지만." 내가 그녀에게 단정적으로 말했다.

톰이 문을 활짝 열어젖히더니 잠시 육중한 몸으로 문가를 막고 서 있다가 급히 방으로 들어왔다.

"개츠비 씨로군요!" 그는 적의를 썩 잘 감추고 그에게 넓적한 손을 내밀었다. "만나서 반갑습니다……. 어, 닉……."

"찬 음료수 좀 만들어 줘요." 데이지가 소리쳤다.

톰이 방에서 나가자 그녀는 일어서서 개츠비 곁으로 다가가더니 그의 얼굴을 끌어당겨 입에다 키스했다.

"내가 당신을 사랑하는 거 알죠?" 그녀가 나지막한 목소리로 속삭였다.

"이 자리에 숙녀도 한 사람 있다는 걸 잊어버렸나 봐." 조던이 말했다.

그러자 데이지는 의아하다는 표정으로 돌아보았다.

"그럼 너도 닉 오빠에게 키스하렴."

"이런 점잖지 못한 부인 좀 봐요!"

"그래도 상관없어!" 데이지가 소리치고는 벽돌 난롯가에서 마치 나막신 춤을 추듯 움직이기 시작했다. 그러다 더위가 훅 끼치자 죄책감이라도 느낀 듯 긴 의자에 가서 도로 앉았다. 바로 그때 보모가 예쁘게 차려입은 조그마한 여자아이를 방으로 데리고 들어왔다.

"아 — 이 — 고, 우리 귀 — 여 — 운 보물!" 그녀가 두 팔을 내밀며 나직하게 소곤댔다. "널 사랑하는 엄마에게 오렴."

보모가 놓아주자 아이는 냉큼 달려가서 어머니 옷 속으로 수줍게 파고들었다.

"아 — 유, 우 — 리 보물! 엄마가 우리 아가의 노란 머리카락에 분가루를 묻혔구나. 자, 이제 일어나서 인사를 해야지."

개츠비와 나는 차례로 몸을 굽혀 소녀가 마지못해 내민 작은 손을 잡았다. 그 뒤에도 개츠비는 놀라운 듯 아이를 지켜보았다. 여태껏 아이의 존재를 정말로 믿지 않은 것 같았다.

"점심시간 전인데 이렇게 옷을 갈아입었어요." 아이가 데이지에게 몸을 돌리며 간절히 말했다.

"엄마가 널 자랑하고 싶어서 그런 거란다." 데이지는 아이의 희고 가느다란 목덜미에 얼굴을 파묻었다.

"넌 이 엄마의 꿈이야. 정말이지 귀엽고 완벽한 꿈이라는 말이야."

"응. 조던 아줌마도 흰옷을 입으셨네." 아이가 조용히 대답했다.

"엄마 친구분들이 마음에 드니?" 데이지가 아이를 한 바퀴 돌려세워 개츠비와 마주 보도록 했다. "아저씨들이 멋있지 않아?"

"아빠는 어디 있어요?"

"이 앤 아빠를 안 닮았어요. 날 닮았지요. 내 머리카락이랑 얼굴 모양을 꼭 빼닮았어요." 데이지가 설명했다.

데이지는 다시 긴 의자에 기대앉았다. 보모가 앞으로 한 발 나서더니 손을 내밀었다.

"이리 온, 패미."

"잘 가렴, 우리 귀여운 아가야!"

엄격히 훈육받은 아이는 내키지 않는 듯 힐끔 돌아보더니 보모의 손을 잡고 밖으로 나갔다. 바로 그때 톰이 얼음이 한가득 찰랑거리는 진리키[70] 네 잔을 받쳐 들고 들어왔다.

개츠비가 자기 잔을 집어 들었다.

"정말 시원해 보이는데요." 그가 눈에 띄게 긴장한 표정을 지으며 말했다.

우리는 게걸스럽게 단숨에 쭈욱 들이켰다.

"어디선가 읽은 적이 있는데, 태양이 해마다 뜨거워지고 있다는군. 이러다가는 얼마 지나지 않아서 태양이 지구를 집어삼킬 모양이야……. 아니, 가만있자……. 그 반대던가……. 태양이 해마다 식어 간다는 거였나……." 톰이 다정하게 말했다.

그리고 개츠비에게 제안했다. "우리, 밖으로 나갑시다. 집을 구경시켜 드리지요."

---

70 진에 탄산수와 라임 과즙을 섞은 음료.

나는 그들과 함께 베란다로 나갔다. 더위 속에 가만히 고여 있는 초록색 해협에 작은 돛단배 하나가 더 시원한 바다 쪽으로 천천히 나아가고 있었다. 개츠비는 한순간 눈으로 그 배를 좇더니 한쪽 손을 들어 만 건너편을 가리켰다.

"난 댁의 바로 건너편에서 살고 있지요."

"그렇군요."

우리는 눈을 들어 장미원 너머 뜨거운 잔디밭과 해변을 따라 불볕더위에 시달리는 잡초 더미를 건너다보았다. 돛단배의 하얀 날개가 파랗고 서늘한 수평선을 배경으로 움직이고 있었다. 그 앞쪽에는 부채처럼 펼쳐진 대양과 축복받은 작은 섬들이 수없이 놓여 있었다.

"한번 해 볼 만한 스포츠지요. 한 시간쯤 이 친구와 함께 저 배를 타고 싶네요." 톰이 고개를 끄덕이며 말했다.

우리는 덥지 않도록 역시 어둡게 가려 놓은 식당에서 점심을 들며 차가운 흑맥주로 불안한 흥겨움을 삼켰다.

"오늘 오후에 뭘 하지요? 그리고 내일은, 그리고 또 앞으로 삼십 년 뒤에는?" 데이지가 소리쳤다.

"유난 떨지 마. 가을이 돼서 날씨가 상쾌해지면 인생이 다시 시작될 테니까." 조던이 대꾸했다.

"하지만 너무 덥단 말이야. 그리고 만사가 뒤죽박죽이야. 우리 다 같이 시내에 나가요!" 데이지는 곧 울음이라도 터뜨릴 것 같은 얼굴로 고집을 부렸다.

그녀의 목소리는 더위를 뚫고 나아가고자 연신 안간힘을 쓰며 그 무의미함에 형체를 부여하고 있었다.

"마구간을 차고로 개조한다는 얘기는 나도 들어 봤지요. 하지만 차고를 뜯어고쳐서 마구간으로 만든 사람은 아마 내가 처음일 겁니다." 톰이 개츠비에게 하는 말이었다.

"누구 시내에 나갈 사람 없어요?" 데이지가 끈질기게 보챘다. 개츠비의 시선이 그녀 쪽으로 옮겨 갔다. "아! 당신 정말 멋져 보여요." 그녀가 외쳤다.

두 사람의 눈이 서로 마주친 순간, 그들은 주위에 아무도 없다는 듯 서로를 응시했다. 그녀는 힘겹게 시선을 식탁 아래로 돌렸다.

"당신은 언제나 멋져 보여요." 그녀가 되풀이해서 말했다.

데이지는 그를 사랑한다고 말한 것이었고, 톰 뷰캐넌이 그 점을 알아차렸다. 그는 그야말로 아연실색했다. 입을 약간 벌린 채 개츠비를 쳐다보다가 마치 오래전에 알던 사람을 지금에야 막 알아본 듯 다시 데이지를 바라보았다.

"당신은 광고에 나오는 그 사람과 닮았어요." 그녀가 천진하게 말을 이어 갔다. "그 광고에 나오는 사람이 누군지 당신도 알 거예요……."

"좋아." 톰이 재빨리 말을 가로막았다. "나도 시내에 가고 싶어졌어. 자…… 모두 시내로 나가자고."

톰은 여전히 개츠비와 자기 아내를 번갈아 쏘아보며 자리에서 벌떡 일어섰다. 그러나 움직이는 사람은 아무도 없었다.

"자, 어서 가자고! 도대체 왜들 이러고 있는 거야? 시내에 나갈 거라면 지금 출발하자니까." 그가 약간 성을 냈다.

그는 화를 억누르느라 떨리는 손으로 마지막 남은 흑맥주잔에 입술을 가져다 댔다. 이윽고 데이지의 목소리를 듣고 나서야 우리는 자리에서 일어났고, 태양이 이글거리는 바깥의 자갈 깔린 진입로로 걸어 나갔다.

"지금 당장 갈 거예요? 그냥 이렇게요? 담배 피울 사람은

담배라도 한 대 피우게 해야 하지 않겠어요?" 그녀가 이의를
제기했다.

"점심 들면서 다들 피웠잖아."

"아, 재미있게 놀아요. 짜증을 내기에는 너무 더워요." 데
이지가 그에게 사정했다.

톰은 아무 대답도 하지 않았다.

"당신 하고 싶은 대로 해요. 조던, 이리 좀 와 봐." 그녀가
말했다.

남자 셋이 뜨거운 자갈을 발로 차며 서 있는 동안 여자들
은 위층으로 올라가서 외출 준비를 했다. 서쪽 하늘에 벌써 은
빛 초승달이 걸려 있었다. 개츠비는 무슨 말을 하려다가 그만
두었지만, 그보다 먼저 톰이 기다렸다는 듯 몸을 홱 돌려서 그
를 마주 보았다.

"뭐라고 했습니까?"

"마구간이 이곳에 있습니까?" 개츠비가 애써 물었다.

"이 길로 일 킬로미터쯤 내려간 곳에 있지요."

"아."

잠시 대화가 끊겼다.

"뭣 때문에 시내에 나가겠다는 건지 통 모르겠단 말이야.
여자들 머리통에 들어 있는 생각이란 꼭 이렇게……." 톰이
무례하게 내뱉듯이 말했다.

"뭐 마실 거라도 가지고 가야 하지 않을까요?" 위층 창에
서 데이지가 물었다.

"위스키를 가져오지." 톰이 대답했다. 그러고는 안으로 들
어갔다.

개츠비가 딱딱하게 굳은 표정으로 나를 돌아보았다.

"이 집에서는 아무 말도 할 수 없어요, 형씨."

"데이지의 목소리에는 신중함이 없어요. 그 애의 목소리에는 뭔가 가득······." 나는 말을 하다가 머뭇거렸다.

"그녀의 목소리는 돈으로 가득 차 있어요." 갑자기 그가 말했다.

바로 그것이었다. 예전에는 그 점을 미처 깨닫지 못했다. 데이지의 목소리는 돈으로 가득 차 있었다. 그 안에서 오르락내리락하는 끝없는 매력, 그 딸랑거리는 소리, 그 심벌즈 같은 노랫소리······. 새하얀 궁전 속 저 높은 곳에 공주님이, 그 황금의 아가씨가······.

톰이 950밀리리터짜리 술병을 수건으로 감싸며 먼저 집에서 나왔고, 그 뒤를 따라 금속사 직물로 만든 작고 꼭 끼는 모자를 쓰고 팔에 얇은 케이프를 걸친 데이지와 조던이 나왔다.

"모두 함께 내 차로 가실까요?" 개츠비가 제안했다. 그는 뜨거운 녹색 가죽 시트를 만졌다. "그늘에 세워 둘 걸 그랬군요."

"변속 기어인가요?" 톰이 물었다.

"네, 그렇습니다."

"그럼 댁이 내 쿠페를 모시오. 내가 시내까지 댁의 차를 몰겠소."

개츠비는 이 제의가 못마땅했다.

"휘발유가 넉넉하지 않을걸요." 개츠비가 반대하고 나섰다.

"휘발유야 얼마든지 넣을 수 있어요." 톰이 뽐내듯 말했다. 그는 연료 계측기를 들여다보았다. "기름이 떨어지면 약국에 들르면 됩니다. 요즘에는 약국에서 뭐든지 다 살 수 있거든요."

초점에서 빗나간 이 엉뚱한 말에 잠시 침묵이 흘렀다. 데이지가 얼굴을 찌푸리면서 톰을 쳐다보았고, 개츠비의 얼굴에는 뭐라고 표현하기 어려운 표정이 스쳐 지나갔다. 마치 누군가가 들려준 이야기처럼 분명히 낯설면서도 어렴풋하게나마 알아볼 수 있는 표정 말이다.

"자, 데이지. 이 곡마단 마차에 태워 줄게." 톰이 개츠비의 자동차 쪽으로 그녀를 밀면서 말했다.

그가 차 문을 열었지만 그녀는 그의 팔에서 빠져나왔다.

"당신은 닉하고 조던을 데리고 가요. 우린 쿠페를 타고 뒤따라갈게요."

데이지는 개츠비에게 바짝 다가서서 손으로 그의 윗도리를 만졌다. 조던과 톰, 내가 개츠비 차의 앞 좌석에 올라탔다. 톰은 익숙하지 않은 기어를 실험 삼아 조작해 보더니 숨이 막힐 듯한 더위 속으로 쏜살같이 차를 몰았다. 뒤에 남겨진 두 사람의 모습은 더 이상 보이지 않았다.

"봤지?" 톰이 말했다.

"뭘 말인가?"

그는 조던과 내가 줄곧 알고 있었음을 깨닫고 날카롭게 나를 쏘아보았다.

"내가 바보인 줄 아나 보지?" 그는 우리를 넌지시 떠보았다. "하기야 어쩌면 난 바보인지도 모르지. 하지만 내게도…… 때론 어떻게 해야 할지 말해 주는 천리안 같은 게 있단 말씀이야. 믿지 않을지 모르지만 과학은……."

그는 갑자기 말을 멈췄다. 눈앞에 들이닥친 돌발 사태가 그를 이론의 심연 밑바닥에서 끌어 올렸다.

"저 작자에 대해 좀 조사를 해 봤지. 좀 더 철저히 알아보는 건데, 이런 줄 알았더라면……." 그가 말을 이었다.

"점쟁이한테라도 가 봤단 말인가요?" 조던이 익살맞게 물었다.

"뭐라고요?" 우리가 깔깔 웃는 동안 그는 어리벙벙해져서 우리를 바라보았다. "점쟁이라고?"

"개츠비에 관해서 말이에요."

"개츠비에 관해서라니! 아니, 그러진 않았지. 내 말은, 그 자의 과거를 좀 알아봤단 거야."

"그럼 그가 옥스퍼드 출신이라는 것도 알아냈겠군요." 조던이 한 수 거들며 말했다.

"옥스퍼드 출신이라고!" 그는 도저히 믿을 수 없다는 표정을 지었다. "빌어먹을, 퍽이나 그렇겠군! 분홍색 양복[71]을 입고 있는 꼴이라니!"

"그래도 그는 옥스퍼드 출신인걸요."

"뉴멕시코주에 있는 옥스퍼드겠지. 아니면 그 비슷한 어디든가." 그는 경멸하듯 코웃음을 쳤다.

"이보세요, 톰. 그렇게 속물처럼 굴 거면 뭐 하러 그 사람을 점심에 초대했어요?" 조던이 화가 나서 따졌다.

"데이지가 초대한 거잖아. 우리가 결혼하기 전부터 알던 사이라나……. 어디서 알았는지 귀신이 곡할 노릇이군!"

흑맥주의 취기에서 깨는 중이라 모두 신경이 곤두서 있음

---

71 개츠비의 분홍색 양복은 그가 전통적인 상류층에 속하지 않음을 암시한다. 분홍색 등 화려한 색상의 양복은 졸부나 떳떳하지 못한 방식으로 벼락부자가 된 인물을 상징한다.

을 깨닫고 우리는 잠시 말없이 달렸다. 어느덧 T. J. 에클버그 박사의 빛바랜 눈이 길 아래쪽으로부터 시야에 들어왔고, 나는 연료가 부족할지도 모른다고 일러 준 개츠비의 말이 생각났다.

"시내까지는 넉넉히 갈 수 있어." 톰이 말했다.

"그렇지만 바로 저기에 기름 넣는 곳이 있잖아요. 이 푹푹 찌는 더위에 기름이 떨어져서 길 한복판에 꼼짝 못 하고 있어야 한다고 생각하니 정말 끔찍해요." 조던이 반대하고 나섰다.

톰은 성마르게 양쪽 브레이크를 밟고, 우리는 윌슨의 정비소 간판 밑으로 미끄러지듯 들어가며 급히 멈춰 섰다. 잠시 뒤 주인이 가게 안쪽에서 나타나더니 휑한 눈으로 자동차를 바라보았다.

"휘발유 좀 넣어 주게! 우리가 뭐 때문에 차를 멈춘 것 같나…… 경치를 감상하려고?" 톰이 거칠게 소리쳤다.

"몸이 좀 좋지 않아요. 온종일 앓았다고요." 윌슨이 꼼짝 않고 얘기했다.

"어디가 안 좋은데?"

"몸이 지친 거죠."

"그럼 내가 직접 넣을까? 아까 전화 걸 때는 그렇게 기운 없는 것 같지 않더니만." 톰이 물었다.

윌슨은 기대서 있던 문설주의 그늘에서 간신히 몸을 떼고는 숨을 가쁘게 몰아쉬며 휘발유 탱크의 뚜껑을 열었다. 햇빛에서 보니 그의 낯빛은 푸르죽죽했다.

"점심 식사를 방해할 생각은 없었어요. 하지만 돈이 아주 급하거든요. 그리고 선생님이 옛날 차를 어떻게 처분할지 궁금했고요." 그가 말했다.

"이 차는 어떤가? 지난주에 새로 산 건데." 톰이 물었다.

"노란색이 아주 근사하네요." 윌슨이 휘발유 펌프 핸들에 힘을 쏟으며 대답했다.

"살 생각이 있소?"

"좋은 기회죠. 하지만 싫습니다. 다른 차로도 돈을 벌 수 있거든요." 윌슨이 힘없이 미소를 지었다.

"한데 왜 그렇게 갑자기 돈이 필요한 거요?"

"이곳에 너무 오래 살았어요. 다른 데로 이사 가려고요. 마누라와 난 서부로 가고 싶어요."

"당신 부인이 가고 싶어 한단 말이오!" 톰이 깜짝 놀라며 큰 소리로 외쳤다.

"마누라는 십 년 전부터 그 소리를 해 왔죠. 이번엔 원하든 원하지 않든 갈 겁니다. 내가 데리고 갈 거니까요." 그는 잠시 펌프에 기대선 채 눈을 가리고 쉬었다.

그때 쿠페가 한바탕 먼지를 일으키더니 우리에게 손을 흔들며 쏜살같이 지나갔다.

"얼마요?" 톰이 퉁명스럽게 물었다.

"지난 이틀 동안 제가 몰랐던 사실을 알게 되었거든요. 그래서 이사를 가려는 겁니다. 자동차 때문에 귀찮게 한 것도 그 때문이었고요." 윌슨이 말했다.

"얼마냐니까?"

"1달러 20센트예요."

무자비하게 쏟아지는 더위에 정신이 산만해진 나는 윌슨이 아직 톰을 의심하지 않는다는 사실을 깨닫기까지 조금 시간이 걸렸다. 그는 지금 머틀이 자기와 동떨어진 다른 세계에서 다른 삶을 누리고 있음을 발견한 충격 탓에 병이 난 것이었다. 나는 물끄러미 그를 쳐다보고 나서 톰에게 눈길을 돌렸다. 그런데 톰 역시 불과 한 시간 전에 그와 비슷한 발견을 했던 것이다. 남자 사이에서 지능이나 인종의 차이는 아픈 사람과 건강한 사람의 차이처럼 그렇게 크지 않다는 생각이 문득 머릿속을 스쳐 갔다. 윌슨은 너무나 병색이 짙은 나머지 죄인처럼, 그것도 도저히 용서받지 못할 죄를 지은 사람처럼 보였다. 마치 어느 가엾은 소녀를 범한 듯이 말이다.

"차를 팔겠소. 내일 오후에 보내 주지." 톰이 말했다.

이 지역은 햇볕이 쨍쨍한 대낮에도 늘 어딘가 어수선해 보였다. 나는 뒤를 조심하라는 경고라도 받은 듯 돌아다보았다. 쓰레기 더미 너머로 T. J. 에클버그 박사의 거대한 눈이 망을 보고 있었지만, 잠시 뒤 나는 또 다른 눈이 육 미터도 떨어지지 않은 곳에서 괴이할 만큼 강렬한 빛을 번득이며 우리를 지켜보고 있음을 깨달았다.

정비소 위층의 창문 하나에서 바로 머틀 윌슨이 커튼을 옆으로 살짝 젖히고 우리 자동차를 내려다보고 있었다. 너무 열중한 나머지 그녀는 누가 자신을 쳐다보고 있다는 사실조차 의식하지 못했으며, 그 얼굴에는 사진을 현상할 때 피사체가 천천히 떠오르듯 온갖 감정이 번갈아 나타났다. 그녀의 표정은 이상할 만큼 낯익었다. 여자들의 얼굴에서 흔히 봐 온 표정이었지만, 지금 머틀 윌슨의 얼굴에 떠오른 표정은 어떤 목적도 없고 뭐라고 설명할 수도 없는 것이었다. 그러다가 마침내 질투와 공포로 부릅뜬 그녀의 눈이 톰이 아니라 조던 베이커를 향하고 있음을 알아차렸다. 그녀는 조던이 그의 아내라고 생각한 것이다.

단순한 마음이 혼란해질 때만큼 어지러운 상황은 없는 법이다. 차가 달리는 동안 톰은 몹시 겁에 질려 있었다. 불과 한시간 전만 해도 온전히 손아귀에 넣었다고 여겨 온 아내와 정부가 갑자기 자기 손에서 빠져나가고 있었기 때문이다. 그는 윌슨을 뒤로하고 데이지를 쫓아가기 위해 본능적으로 가속기를 밟았다. 롱아일랜드시티를 향해 시속 80킬로미터로 달렸고, 마침내 고가 철도의 거미줄 같은 구름다리 사이에 이르렀을 때 느긋하게 달리는 푸른색 쿠페가 눈에 들어왔다.

"50번가 근처의 영화관이 시원해요." 조던이 제안했다. "난 사람들이 떠나 버린 여름날 오후의 뉴욕이 참 좋아요. 뭔가 육감적인 데가 있거든요……. 마치 온갖 신기한 과일이 우리 손에 떨어지듯 농익었다고나 할까요?"

'육감적'이라는 말에 톰은 더욱 심란해졌지만 그가 미처 반박할 거리를 찾아내기도 전에 쿠페가 멈췄고, 데이지는 옆에 차를 세우라고 우리에게 손짓을 했다.

"어디로 갈 거예요?" 그녀가 소리쳤다.

"영화 보는 거 어때?"

"너무 덥잖아요." 그녀가 불평했다. "당신들이나 가요. 우리는 차로 돌아다니다가 나중에 합류할게요." 그녀는 조금이나마 재치를 부려 보려고 애를 썼다. "어느 길모퉁이에서 만나죠. 한꺼번에 궐련 두 개비를 피우는 사람이 있으면 그게 난줄 알아요."

"여기서 그런 얘길 하고 있을 순 없어." 트럭 한 대가 우리 뒤에서 어서 비키라고 욕지거리를 퍼붓듯 경적을 울려 대자 톰이 조급하게 말했다. "센트럴파크 남쪽 플라자 호텔 앞으로 날 따라와."

그는 몇 번이나 고개를 돌려 쿠페가 따라오는지 확인했고, 교통 신호 때문에 그들이 늦어지면 차가 보일 때까지 속도를 늦추곤 했다. 그들이 어느 옆길로 새어 자신의 삶으로부터 영원히 도망쳐 버리지는 않을까 걱정하는 듯했다.

그러나 그들은 그런 짓을 하지 않았다. 그리고 좀처럼 이유를 설명하기가 쉽지 않지만 우리는 플라자 호텔의 응접실이 딸린 스위트룸을 하나 빌렸다.

그 방으로 몰려 들어갈 때까지 시간을 끌며 뭐라고 소란스럽게 입씨름을 벌였는지 잘 기억나지 않는다. 다만 떠들어대는 와중에 속옷이 축축한 뱀처럼 다리를 휘감고 가끔 땀방울이 등줄기로 서늘하게 흘러내리던 것만큼은 아직도 생생히 기억한다. 욕실을 다섯 개 빌려서 냉수욕을 하자는 데이지의 제안이 마침내 '민트 줄렙[72]을 마실 만한 장소'라는 보다 구체적인 형태로 발전했다. 우리는 저마다 '어처구니없는 아이디어'라고 몇 번이고 말했다. 즉시 어리둥절해하는 호텔 프런트 직원에게 몰려가서 말을 걸고는 우리가 정말 재미있는 짓을 하고 있다고 생각했다. 아니면 그저 그렇게 생각하는 척했다…….

방은 큼직하지만 답답했고, 벌써 4시가 되었는데도 열어놓은 창문을 통해서는 공원 관목의 뜨거운 바람만이 불어왔다. 데이지는 거울 쪽으로 가서 우리에게 등을 돌리고 머리를 매만졌다.

"굉장한 방이군요." 조던이 감탄한 듯 소곤거리자 다들 껄껄 웃었다.

---

72 위스키나 브랜디에 설탕과 박하 등을 섞어 만든 칵테일.

"다른 창문도 열어." 데이지가 몸을 돌리지도 않고 명령하듯 말했다.

"더는 창문이 없는걸."

"그럼 전화를 걸어 도끼를 가져오라고 해서……."

"더위는 그냥 잊어버리면 되는 거야. 덥다고 짜증을 부리면 열 배는 더 덥다고." 톰이 성마르게 말했다.

그는 위스키 병을 꺼내서 감싸고 있던 수건을 벗긴 다음 탁자 위에 올려놓았다.

"그녀를 그냥 놔두시지요, 형씨. 시내로 오자고 한 사람은 당신이었잖소." 개츠비가 말했다.

그러자 잠깐 동안 침묵이 흘렀다. 못에 걸려 있던 전화번호부가 바닥에 떨어지자 조던이 나지막하게 "미안해요."라고 말했다. 하지만 이번에는 아무도 웃지 않았다.

"내가 주울게요." 내가 나섰다.

"벌써 집은걸요." 개츠비는 끊긴 줄을 들여다보더니 재미있다는 듯 "흠!" 하고 소리를 내뱉고는 그것을 의자 위에 던졌다.

"그게 당신의 멋진 말씨로군요?" 톰이 쏘아붙였다.

"뭐 말입니까?"

"그 '형씨' 어쩌고 하는 말씨 말이오. 도대체 그 말은 어디서 주워들었소?"

"이봐요, 톰." 데이지가 거울에서 몸을 돌리며 말했다. "당신이 계속 인신공격이나 하겠다면 난 여기에 단 일 분도 더 있지 않겠어요. 전화를 걸어서 민트 줄렙에 넣을 얼음이나 주문해요."

톰이 수화기를 들자 짓눌린 열기가 소리로 터져 나왔다.

우리는 아래층 연회장에서 들려오는 멘델스존의 「결혼 행진 곡」의 불길한 곡조에 귀를 기울였다.

"이 더위에 결혼식을 올리는 사람을 생각해 봐요!" 조던이 시무룩해서 말했다.

"하기야…… 나도 6월 중순에 결혼했잖아." 데이지가 기억을 더듬으며 말했다. "그것도 6월에 루이빌에서 말이야! 누군가 기절했는데! 여보, 기절한 게 누구였죠?"

"빌록시였잖아." 그가 짤막하게 대답했다.

"빌록시라는 남자였어요. '블록스' 빌록시. 상자를 만드는 사람이었지요……. 정말이에요……. 테네시주 빌록시 출신이 었어요."

"사람들이 그를 우리 집으로 실어 갔어요." 조던이 덧붙여 설명해 주었다. "교회에서 두 집 건너면 바로 우리 집이었으니까요. 그런데 그 남자가 삼 주 동안이나 우리 집에 죽치고 있는 거예요. 마침내 아빠가 그만 나가 달라고 부탁할 때까지 말이지요. 그 남자가 떠난 바로 다음 날 아빠가 돌아가셨죠." 자신의 말이 좀 앞뒤가 안 맞는다고 생각했는지 그녀는 잠시 쉬었다가 다시 이어 갔다. "그렇다고 서로 무슨 관련이 있다는 건 아니고요."

"나도 멤피스 출신의 빌 빌록시라는 사람을 만난 적이 있는데요." 내가 말했다.

"그 사람은 블록스 빌록시와 사촌이에요. 난 그가 떠나기 전에 그 사람의 집안 내력을 모두 알게 되었지요. 요새 쓰는 알루미늄 골프채도 바로 그 사람이 준 거예요."

결혼식이 시작되면서 음악 소리가 잦아들었다. 이제 창문을 통해 박수갈채가 길게 들려오더니 그 뒤를 이어 "그렇지,

그렇지, 그렇지!" 하는 소리가 띄엄띄엄 이어졌다. 그러고는 맨 마지막으로 무도회가 열리면서 재즈 음악이 터져 나왔다.

"우린 이제 늙어 가고 있어. 젊었다면 이럴 때 일어나서 춤이나 췄을 텐데." 데이지가 말했다.

"빌록시를 기억하자고." 조던이 그녀에게 경고했다. "톰, 어디서 그 사람을 알게 된 거예요?"

"빌록시 말이오?" 그는 정신을 가다듬느라고 애를 썼다. "전에는 만난 적이 없었지. 데이지의 친구였소."

"내 친구는 아니에요. 난 그 사람을 본 적도 없다고요. 그는 자가용을 타고 왔어요."

"어쨌든 그 사람은 당신을 안다고 했어. 루이빌에서 자랐다고 하던걸. 에이서 버드가 마지막 순간에 그를 데리고 와서는 초청할 수 있겠느냐고 물었지."

조던이 빙그레 웃었다.

"아마 남의 차를 얻어 타고 고향에 가는 중이었나 보죠. 나한테는 예일 대학교에 다닐 때 당신 학년에서 학생회장을 지냈다고 했어요."

톰과 나는 멍하니 마주 보았다.

"빌록시가?"

"우선 예일에는 동기 회장이라는 것부터가 없었어……."

개츠비가 초조한 듯 한쪽 발로 마룻바닥을 짧게 톡톡 두드리자 톰이 갑자기 그를 빤히 쳐다보았다.

"한데 개츠비 씨, 당신은 옥스퍼드 대학교 출신이라면서요?"

"꼭 그렇다고 할 수는 없습니다."

"아니, 맞아요. 옥스퍼드에 계셨던 걸로 아는데요."

"네······. 그곳에 있기는 했지요."

잠시 말이 끊겼다. 그리고 나서 톰이 믿을 수 없다는 듯 모욕적인 말투로 이렇게 말했다.

"빌록시가 뉴헤이븐에 가 있을 때 당신은 그곳에 있었겠군."

다시 한 번 대화가 끊겼다. 웨이터가 노크를 하고 잘게 부순 얼음과 짓찧은 박하를 들고 들어왔다가 "감사합니다." 하고 말한 뒤 문을 살며시 닫았다. 그런데도 침묵을 깨는 사람은 아무도 없었다. 마침내 그의 어마어마한 과거가 낱낱이 드러날 순간이었다.

"그곳에 머문 적이 있다고 말씀드렸지요." 개츠비가 말했다.

"나도 들었소. 하지만 그게 언제였는지 알고 싶소."

"1919년이었지요. 난 그곳에 다섯 달밖에 머물지 않았어요. 그러니 옥스퍼드 출신이라고 할 순 없지요."

톰은 우리도 자기처럼 그 말을 믿지 않는 눈치인지 살피려고 주위를 두리번거렸다. 그러나 우리는 모두 개츠비를 쳐다보고 있었다.

"휴전하고 나서 일부 장교들에게 그런 기회가 주어졌지요." 그가 말을 이었다. "영국이나 프랑스에 있는 대학이라면 어디든지 갈 수 있었어요."

나는 자리에서 일어나 그의 등을 살짝 두드려 주고 싶었다. 전에도 그런 적이 있지만 그에 대한 완벽한 신뢰감이 새삼스럽게 되살아났기 때문이다.

데이지가 살짝 미소를 띠며 일어나더니 탁자 쪽으로 걸어갔다.

"톰, 위스키나 따 줘요." 그녀가 명령하듯 말했다. "내가 민트 줄렙을 만들어 줄게요. 그걸 마시고 나면 당신 스스로 보기에도 그렇게 바보 같진 않을 거예요……. 어머, 이 박하 좀 봐!"

"잠깐만 기다려 봐. 개츠비 씨에게 물어볼 게 하나 더 있으니까." 톰이 민첩하게 말했다.

"어디 계속해 보시지요." 개츠비가 공손하게 말했다.

"당신은 도대체 우리 집에 어떤 분란을 일으킬 작정이오?"

비로소 모든 것을 공개적으로 터놓고 맞서게 되어서 개츠비는 오히려 흐뭇해했다.

"분란을 일으키고 있는 건 저분이 아니에요." 데이지가 절망적인 표정으로 두 사람을 번갈아 쳐다보았다. "분란을 일으키고 있는 건 바로 당신이라고요. 제발 조금이라도 자제력을 보여요."

"자제력을 보이라고!" 톰은 믿기지 않는다는 듯 그녀의 말을 되풀이했다. "도대체 어디서 굴러먹다 왔는지도 모르는 작자가 자기 마누라와 바람을 피우는데 가만히 보고만 있을 순 없지. 글쎄, 당신 생각이 그렇대도 나는 빼 주면 좋겠어……. 요즘 사람들은 가정생활과 가족 제도를 비웃는데, 이러다가는 모든 걸 다 팽개치고 아예 백인하고 흑인이 결혼하려고 들 거야."

흥분해서 횡설수설하느라 얼굴이 발갛게 달아오른 그는 자신이 문명의 마지막 보루에 홀로 서 있다는 듯이 말했다.

"여기 있는 사람은 모두 백인인걸요." 조던이 중얼거렸다.

"내가 별로 인기가 없다는 건 나도 잘 알아. 난 성대한 파티를 열지 않으니까. 친구를 사귀려면 자기 집을 돼지우리로 만들어야 하나 보다군……. 적어도 현대 사회에서는 말이야."

나는 다른 사람들과 마찬가지로 화가 치밀었지만 톰이 입을 열 때마다 웃고 싶은 충동을 느꼈다. 톰은 이제 바람둥이에서 도덕군자로 완벽하게 변해 있었다.

"당신에게 말해 둘 게 있어요, 형씨……." 개츠비가 입을 열기 시작했다. 그러나 데이지가 그의 의도를 눈치챘다.

"제발 그만둬요!" 그녀가 절망적으로 말을 가로막았다. "우리 다 같이 집으로 돌아가도록 해요. 이제 그만 집에 가는 게 어때요?"

"그거 좋은 생각이군. 자, 톰, 가자고. 술을 마시고 싶어 하는 사람은 아무도 없잖아." 내가 자리에서 벌떡 일어섰다.

"개츠비 씨가 하고 싶은 말이 뭔지 알고 싶군."

"당신 부인은 당신을 사랑하지 않아요. 당신을 한 번도 사랑한 적이 없다고요. 나를 사랑할 뿐." 개츠비가 말했다.

"당신 미쳤군!" 톰이 자기도 모르게 버럭 소리를 질렀다.

개츠비가 잔뜩 흥분해서 자리에서 벌떡 일어섰다.

"당신을 사랑한 적이 없었단 말입니다. 알아듣겠소?" 그가 소리쳤다. "그녀는 내가 가난했던 탓에 기다리다 지쳐서 당신과 결혼한 것뿐이오. 그건 아주 큰 실수였지만 그녀는 마음속으로 나 말고는 어느 누구도 사랑하지 않았던 거요!"

이즈음 조던과 나는 자리를 뜨려고 했지만 톰과 개츠비가 서로 경쟁이라도 하듯 완강하게 그냥 남아 있어 달라고 고집했다. 마치 이제 두 사람 모두 감출 것이라고는 하나도 없고, 우리가 그들의 감정을 간접적으로 체험하는 일이 무슨 대단한 특권이라도 된다는 양 말이다.

"데이지, 잠깐 자리에 앉지. 그동안 무슨 일이 있었던 거지? 전부 듣고 싶어." 톰은 아버지같이 말하려고 했지만 목소리가 제대로 나오지 않았다.

"그동안 있었던 일을 내가 말하지 않았소? 이제 오 년이 되어 갑니다······. 당신만 몰랐던 거요." 개츠비가 말했다.

그러자 갑자기 톰이 데이지를 향해 몸을 돌렸다.

"지난 오 년 동안 이 친구를 만나 왔다는 거야?"

"그런 얘기가 아니오. 우린 서로 만날 수 없었소. 하지만 우린 그동안에도 서로 사랑하고 있었소. 형씨, 당신은 그걸 모르고 있었던 거요. 어떤 때는 나 혼자 웃기도 했소······." 그러나 그의 눈에서 웃음기라고는 전혀 찾아볼 수 없었다. "당신이 그 사실을 까맣게 모르고 있다는 생각에 말이오."

"아····· 그게 전부요?" 톰은 두툼한 손가락을 마치 성직자처럼 토닥거리며 의자 뒤에 등을 기대고 앉았다.

"당신 미쳤군!" 그가 갑자기 고함을 질렀다. "오 년 전에 일어난 일에 대해선 상관하지 않겠소. 그때 나는 데이지를 몰랐으니까······. 그리고 뒷문으로 식료품 따위를 배달한 게 아니라면 어떻게 당신이 이 여자에게 일 킬로미터 내로 접근할 수 있었는지 알다가도 모를 일이오. 하지만 그 나머지는 모두 빌어먹을 새빨간 거짓말이오. 데이지는 나와 결혼할 때도 나를 사랑했고, 지금도 여전히 나를 사랑하오."

"그렇지 않소." 개츠비가 고개를 저으며 말했다.

"누가 뭐래도 그녀는 날 사랑하오. 어쩌다 어리석은 생각을 하고 스스로도 무슨 짓을 하는지 모르는 경우가 있어서 탈이지만." 톰이 사려 깊은 척하며 고개를 끄덕거렸다. "게다가 나도 데이지를 사랑하오. 가끔 술을 마시고 흥청거리며 바보

짓을 한 적이 있긴 하지만 언제나 다시 제자리로 돌아왔소. 그리고 마음속으로 항상 그녀를 사랑하고."

"구역질이 나는군요." 데이지가 대꾸했다. 그녀는 나를 향해 몸을 돌렸고, 한 옥타브 낮아진 목소리가 섬뜩한 경멸감으로 방 안을 가득 채웠다. "우리가 왜 시카고를 떠났는지 알아요? 그 가끔씩 벌인 술잔치가 어땠는지 오빠에게 얘기해 준 사람이 없다는 게 이상할 지경이네요."

개츠비가 그녀에게로 걸어가서 곁에 섰다.

"데이지, 이젠 모든 게 끝났소. 이제 그런 건 아무 상관이 없소. 저 사람에게 진실을 말하기만 하면 되는 거요…… . 그를 한 번도 사랑한 적이 없다고…… . 그러면 지난 일은 영원히 말끔하게 지워지는 거요." 그가 진지하게 말했다.

그녀는 멍하니 그를 쳐다보았다. "아니…… 어떻게 내가 저 사람을 사랑할 수 있겠어요…… . 정말로 어떻게요?"

"당신은 저 사람을 한 번도 사랑한 적이 없소."

그녀는 잠시 머뭇거리며 호소하는 듯한 눈빛으로 조던과 나를 쳐다보았다. 마치 그제야 자신이 무슨 짓을 하고 있는지 깨달은 것 같았다. 또한 자신은 처음부터 어떤 행동도 할 생각이 없었다고 여기는 듯했다. 그러나 이미 엎지른 물이었다. 되돌리기에는 너무 늦어 버린 것이다.

"저 사람을 사랑한 적이 없어요." 그녀는 눈에 띄게 내키지 않는 투로 말했다.

"카피올라니[73]에서도 사랑하지 않았어?" 톰이 갑자기 따

---

73 하와이 군도의 오하우섬에 있는 공원으로, 와이키키와 다이아몬드헤드 사이에 위치해 있다.

저 물었다.

"그래요."

아래층 연회장에서 질식할 듯한 화음이 뜨거운 바람을 타고 올라왔다.

"당신 신발을 적시지 않으려고 펀치볼[74]에서 당신을 안고 내려온 날도 말이야?" 그의 목소리에는 쉰 듯하면서도 상냥한 여운이 감돌았다. "……데이지?"

"제발, 그만해요." 그녀의 목소리는 여전히 차가웠지만 이제 증오의 감정은 가시고 없었다. 그녀가 개츠비를 쳐다보았다. "제이, 이봐요." 그녀가 말했다. 그러나 담배에 불을 붙이려는 그녀의 손은 떨리고 있었다. 돌연 그녀가 담배와 불이 붙은 성냥개비를 카펫 위에 내팽개쳐 버렸다.

"아, 당신은 너무 많을 것을 원해요!" 그녀가 개츠비에게 소리쳤다. "지금 난 당신을 사랑해요……. 그걸로 충분하지 않은가요? 과거는 어쩔 수 없잖아요." 그녀는 절망적으로 흐느껴 울기 시작했다. "저 사람을 한 번쯤은 사랑했단 말이에요……. 하지만 당신도 사랑했어요."

개츠비는 눈을 번쩍 떴다가 감았다.

"나도 사랑했다고?" 그가 그녀의 말을 되풀이했다.

"그것도 거짓말이야." 톰이 무자비하게 말했다. "그녀는 당신이 살아 있는지조차 몰랐소. 어쨌든…… 데이지와 나 사이엔 당신이 알지 못하는 많은 일들이 있소. 우리 두 사람이 영원히 잊지 못할 일들 말이오."

---

74 오하우섬 호놀룰루 북쪽에 있는 분지. 해발 150미터의 사화산 분화구로, 하와이어로 '휴식의 언덕'이라는 뜻이다. 국립 태평양 기념 묘지로 조성되어 있다.

그가 내뱉는 말이 개츠비의 몸을 물어뜯는 듯했다.

"데이지와 단둘이서 얘기하고 싶소. 그녀가 지금 너무 흥분해서……." 개츠비가 고집했다.

"우리 단둘이 있게 되더라도 난 톰을 사랑한 적이 없었다고는 말할 수 없어요. 그건 사실이 아니니까요." 그녀가 비참한 목소리로 인정했다.

"물론 사실이 아닐 수밖에 없지." 톰이 맞장구를 쳤다.

그녀가 남편 쪽으로 몸을 돌렸다.

"마치 그게 당신에게 중요한 일인 것처럼 말하는군요." 그녀가 대꾸했다.

"물론 중요하고말고. 이제부턴 당신에게 좀 더 잘해 줄 생각이거든."

"당신은 아직도 이해를 못 하는군요. 당신은 그녀에게 잘해 줄 필요가 없을 거요." 개츠비가 당황한 기색으로 말했다.

"잘해 줄 필요가 없을 거라고?" 톰은 눈을 크게 뜨고 껄껄 웃었다. 그제야 그는 자신의 감정을 억제할 여유가 생긴 것이다. "왜 그렇지요?"

"데이지는 당신 곁을 떠날 테니까요."

"말도 안 되는 소리."

"하지만 사실인걸요." 그녀가 눈에 띄게 힘겨워하며 말했다.

"그녀는 나를 떠나지 않아!" 톰의 말이 갑작스레 개츠비를 후려갈기는 듯했다. "여자 손에 끼워 줄 반지까지 훔쳐야 하는 악명 높은 사기꾼 때문에 나와 헤어지지는 않을 거라고."

"더 이상은 못 참겠어요! 아, 제발 여기서 나가요." 데이지가 소리쳤다.

"당신 도대체 누구야?" 톰이 갑자기 외쳤다. "마이어 울프심과 몰려다니는 패거리 중 하나지……. 그 정도는 나도 우연히 알게 됐소. 당신의 사업 관계도 좀 알아봤지……. 그리고 내일 좀 더 자세히 알아볼 참이고."

"좋을 대로 하시구려, 형씨." 개츠비가 침착하게 말했다.

"당신의 '약국'이라는 게 뭔지 알아냈소." 톰이 우리를 향해 재빨리 말했다. "이 사람과 그 울프심이라는 작자는 이곳과 시카고 뒷골목의 약국을 여러 곳 사들여서 에틸알코올을 팔고 있지. 그게 저 친구의 작은 재주 중 하나야. 난 저 친구를 처음 봤을 때부터 밀주업자이리라고 생각했는데 크게 틀리지 않았어."

"그래서 어쨌다는 거요? 당신 친구 월터 체이스는 자존심이 없어서 우리 사업에 낀 모양이로군요." 개츠비가 점잖게 말했다.

"그런데 당신들은 그 친구가 곤경에 빠진 걸 모르는 척했지. 아닌가? 뉴저지주 감옥에 한 달 동안 갇혀 있도록 내버려 뒀잖아. 맙소사! 월터가 당신들에 대해 어떻게 얘기하는지 한번 들어 봐야 하는데."

"그 사람은 알거지 신세로 우리한테 왔소. 돈을 좀 만지는 게 그렇게 반가울 수가 없었던 거지요, 형씨."

"나보고 '형씨', '형씨' 하지 마시오!" 톰이 고함쳤다. 개츠비는 아무 말도 하지 않았다. "월터는 도박 한도법으로 당신들을 잡아넣을 수도 있었소. 하지만 울프심이 겁을 주는 바람에 입을 다물었던 거요."

그렇게 낯익지는 않지만 그래도 알아볼 수 있는 표정이 다시 개츠비의 얼굴에 돌아왔다.

"약국 사업은 푼돈 놀이에 지나지 않지. 월터가 겁이 나서 내게 말은 못 했지만 당신들은 지금 다른 꿍꿍이짓을 벌이고 있소." 톰이 천천히 말을 이었다.

나는 개츠비와 자기 남편을 공포에 질린 채 번갈아 응시하는 데이지를 쳐다보았다. 그러고는 눈에 보이지 않는 어떤 재미난 물건을 턱 끝에 올려놓고 균형을 잡기 시작한 듯 보이는 조던에게 시선을 옮겼다. 그런 뒤 개츠비 쪽으로 몸을 돌렸다. 그런데 그의 표정을 보고 깜짝 놀라지 않을 수 없었다. 그가 마치 — 그의 정원에서 사람들이 쑥덕거리던 소리 따윈 완전히 무시하고 하는 말인데 — '살인이라도 한' 사람의 표정을 짓고 있었던 것이다. 그 순간 그의 굳은 얼굴은 이처럼 기이한 방법으로밖에 묘사할 수 없을 듯했다.

그 표정이 사라진 뒤, 개츠비는 흥분해서 데이지에게 말하기 시작했다. 모든 것을 부정하고, 아직 나오지 않은 비난에 대해서까지 스스로를 변명하면서 말이다. 그러나 그가 이야기를 늘어놓을수록 그녀의 마음은 점점 더 안으로 움츠러들었고, 결국 개츠비는 포기할 수밖에 없었다. 오후의 태양이 뉘엿뉘엿 기울어 가는 동안 깨어진 꿈만이 계속 다투고 있었다. 이젠 만져 볼 수조차 없는 것에 가닿으려고 하면서, 불행함에도 절망하지 않은 채 방을 가로질러 그 잃어버린 목소리를 향해 몸부림치고 있었다.

그 목소리의 주인공이 다시 한 번 집으로 돌아가자고 애원했다.

"제발요, 톰! 이제 더 이상은 못 참겠어요."

겁에 질린 그녀의 눈을 보니 혹시 지금껏 어떤 의지, 어떤 용기가 있었더라도 이제는 완전히 사라지고 말았음을 알 수 있었다.

"데이지, 둘이서 먼저 출발해. 개츠비 씨 차로 말이야." 톰이 말했다.

그녀가 놀란 눈으로 톰을 쳐다보았지만 그는 경멸을 내비치며 아량이라도 베푸는 듯 고집했다.

"어서 떠나라고. 저자가 당신을 괴롭히진 않을 거야. 주제넘은 애정 행각이 벌써 끝장났음을 알아차렸을 테니까."

그들은 한마디 말도 없이 돌연 획 하고 떠나 버렸고, 우리의 동정심으로부터도 마치 유령처럼 멀어져 갔다.

이윽고 톰이 자리에서 일어나더니 마개도 따지 않은 위스키 병을 다시 수건으로 감싸기 시작했다.

"이거 마실까? 조던? ……닉?"

나는 아무 대답도 하지 않았다.

"닉?" 그가 다시 물었다.

"아, 뭐라고 했나?"

"마실 거냐고?"

"아니……. 지금 막 생각났는데 말이야, 오늘이 마침 내 생일이군."

나는 이제 서른 살이 되었다. 내 앞에는 불길하고 위협적인 또 한 차례의 십 년이 펼쳐져 있었다.

우리가 톰과 함께 쿠페에 올라타고 롱아일랜드를 향해 출발한 때는 7시였다. 그는 유쾌하게 웃어 대며 쉬지 않고 연신 지껄였다. 하지만 조던과 나에게 그의 목소리는 보도 위에서 울리는 이질적인 소음이나 머리 위로 지나가는 고가 철도의 시끄러운 소리처럼 아득하게 들릴 뿐이었다. 인간이 공감하는 데에는 한계가 있는 법이라 우리는 그들의 비극적인 말다툼이 도시의 불빛을 뒤로하고 스러져 가고 있음을 다행스럽게 생각했다. 서른 살 — 고독의 십 년을 기약하는 나이, 독신자의 수가 점점 줄어드는 나이, 야심이라는 서류 가방도 점점 얄팍해지는 나이, 머리카락도 점점 줄어드는 나이가 아닌가! 그러나 내 옆에는 데이지와 달리 깨끗이 잊힌 꿈을 해묵도록 오래 간직하기에는 너무 똑똑한 여자, 조던이 앉아 있었다. 어두운 다리 위를 지나고 있을 때 그녀는 창백한 얼굴을 내 어깨에 나른하게 기댔고, 위안을 주는 그녀의 손길이 닿자 서른 살이 되었다는 엄청난 충격도 곧 사라지고 말았다.

그래서 우리는 점차 서늘해지는 황혼을 뚫고 죽음을 향해 계속 차를 몰았다.

쓰레기 계곡 옆에서 커피 가게를 운영하는 그리스인 마이클리스는 그 뜻밖의 사건의 주요한 증인이었다. 그는 대단한 더위 속에서도 5시까지 낮잠을 자다가 정비소 쪽으로 어슬렁어슬렁 걸어갔고 조지 윌슨이 사무실에서 앓고 있는 모습을 발견했다. 낯빛은 자신의 허여스름한 머리카락만큼이나 창백했고 온몸을 덜덜 떨 정도로 심하게 앓고 있었다. 마이클리스가 좀 누워 있으라고 타일렀지만 윌슨은 그러면 장사에 이만저만한 손해가 아니라며 좀체 말을 듣지 않았다. 이렇게 이웃 청년이 그를 타이르는 동안, 머리 위에서는 요란한 소리가 들려왔다.

"마누라를 위층에 가둬 놓았네. 모레까지 가둬 둘 작정이야. 그리고 나서 우린 이사를 가는 거지." 윌슨이 침착하게 설명했다.

마이클리스는 깜짝 놀랐다. 사 년 동안이나 이웃으로 살아왔지만 도무지 윌슨이 그런 말을 할 수 있는 위인처럼 보이지 않았기 때문이다. 그는 늘 지쳐 있었다. 일을 하지 않을 때는 문간에 의자를 가져다 놓고 앉아서 길을 오가는 사람이나 자동차를 멍하니 바라보았다. 누가 말이라도 걸면 그는 언제나 호감이 가긴 하지만 생기 없는 웃음을 지었다. 그는 자기 뜻대로 행동한다기보다 아내에게 잡혀 사는 남자였다.

그래서 마이클리스는 자연히 무슨 일이 있었는지 캐물으려고 했지만 윌슨은 한마디도 뻥긋할 기세가 아니었다. 오히려 이웃에게 이상야릇한 의심의 눈초리를 던지기 시작하더니 어느 날, 어느 시각에 무엇을 하고 있었는지 물었다. 마이클리스가 거북함을 느낄 무렵, 손님 몇 사람이 그의 음식점 앞을 지나갔기 때문에 그는 나중에 다시 와 볼 요량으로 적당한 기회를 잡아서 얼른 자리를 떴다. 그러나 막상 다시 가 보지는 못했다. 그저 잊어버렸을 뿐 다른 이유가 있었던 것은 아니다. 7시가 조금 지나서 그가 다시 밖으로 나왔을 때 정비소 아래 층에서 고래고래 소리 지르는 윌슨 부인의 목소리가 들렸다. 그 순간 갑자기 아까 윌슨과 나눈 이야기가 생각났다.

"어디 때려 보시지!" 그의 귓가에 여자의 거센 외침이 들렸다. "어서 날 넘어뜨리고 때려 보라고, 이 거지발싸개 같은 겁쟁이야!"

잠시 뒤에 그녀는 손을 흔들고 고함을 지르며 땅거미 속으로 뛰쳐나갔다. 그가 자기 집 문간에서 미처 몸을 돌리기도 전에 사건은 이미 끝나 있었다.

신문에서 언급한 대로 그 '죽음의 자동차'는 멈춰 서지 않았다. 그 차는 점점 짙어지는 어둠을 헤치고 나타나서 한순간 비극적으로 비틀거리더니 다음 모퉁이로 사라져 버렸다. 마이클리스는 그 자동차의 색깔조차 정확히 분간할 수 없었다.

처음에는 경찰관에게 옅은 초록색이라고 말했다. 뉴욕 방면
으로 달리던 다른 차는 100미터쯤 지나친 뒤에야 정지했고,
운전자는 급히 차를 돌려서 무참하게 숨진 머틀 윌슨이 끈적
끈적한 검붉은 피와 먼지로 뒤범벅된 채 길바닥에 엎드려 있
는 곳으로 되돌아왔다.

마이클리스와 이 남자가 제일 먼저 그녀에게 다가갔다.
아직도 땀에 젖어 축축한 블라우스 자락을 찢어 보니 왼쪽 가
슴이 축 늘어진 물건처럼 너덜거리고 있었다. 그 아래 심장의
박동 소리는 들어 볼 필요조차 없었다. 입은 마치 오랫동안 축
적해 온 엄청난 생명력을 쏟아 버리느라 조금 숨이 찼던 듯 딱
벌어진 채 양쪽 가장자리가 조금 찢겨 있었다.

우리가 아직 멀리 떨어져 있는데도 자동차 서너 대와 사
람들이 옹기종기 모여 있는 모습을 확인할 수 있었다.

"자동차 사고로군! 잘됐어. 윌슨에게 드디어 작은 돈벌이
가 생기게 됐으니." 톰이 말했다.

그는 속력을 늦추었지만 그래도 차를 멈출 생각은 전혀
없었다. 좀 더 가까이 다가가자 정비소 문 앞에서 말없이 긴장
하고 서 있는 얼굴들이 보였고, 톰은 자기도 모르게 브레이크
를 걸었다.

"잠깐 구경이나 하고 가지. 그냥 구경이나 하자고." 그가
미심쩍다는 듯 말했다.

그때 정비소 안에서 공허하게 울부짖는 소리가 끊임없이
흘러나왔다. 그런데 우리가 쿠페에서 내려 문간으로 다가갈
수록 그 절규는 차츰 숨을 헐떡거리는 신음 소리와 함께 되풀
이되는 "아, 세상에 어찌 이런 일이!"라는 탄식으로 바뀌었다.

"무슨 끔찍한 사고가 난 게로군." 톰이 흥분하여 말했다.

톰은 까치발로 둘러선 사람들의 머리 너머로 정비소 안을 들여다보았다. 그 안에는 머리 위로 흔들거리는 철망 등갓을 쓴 노란 전등 하나가 켜져 있을 뿐이었다. 돌연 그는 목구멍으로 거친 소리를 내뱉더니 억센 팔로 사람들을 난폭하게 밀어젖히고 안으로 들어갔다.

뭔가를 설명하느라고 중얼거리는 소리와 함께 사람들이 다시 둥그렇게 둘러섰다. 잠시 동안 내 눈에는 아무것도 보이지 않았다. 그러다가 새로 모여든 구경꾼들이 줄을 흐트러뜨리는 바람에 조던과 나는 느닷없이 안으로 떠밀려 들어갔다.

머틀 윌슨의 시체는 추위를 염려하듯 담요 두 장에 싸인 채 벽 쪽 작업대에 놓여 있었고, 톰은 우리를 등진 채 꼼짝 않고 그 시체 위로 몸을 굽히고 있었다. 그의 곁에는 오토바이 경찰관 한 사람이 서서 땀을 뻘뻘 흘리며 수첩에 이름을 받아 썼다가 다시 고치기를 반복하고 있었다. 처음에 나는 텅 빈 차고 안에서 시끄럽게 울려 퍼지는 그 목청 높은 신음 소리가 어디서 나는지 당최 알 수 없었다. 그런데 곧 윌슨이 몸을 앞뒤로 흔들거리며 두 손으로 문설주를 짚고 조금 돋워 놓은 사무실 문지방에 서 있는 모습이 보였다. 어떤 남자가 나지막한 소리로 뭐라고 타이르고 있었다. 가끔 손으로 어깨를 짚으려 했지만 윌슨에게는 들리지도 보이지도 않는 것 같았다. 그의 시선은 흔들거리는 전등으로부터 천천히 내려와서 시체가 놓인 작업대 위로 향했다가는 전등 쪽으로 되돌아가곤 했다. 그럴 때마다 끊임없이 그 우렁찬 목청으로 무서운 소리를 질러 댔다.

"아, 세상에 어찌 이런 일이! 아, 세상에 어찌 이런 일이! 아, 세상에 어찌 이런 일이! 아, 세상에 어찌 이런 일이!"

마침내 톰이 갑자기 고개를 쳐들고 흐릿한 눈빛으로 정비소 안을 둘러보더니 도무지 알아들을 수 없는 소리로 뭐라고 중얼중얼 경찰관에게 지껄였다.

"마 — 브……." 경찰관이 말하고 있었다. "……오……."

"아닙니다. '로'예요." 청년이 고쳐 주었다. "마브로……."

"내 말 좀 들어 보시오!" 톰이 나지막한 목소리로 거칠게 말했다.

"르……." 경찰관이 계속했다. "오……."

"그……."

"그……." 톰이 널찍한 손으로 경찰관의 어깨를 잡자 경찰관은 고개를 쳐들었다. "뭡니까?"

"어떻게 된 일인지 말 좀 해 주시오!"

"자동차에 치였소. 즉사했습니다."

"즉사했다고요." 톰이 경찰관을 빤히 쳐다보며 그의 말을 되풀이했다.

"저 여자가 도로로 뛰쳐나갔소. 그 빌어먹을 놈의 운전자는 차를 멈추지도 않았고요."

"차가 두 대 있었어요. 하나는 아래쪽으로 향했고, 다른 하나는 위쪽으로 가고 있었지요. 아시겠어요?" 마이클리스가 말했다.

"어디로 가고 있었다고요?" 경찰관이 날카롭게 물었다.

"제각기 양쪽 방향으로 가고 있었어요. 저어, 저 여자가……." 그의 손이 담요 쪽으로 반쯤 올라갔다가 다시 옆구리로 내려왔다. "……저 여자가 도로로 뛰어나왔고, 뉴욕 쪽에서 내려가던 차가 그녀를 정면으로 들이받았어요. 시속 50~60킬로미터는 족히 됐을 겁니다."

"이곳 지명이 어떻게 되지요?" 경찰관이 물었다.

"뭐 지명이라고 할 게 없죠."

해쓱한 얼굴에 옷을 잘 차려입은 흑인 한 사람이 가까이 다가왔다.

"노란색 차였습니다. 커다란 노란색 차였어요. 또 새 차였고요." 그가 말했다.

"사고를 목격했나요?" 경찰관이 물었다.

"아뇨. 하지만 그 차가 내 옆을 지나서 시속 60킬로미터도 넘는 속력으로 이 길 아래쪽으로 달려갑디다. 아마 80~90킬로미터는 됐을 거요."

"이리 오시오. 이름 좀 적읍시다. 자, 좀 비켜 주세요. 이 사람 이름 좀 적어야겠어요."

이 대화 중 몇 마디가 여전히 문간에서 몸을 떨고 있던 윌슨에게 들렸음이 틀림없었다. 헐떡거리며 울부짖던 소리가 그치고, 돌연 외침이 들려왔기 때문이다.

"어떻게 생긴 차인지 말할 필요도 없어! 어떻게 생긴 차인지는 다 아니까!"

"정신 차리게." 톰이 타이르듯 무뚝뚝하게 말했다.

윌슨의 눈이 톰에게로 향했다. 윌슨은 놀라서 발끝으로 벌떡 몸을 일으켜 세웠고, 그때 만약 톰이 잡아 주지 않았더라면 그는 아마 무릎을 꿇고 고꾸라졌을 것이다.

"내 말 좀 들어 봐." 톰이 그를 살짝 흔들며 말했다. "난 방금 뉴욕에서 돌아오는 길이야. 우리가 얘기한 쿠페를 당신에게 가져다주려고 오는 길이었단 말이야. 오늘 오후에 내가 몰았던 노란색 차는 내 것이 아니라고. 내 말 알아듣겠어? 오후 내내 난 그 차를 보지도 못했다고."

그 흑인과 나만이 그가 하는 말을 들을 수 있을 만큼 가까이 있었지만, 마침 경찰관이 그들의 말투에서 무슨 낌새를 눈치챘는지 험상궂은 눈초리로 훑어보았다.

"지금 무슨 소리를 하는 거요?" 그가 물었다.

"난 이 사람의 친구 되는 사람입니다." 톰이 고개를 돌렸지만 손은 여전히 윌슨을 꽉 붙잡고 있었다. "이 사람이 사고 친 차를 안다고 하는군요……. 노란색 차랍니다."

목소리에서 어렴풋하게 직감했는지 경찰관은 의심스럽다는 눈빛으로 톰을 바라보았다.

"당신 차는 무슨 색깔입니까?"

"푸른색입니다. 쿠페죠."

"지금 막 뉴욕에서 오는 길입니다." 내가 거들었다.

우리와 조금 떨어져서 뒤따라오던 차의 운전자가 이를 확인해 주자 경찰관은 돌아섰다.

"자, 이름을 다시 말씀해 주시겠습니까, 정확하게……."

톰은 윌슨을 마치 인형처럼 번쩍 들어서 그의 사무실 의자에 앉혀 놓고 도로 나왔다.

"누구든지 이리 와서 이 사람과 같이 있어 주시오." 그가 명령을 내리듯 불쑥 말했다. 마침 제일 가까이에 있던 남자 둘이 마주 쳐다보고는 마지못해서 그 방으로 들어가는 모습을 톰은 지켜보았다. 그러고 나서 톰은 문을 닫고 작업대 쪽에서 눈길을 돌리면서 한 단으로 된 층계를 내려왔다. 톰이 나를 바싹 스쳐 지나가면서 소곤거렸다. "이제 그만 나가세."

톰은 남의 눈을 의식하며 위세 있게 두 팔로 길을 텄고, 여전히 모여드는 군중을 밀치고 빠져나와서 왕진 가방을 들고 다급하게 들어오는 의사를 지나쳤다. 혹시나 하는 희망에서 삼십 분 전에 부른 의사였다.

길모퉁이에서 벗어날 때까지 톰은 천천히 차를 몰았다. 그다음부터는 가속기를 힘차게 꾹꾹 밟았고, 그의 쿠페는 밤을 헤치고 쏜살같이 달렸다. 이윽고 나지막한 쉰 목소리로 흐느끼는 소리가 들렸고, 그의 얼굴을 타고 줄줄 흘러내리는 눈물이 보였다.

"그 빌어먹을 겁쟁이 자식! 차를 세우지도 않다니!" 그가 울먹이며 말했다.

뷰캐넌 부부의 저택이 바람에 스치는 검은 나무 사이로 불쑥 눈앞에 나타났다. 톰이 현관 옆에 자동차를 멈춰 세우고 담쟁이덩굴 사이로 두 창가의 불빛이 꽃처럼 환하게 피어오른 2층을 올려다보았다.

"데이지가 집에 와 있군." 그가 말했다. 그는 우리가 차에서 내릴 때 힐끗 나를 쳐다보더니 약간 얼굴을 찡그렸다.

"닉, 웨스트에그에서 자네를 내려 줄 걸 그랬어. 오늘 밤에는 할 수 있는 일이 아무것도 없으니 말일세."

그가 아까와는 다른 태도로 엄숙하면서도 단호하게 말했다. 달빛이 비치는 자갈길을 지나 우리가 현관으로 걸어가는 동안 그는 민첩하게 몇 마디 말로 당장 해야 할 일을 처리해 버렸다.

"전화를 걸어서 집까지 타고 갈 택시를 불러 주겠네. 기다리는 동안 자네와 조던은 부엌에 가서 저녁을 차려 달라고 해…… 저녁 생각이 있다면 말이야." 그는 문을 열었다. "자, 들어오게."

"아냐. 사양하겠네. 하지만 택시를 불러 주면 고맙겠어.

난 밖에서 기다릴 테야."

조던이 내 팔에 손을 얹었다.

"닉, 정말 들어가지 않을래요?"

"사양하겠어요."

나는 속이 약간 메스꺼워서 혼자 있고 싶었다. 그러나 조던은 한동안 더 머뭇거렸다.

"이제 겨우 9시 30분밖에 되지 않았어요." 그녀가 말했다.

나는 집 안으로 들어가느니 차라리 지옥에 가고 싶은 심정이었다. 온종일 진절머리가 날 만큼 이 사람들을 실컷 보았고, 그 사람들 속에는 물론 조던도 포함되어 있었다. 그녀는 내 표정에서 그런 눈치를 읽어 냈는지 홱 돌아서서 현관 층계를 뛰어오르더니 집 안으로 들어가 버렸다. 나는 몇 분 동안 손으로 머리를 감싸고 앉아 있었다. 마침내 안에서 택시를 부르는 집사의 목소리가 들렸다. 나는 정문에서 기다릴 작정으로 천천히 진입로를 따라 내려갔다.

20미터도 채 가지 않았을 때 내 이름을 부르는 소리가 들리더니 개츠비가 관목 사이에서 길로 나왔다. 이때쯤 나는 꽤 으스스한 기분을 느꼈음에 틀림없다. 달빛 아래에서 번쩍거리는 그의 분홍색 양복 말고는 도저히 아무것도 생각할 수 없었기 때문이다.

"여기서 뭘 하고 있는 겁니까?" 내가 물었다.

"그냥 서 있었어요, 형씨."

그 행동은 어딘지 모르게 비열한 짓처럼 여겨졌다. 까닭은 모르겠지만 그가 금방이라도 그 집을 털지 모른다는 생각이 들었다. 그의 등 뒤에 자리한 컴컴한 관목 사이에서 험상궂은 얼굴들, '울프심 일당'의 얼굴을 목격했더라도 별로 놀라지 않았을 것이다.

"길에서 사고 난 것 보았습니까?" 잠시 뒤 그가 물었다.

"네, 봤지요."

그는 잠깐 머뭇거렸다.

"그 여자는 죽었나요?"

"네, 죽었어요."

"그럴 줄 알았어요. 데이지에게도 그럴 거라고 말했고요. 충격은 한꺼번에 받는 편이 더 나으니까요. 데이지는 꽤 잘 견뎌 냈어요."

그는 데이지의 반응 말고는 이 세상에서 아무것도 중요하지 않다는 듯 말했다.

"뒷길을 이용해서 웨스트에그로 갔지요." 그가 계속 말했다. "그리고 내 차고에 자동차를 넣어 두었어요. 우리를 목격한 사람은 없는 것 같지만 확신할 순 없지요."

나는 그가 너무 혐오스러운 나머지 그의 생각이 틀렸다고 일러 줄 필요조차 느끼지 못했다.

"그 여자가 누굽니까?" 그가 물었다.

"윌슨 부인이라는 여자예요. 남편이 그 정비소의 주인이죠. 도대체 어떻게 하다가 그랬습니까?"

"저어, 내가 핸들을 꺾으려고 했는데……." 그가 하던 말을 뚝 끊었고, 나는 그 순간 무슨 일이 있어났는지 짐작할 수 있었다.

"데이지가 운전하고 있었군요?"

"그래요." 잠시 뒤 그가 대답했다. "하지만 물론 내가 운전했다고 할 겁니다. 형씨도 봤겠지만, 뉴욕에서 출발할 때 데이지의 신경은 아주 날카로워져 있었지요. 그래서 운전을 하면 마음이 좀 안정되리라고 생각했어요……. 우리가 맞은편에서 오는 차를 지나치려는 순간, 그 여자가 우리한테 뛰어들었어요. 한순간에 일어난 일이었지만, 내 생각에는 그녀가 우리에게 무슨 말을 하려고 했던 것 같아요. 그러니까 우리를 그녀가 아는 사람이라고 착각한 듯합니다. 글쎄, 처음에 데이지는 그 여자를 피하려고 마주 오던 차 쪽으로 핸들을 꺾었다가 겁을 먹고는 다시 핸들을 돌렸지요. 내가 핸들을 잡는 순간, 그 여자가 차에 부딪히는 충격이 느껴지더군요……. 아마 즉사했을 겁니다."

"몸이 갈기갈기 찢겨……."

"그만둬요, 형씨." 그는 눈을 찡그렸다. "아무튼…… 데이지는 사람을 치고도 그냥 차를 몰았어요. 내가 차를 세우려고 했지만 그럴 수가 없었지요. 결국 내가 핸드 브레이크를 당겼습니다. 그러고 나서야 그녀는 내 무릎 위로 쓰러졌어요. 그다음부터는 내가 차를 몰았지요."

그가 곧 다시 말을 이었다. "데이지는 내일이면 괜찮아질 거예요. 난 지금 여기서, 혹시 그자가 오늘 오후에 있었던 불쾌한 일로 데이지를 괴롭히지는 않나, 내내 지켜보려고요. 그녀는 방에 들어가서 문을 잠갔어요. 만일 그자가 무슨 폭행이라도 하려고 들면 불을 깜박거리기로 했지요."

"톰이 손찌검을 하지는 않을 겁니다. 지금 데이지는 그의 안중에도 없거든요." 내가 말했다.

"난 그 사람을 못 믿겠어요, 형씨."

"얼마나 오래 기다릴 작정입니까?"

"필요하다면 밤새도록 기다릴 겁니다. 하여간 모두 잠들 때까지는 기다릴 거예요."

새로운 생각 하나가 갑자기 내 머릿속을 스쳐 갔다. 만일 데이지가 차를 몰았다는 사실을 톰이 알아낸다면 어떻게 될까? 거기에 무슨 연관성이 있다고 생각할지도 모른다. 정작 그가 지금 무슨 생각을 하는지는 알 수 없는 노릇이지만 말이다. 나는 집 쪽을 쳐다보았다. 아래층의 창문 두어 개가 밝게 밝혀져 있었고, 2층의 데이지 방에서는 분홍색 불빛이 쏟아져 나왔다.

"여기서 잠깐만 기다리고 있어요. 소동이 일어날 낌새가 있는지 보고 오겠습니다." 내가 말했다.

나는 잔디밭 가장자리를 따라 돌아가서 자갈길을 가로질렀다. 그러고는 베란다 층계를 살금살금 올라가 보았다. 거실 커튼이 열려 있고 방은 텅 비어 있었다. 석 달 전, 그러니까 6월의 그날 밤에 저녁 식사를 했던 현관을 지나, 나는 식료품 저장실 창문이라 짐작되는 곳에서 새어 나오는 작은 장방형 불빛에 다가섰다. 차일이 내려져 있었지만 창문턱에서 갈라진 틈 하나를 찾아냈다.

데이지와 톰은 차디차게 식은 프라이드치킨 한 접시와 흑맥주 두 병을 사이에 두고 마주 앉아 있었다. 그는 식탁 건너편의 그녀에게 뭐라고 열심히 말하고 있었다. 진지한 태도로 손을 뻗어서 그녀의 손을 감쌌다. 이따금 데이지는 그를 올려다보며 알았다는 듯 고개를 끄덕였다.

그들은 행복해 보이지 않았고, 두 사람 다 치킨이나 흑맥주에는 손도 대지 않았다. 그렇다고 불행해 보이는 것도 아니었다. 그 광경에는 분명 자연스럽고 친밀한 분위기가 감돌았다. 만약 누가 그 모습을 보았더라면 그들이 함께 무슨 음모를 꾸미고 있다고 생각했으리라.

현관으로 살금살금 돌아 나올 때, 내가 타고 갈 택시가 어두운 길을 따라 집을 향해 더듬더듬 들어오는 소리가 들렸다. 개츠비는 내가 기다리라고 일러둔 바로 그 자리에 그대로 서 있었다.

"그래 조용합디까?" 그가 걱정스럽게 물었다.

"네, 아주 조용하네요. 집에 돌아가서 눈을 좀 붙이는 게 어때요?" 내가 머뭇거리며 대답했다.

그러나 그는 머리를 내저었다.

"데이지가 잠들 때까지 여기서 기다리고 싶습니다. 안녕히 가세요, 형씨."

그는 상의 호주머니에 두 손을 집어넣고, 마치 내가 옆에 있다는 사실이 자신의 신성한 불침번을 모독이라도 한다는 듯 간절한 마음으로 다시 집 쪽을 향해 고개를 돌렸다. 그가 달빛 아래에서 아무 일도 아닌 것을 지켜보도록 남겨 둔 채 나는 그곳에서 걸어 나왔다.

8

나는 밤새도록 잠을 제대로 이룰 수 없었다. 해협에서는 안개 경보가 신음하듯 끊임없이 들려왔고, 나는 기괴한 현실과 잔인하고 무서운 꿈 사이를 오락가락하며 반쯤 앓는 상태로 몸을 뒤척였다. 새벽녘에 개츠비 저택의 진입로로 택시 한 대가 올라가는 소리를 듣고 나는 곧장 침대에서 뛰쳐나와 주섬주섬 옷을 입었다. 그에게 뭔가 말해 주고, 조심하라고 경고해 주어야 할 것 같은데 아침까지 기다리다간 너무 늦을지도 몰랐다.

그 집 잔디밭을 가로질러 가 보니 현관문이 열려 있었다. 그는 크게 낙심한 것 같기도 하고 졸린 것 같기도 한 나른한 표정으로 홀의 테이블에 기대어 있었다.

"아무 일도 없었습니다. 줄곧 기다렸지요. 새벽 4시쯤 돼서 데이지가 창가로 오더니 잠깐 서 있다가 불을 끄더군요." 그가 맥없이 말했다.

우리가 담배를 찾으려고 커다란 방들을 헤맸던 그날 새벽만큼 그 집이 그토록 거대해 보인 적은 일찍이 없었다. 우리는 장막 같은 커튼을 옆으로 걷으면서 전등불 스위치를 찾느라 헤아릴 수 없이 길고 컴컴한 벽을 더듬거렸다. 한번은 유령 같은 피아노의 건반 위로 그만 넘어지기도 했다. 어디 할 것 없이 먼지투성이였고 오랫동안 통풍하지 않은 듯 곰팡이 냄새가 코를 찔렀다. 나는 못 보던 탁자 위에서 말라비틀어진 담배 두 개비가 들어 있는 담뱃갑을 찾아냈다. 우리는 거실의 프랑스식 창문을 활짝 열어젖히고 어둠 속으로 담배 연기를 내뿜으면서 얼마간 앉아 있었다.

"잠시 이곳을 떠나요. 모르긴 몰라도 사람들이 당신 자동차를 찾아낼 겁니다." 내가 말했다.

"지금 당장 떠나라는 말입니까, 형씨?"

"애틀랜틱시티[75]에 가서 일주일 정도 있거나, 아니면 몬트리올에 올라갔다 오든지요."

개츠비는 그럴 생각이 없었다. 데이지가 어떻게 할 작정인지 알기 전에는 도저히 떠날 수 없다는 것이었다. 그는 아직도 마지막 한 가닥 희망을 붙들고 있었고, 나는 차마 그를 흔들어서 그 간절한 손을 놓게 할 수 없었다.

그가 나에게 댄 코디와 함께했던 그 기묘한 젊은 시절 얘기를 들려준 것은 바로 그날 밤이었다. 그가 그 얘기를 들려준 까닭은, 톰의 무자비한 악의 앞에서 '제이 개츠비'라는 인물이 유리 조각처럼 산산이 부서지며 그 은밀하고 기나긴 광상곡이 모두 끝났기 때문이다. 지금 생각해 보니 그는 이제 숨김없이 무슨 얘기든 다 털어놓을 결심보다 데이지의 얘기를 더 하

---

75   미국 뉴저지주 애틀랜틱군에 위치한 해양 도시. 휴양 호텔, 카지노, 쇼핑 센터, 오락 시설이 많아서 흔히 '동부의 라스베이거스'로 불린다.

고 싶었던 것 같다.

데이지는 그가 난생처음으로 알게 된 '우아한' 여자였다. 그는 온갖 비장의 능력을 발휘해서 그런 부류의 사람들을 만나 보긴 했지만 그와 그들 사이에는 언제나 눈에 보이지 않는 가시철조망이 가로놓여 있었다. 그는 그녀가 몹시도 탐났다. 처음에는 캠프 테일러의 다른 장교들과 함께 그녀의 집에 놀러 갔었다. 그러나 나중에는 혼자서 찾아갔다. 그에게는 참으로 놀라운 일이었다. 그토록 아름다운 집에 들어가 보기는 처음이었다. 그런데 그 집에서 숨 막힐 정도로 강렬한 분위기를 느낀 이유는, 바로 데이지가 그 집에 살고 있다는 사실 때문이었다. 군사 기지의 텐트가 그에게 예사로운 것처럼, 데이지에게 그 집은 예사로운 대상이었다. 그 집 주위에는 무르익은 신비가 감돌고 있었다. 위층에는 그 어떤 침실보다 아름답고 서늘한 침실이 마련되어 있을 것만 같았고, 복도마다 화려하고 신나는 일들이 가득할 것만 같았다. 그리고 라벤더 속에 처박아 놓은 곰팡내 나는 로맨스가 아니라, 올해 막 출시된 번쩍거리는 최신형 자동차처럼 신선하고 생기 넘치는 로맨스가 있을 것만 같았고, 영영 시들지 않는 꽃 같은 무도회가 열릴 듯했다. 지금껏 이미 숱한 사내들이 데이지를 사랑했다는 사실 또한 그의 가슴을 더욱 설레게 했다. 그럴수록 그의 눈에는 그녀가 더욱 가치 있게 보였다. 그는 그 남자들의 존재가 여전히 떨리는 감정의 그림자와 메아리로 그 집 주위를 구석구석 가득 채우고 있음을 느낄 수 있었다.

그러나 그는 데이지의 집에 발을 들여놓게 된 계기가 엄청난 우연 때문이었음을 잘 알았다. 제이 개츠비로서의 장래가 아무리 찬란하더라도, 그 당시엔 아무런 경력도 없는 한낱

무일푼의 청년에 불과했다. 당장이라도 눈에 띄지 않는 제복이 그의 어깨에서 흘러내려 버릴지도 모를 일이었다. 그래서 스스로에게 주어진 시간을 최대한 활용하기로 마음먹었다. 그는 자신이 얻을 수 있는 것을 염치 따위는 무릅쓰고 게걸스럽게 갈구했다. 고요한 10월의 어느 날 밤, 마침내 그는 데이지를 차지했는데, 사실 그로서는 그녀의 손목조차 만질 권리가 없었기 때문에 그리했던 것이다.

그는 거짓 핑계로 그녀를 차지했으므로 스스로를 경멸했을 수도 있다. 실상 있지도 않은 수백만 달러를 가졌다고 거짓말을 늘어놓았다기보다, 데이지에게 고의로 안도감을 불어넣었다는 의미에서 그랬다. 그는 자신이 그녀와 같은 사회 계층에 속하는 인물인 양 믿도록 했던 것이다. 그녀를 충분히 보살펴 줄 능력이 있다고 말이다. 사실 그에게는 그럴 만한 능력이 없었다. 그는 풍요로운 가정의 지원 따위 없었을 뿐 아니라, 비정한 정부의 변덕에 따라 세계 어디에서든 갑자기 목숨을 잃을지도 모르는 처지였다.

그러나 그는 스스로를 경멸하지 않았고, 상황 역시 그가 상상한 대로 돌아가지 않았다. 아마 그는 얻을 수 있는 것만을 얻은 뒤 훌쩍 떠나 버릴 작정이었는지도 모른다. 하지만 그때 그는 자신이 전력을 다해서 성배(聖杯)를 좇았음을 깨달았다. 그녀가 특별함은 알았지만 '우아한' 여자가 도대체 얼마만큼이나 특별할 수 있는지는 미처 깨닫지 못했던 것이다. 그녀는 개츠비를 남겨 둔 채 부유한 집 안으로, 그 부유하고 충만한 삶 속으로 사라져 버렸다. ── 정말 아무 미련도 없이 말이다. 그는 그녀와 결혼한 듯한 느낌을 얻었을 뿐, 그것이 전부였다.

이틀 뒤 그들이 다시 만났을 때 숨이 가빠지면서 어쩐지

배반당한 것 같은 느낌을 받은 쪽은 개츠비였다. 그녀의 집 현관은 돈을 주고 사들인 별처럼 빛을 내뿜는 사치품이었으므로 눈이 부셨다. 그녀가 그에게로 몸을 돌리고, 그가 그녀의 호기심 많고 사랑스러운 입술에 키스하는 동안 고리버들로 엮은 긴 의자가 우아하게 삐걱거렸다. 감기에 걸린 그녀의 목소리는 전보다 더 허스키했는데, 외려 훨씬 매력이 흘러넘쳤다. 개츠비는 부(富)가 가두어 보호해 주는 젊음과 신비, 그 많은 옷이 풍기는 신선함 그리고 힘겹게 살아가는 가난한 사람들과는 동떨어진 장소에서 데이지가 안전하고 자랑스럽게, 마치 귀한 은처럼 빛을 내뿜는다는 사실을 뼈저리게 깨달았다.

"그녀를 사랑한다는 사실을 알고 얼마나 놀랐는지 차마 말로 표현할 수가 없습니다, 형씨. 한동안은 그녀가 나를 차 버렸으면 하고 바라기까지 했지만 그런 일은 일어나지 않았습니다. 그녀도 나를 사랑하고 있었으니까요. 그녀는 자신이 모르는 세계를 내가 알고 있다는 이유로, 나를 꽤 똑똑한 남자라고 여겼습니다……. 아무튼 나는 본래의 야망을 잊은 채 순간순간 점점 더 깊이 사랑에 빠져들었고, 갑자기 다른 일에 대해서는 신경 쓰지 않게 되었어요. 그녀에게 앞으로 할 일을 들려주면서 훨씬 즐거운 시간을 보낼 수 있는데, 도대체 왜 거창한 일들을 해야 하겠습니까?"

개츠비는 해외로 파병되기 전날 늦은 오후에 데이지를 두 팔로 껴안고 오랫동안 말없이 앉아 있었다. 싸늘한 가을날이라 방 안에 난로를 피웠으므로 그녀의 뺨은 벌겋게 달아올라 있었다. 이따금 그녀가 뒤척일 때면 그는 팔의 위치를 조금 바꾸었고, 한번은 검게 반짝이는 그녀의 머리카락에 입을 맞추기도 했다. 그날 오후 그들은 그다음 날 예정된 긴 이별에 앞서 추억을 깊이 간직해 두려는 듯 한동안 차분한 상태로 조용히 있었다. 그들이 서로 사랑을 나눈 한 달 동안, 데이지의 다문 입술이 그의 웃옷 어깨를 스치고, 마치 잠든 듯 보이는 그녀의 손끝을 살짝 만질 때만큼, 서로 가까이 느끼고 마음속 깊이 통한 적은 일찍이 없었다.

군대에서 개츠비의 활약은 아주 대단했다. 전선에 배치되기 전부터 벌써 대위로 진급했고, 아르곤 전투를 치른 뒤에는 소령으로 또 진급하면서 사단 기관총 부대의 지휘관이 되었다. 휴전을 하자마자 그는 빨리 귀국하려고 미친 듯이 서둘렀지만 무슨 행정 착오나 오해가 있었는지 옥스퍼드로 파견되고 말았다. 그는 이제 걱정하기 시작했다. 데이지의 편지에 신경질적인 절망 따위가 배어 있었기 때문이다. 그녀로서는 그가 어째서 귀국을 못 하는지 이해할 수 없었다. 주변의 압력을 받던 그녀는 어서 그를 만나고 싶었고, 그가 자기 옆에 있어 주기를 원했으며, 결국 자신이 옳은 일을 하고 있다고 확인받고 싶어 했다.

데이지는 어렸고, 그녀의 인위적인 세계는 난초 향기와 쾌활하고 명랑한 속물근성의 냄새로 가득했으며, 삶의 비애와 암시를 새로운 곡조에 담아서 그해 유행하는 리듬에 맞춰 연주하는 오케스트라를 생각나게 했다. 밤새도록 색소폰이 「빌 스트리트 블루스」[76]의 절망적인 넋두리를 울부짖는 동

---

76   1919년에 W. C. 핸디가 발표한 노래로, 당시 크게 유행했다.

안, 금빛과 은빛으로 찬란한 구두 수백 켤레가 반짝이는 먼지를 일으켰다. 차를 마시는 어둑한 시간이면 으레 방마다 이렇게 나지막하고 달콤한 열기가 끊임없이 고동쳤고, 애절한 나팔 소리에 마룻바닥 위로 흩어지는 장미 꽃잎처럼 여기저기 새로운 얼굴들이 떠돌아다녔다.

계절이 바뀌자 데이지는 또다시 이 황혼의 세계 속에서 배회하기 시작했다. 그녀는 하루에도 대여섯 번씩 대여섯 명의 사내들과 데이트를 즐겼고, 새벽녘이 되어서야 이브닝드레스의 구슬 장식과 시폰이 침대 옆 방바닥의 시들어 가는 난초 사이에서 뒤엉키도록 내버려 둔 채 꾸벅꾸벅 졸곤 했다. 그러는 동안에도 줄곧 그녀의 마음속에서는 뭔가 결단을 내려야 한다는 절박한 아우성이 소용돌이쳤다. 그녀는 자기 삶이 지금 당장 형태를 갖추기를 바랐다. 그리고 그 결단이란 어떤 힘에 의해 이루어져야 했다. ― 사랑, 돈 또는 의심의 여지가 없는 현실적인 이유 따위에 의해서 말이다. 그런데 그러한 것이 마침 그녀가 손만 뻗으면 닿을 곳에 가까이 다가와 있었다.

그 힘은 봄이 무르익어 갈 무렵, 톰 뷰캐넌이 나타나면서 구체적인 모습을 드러냈다. 그의 풍채와 사회적 지위에는 건강한 무게감이 감돌았고, 데이지는 그런 무게감에 우쭐한 기분을 느꼈다. 데이지가 얼마간 갈등을 겪었음은 부인할 수 없겠지만 안도감 역시 느꼈음에 틀림없다. 아직 옥스퍼드에 있던 개츠비는 그런 사연이 담긴 편지를 받았다.

어느새 롱아일랜드에 새벽이 밝아 왔고, 우리는 집 안을 돌아다니며 아래층의 나머지 창문들을 모두 열어젖혔다. 그러자 집 안은 잿빛과 황금빛 햇살로 가득 찼다. 나무 한 그루의 그림자가 불쑥 이슬 위에 드리우고, 푸른 나뭇잎 사이로 유령 같은 새들이 지저귀기 시작했다. 바람이 거의 불지 않는 대기 속의 느릿하고 상쾌한 움직임은 서늘하고 화창한 날씨를 예고하고 있었다.

"데이지가 그 사람을 사랑한 적 있을 리가 없습니다." 개츠비는 창문에서 몸을 돌리더니 도전적인 눈빛으로 나를 쳐다보았다. "기억하겠지만 어제 오후에 그녀는 몹시 흥분해 있었습니다, 형씨. 그녀가 겁먹도록 그자가 그런 얘기를 꺼냈으니까요⋯⋯. 내가 무슨 비열한 사기꾼이나 되는 양 몰아세웠지요. 그 바람에 그녀는 자기가 무슨 말을 하는지도 제대로 깨닫지 못했던 겁니다."

그는 침울한 표정으로 자리에 앉았다.

"하기야 신혼 당시엔 아주 잠깐 그 사람을 사랑했을지도 모르지요⋯⋯. 물론 그때조차 나를 더 사랑했지만요. 알겠어요?"

느닷없이 그가 이상한 말을 꺼냈다.

"어쨌든 말입니다, 그건 그저 개인적인 문제였을 따름이지요." 그가 말했다.

도무지 판단하기 어려운 문제에 그가 지나치게 골몰하는 건 아닐까, 하고 의심해 보는 것밖에 그 말을 달리 어떻게 받아들일 수 있었을까?

톰과 데이지가 여전히 신혼여행을 즐기고 있을 때 그는 프랑스에서 돌아왔고, 군대에서 받은 마지막 봉급으로 비참하지만 억제할 수 없는 어떤 충동에 이끌려 루이빌로 찾아갔다. 그는 일주일 동안 머물면서 지난 11월 밤에 둘이서 함께 딸깍거리며 거닐던 거리를 서성였고, 그녀의 새하얀 자동차로 드라이브하던 호젓한 장소들을 다시 돌아보았다. 데이지의 집이 다른 집보다 늘 신비롭고 유쾌해 보이던 것과 꼭 마찬가지로, 비록 그녀는 떠나 버리고 없었지만 이 도시 역시 우수에 잠긴 아름다움으로 가득 차 있는 것 같았다.

그는 그곳을 떠나면서 좀 더 열심히 찾아보았더라면 아마 데이지를 찾아낼 수도 있었을지 모른다고 생각했다. 어쩐지 그녀를 뒤에 남겨 두고 떠나는 것 같았다. 일반실 객차는 ─ 이제 그의 호주머니 속에는 한 푼도 남지 않았다. ─ 푹푹 쪘다. 그는 객차를 연결하는 복도로 나가서 접이식 의자를 펴고 앉았다. 정거장이 천천히 미끄러져 뒤로 물러나고 낯선 건물들의 뒷모습이 스쳐 지나갔다. 마침내 기차는 봄 들판으로 나왔고, 잠시 노란 전차 한 대가 경주라도 하듯이 나란히 달렸다. 이 전차에 탄 사람들은 우연히 거리를 지나다가 데이지의 하얗고 매력적인 얼굴을 한 번쯤 보았을지도 모른다.

철로가 꺾이면서 기차는 이제 태양에서 점점 멀어져 갔다. 태양은 점점 낮게 가라앉으며 그녀가 살아 숨 쉬던, 점점 멀리 사라져 가는 도시 위에 마치 축복이라도 내리듯 펼쳐졌다. 그는 마치 한 줄기 바람이라도 잡으려는 듯, 그녀가 있기에 아름다웠던 그 도시의 한 조각이라도 간직해 두려는 듯 필사적으로 손을 뻗었다. 그러나 이제 눈물로 흐려진 그의 두 눈으로 바라보기에는 도시가 너무 빨리 떠나가고 있었다. 그는 그 도시에서 가장 싱그럽고 가장 아름다운 것을 영원히 잃어버렸다는 사실을 깨달았다.

우리가 아침 식사를 마치고 현관으로 나갔을 때는 9시였다. 밤사이에 날씨가 아주 바뀌어서 공기에는 가을의 기운이

완연했다. 개츠비의 예전 하인 중 유일하게 아직 남아 있는 정원사가 층계 밑으로 다가왔다.

"주인어른, 오늘 수영장 물을 뺄까 하는데요. 나뭇잎이 떨어지기 시작하면 배수관에 늘 문제가 생기거든요."

"오늘은 하지 말게." 개츠비가 대답했다. 그는 변명하듯 내 쪽으로 몸을 돌렸다. "그게 말이지요, 형씨. 여름 내내 풀장을 한 번도 이용해 보지 못했거든요."

나는 시계를 들여다보고 자리에서 일어났다.

"기차 시간이 십이 분밖에 남지 않았군요."

나는 시내에 나가고 싶지 않았다. 나는 왠지 점잖은 일을 할 만한 가치가 없는 사람처럼 느껴졌다. 하지만 그 이유만은 아니었다. 개츠비를 혼자 남겨 두고 떠나고 싶지 않았던 것이다. 나는 그 기차를 놓치고, 다음 기차도 놓친 뒤에야 마지못해 자리에서 일어섰다.

"전화드리지요." 마침내 내가 말했다.

"그래 주겠습니까, 형씨?"

"12시쯤에 걸겠습니다."

우리는 천천히 계단을 밟고 내려갔다.

"데이지도 전화를 하겠지요." 마치 내가 그 바람을 입증해 주길 바라는 듯 그는 걱정스럽게 나를 쳐다보았다.

"아마 그럴 겁니다."

"자, 그럼…… 안녕히 가세요."

악수를 나눈 뒤 나는 그 집에서 걸어 나왔다. 울타리에 다다르기 바로 직전, 나는 뭔가 생각이 나서 돌아섰다.

"그 인간들은 썩어 빠진 무리예요. 당신 한 사람이 그 빌어먹을 인간들을 모두 합쳐 놓은 것보다 훨씬 훌륭합니다."

내가 잔디밭 너머로 소리쳤다.

나는 지금까지도 그때 그 말을 하길 잘했다고 생각한다. 나는 처음부터 끝까지 그의 행동에 찬성한 적이 없으므로 그것이 그에게 건넨 유일한 찬사였다. 처음에 그는 정중하게 고개를 끄덕이더니 나중에는 활짝 밝아진 얼굴로, 마치 그동안 줄곧 공모해 온 범행을 인정한다는 듯 미소를 지었다. 그의 화려한 분홍색 양복이 하얀 계단을 배경으로 밝은 무늬를 이루는 모습을 보자, 문득 석 달 전 그의 고풍스러운 저택을 처음 방문했던 날 밤이 떠올랐다. 잔디밭과 진입로는 그가 부정한 짓을 저질렀다고 넘겨짚는 얼굴들로 붐볐다. ── 그리고 그때 그는 저 계단에 서서 부패하지 않은 꿈을 감춘 채 그들에게 손을 흔들며 작별 인사를 고하고 있었던 것이다.

나는 그의 환대에 고마웠다고 인사했다. 우리는 항상 그의 환대에 감사해했다. 나도, 다른 손님들도 말이다.

"안녕히 계십시오. 아침 잘 먹었소, 개츠비." 내가 소리쳤다.

시내에 들어와서 나는 얼마 동안 끝도 없이 쌓인 주식 시세표를 작성하려다가 그만 회전의자에 앉은 채 깜박 잠이 들었다. 정오가 되기 직전, 전화벨 소리에 깨어 고개를 번쩍 들어 보니 이마에서 땀방울이 줄줄 흘러내리고 있었다. 조던 베이커였다. 그녀는 일정을 세워 두지 않고 호텔과 클럽과 집을 전전했기 때문에 달리 연락할 방법이 없었으므로 이 시간이면 가끔 전화를 걸어 오곤 했다. 평소 같으면 그녀의 목소리가 마치 초록색 골프장의 잔디 조각이 사무실 창문으로 날아들 듯 전화선을 타고 상쾌하고 시원스럽게 들려왔을 테지만, 이날 아침에는 왠지 귀에 거슬리고 메마르게 들렸다.

"데이지네 집에서 나왔어요. 지금은 헴스테드[77]에 있는데 오늘 오후에 사우샘프턴[78]으로 내려가려고 해요." 그녀가 말했다.

조던이 데이지의 집을 나온 것이 과연 꾀바른 행동이었는지는 잘 모르겠지만 나는 화가 치밀었다. 그리고 그다음 말을 듣고서는 마음이 더욱 굳어져 버렸다.

"어젯밤 당신은 나를 별로 배려하지 않더군요."

"그런 상황에서 그게 그렇게 중요합니까?"

잠시 침묵이 흘렀다. 그러더니 이렇게 말을 이었다.

"하지만…… 당신을 만나고 싶어요."

"나도 만나고 싶습니다."

"사우샘프턴에 가지 말고 오후에 시내로 나오라는 말인가요?"

"아뇨……. 아무래도 오늘 오후는 안 될 것 같군요."

"알았어요."

"오늘 오후엔 도저히 안 되겠어요. 이런저런 일로……."

한동안 이런 식으로 이야기가 흘러가다가 통화는 돌연 끊기고 말았다. 둘 중에 누가 먼저 수화기를 내려놓았는지 모르지만 나는 별로 신경 쓰지 않았다. 다시는 그녀와 말을 못 하게 되는 한이 있어도 그날만큼은 테이블을 사이에 두고 마주앉아서 태평스럽게 이야기를 나눌 수 없었을 것이다.

---

77 롱아일랜드에 자리한 마을. 맨해튼에서 동쪽으로 5킬로미터 정도 떨어진 곳에 위치해서 20세기 초부터 교통의 중심지로 자리 잡았다.

78 롱아일랜드 동남쪽 해안에 있는 마을로, 주로 부유층이 모여 산다. 뉴욕시의 부자들은 맨해튼에서 160킬로미터 정도 떨어진 이곳에서 주말이나 여름철을 보낸다.

몇 분이 지난 뒤 개츠비의 집으로 전화를 걸었지만 통화 중이었다. 네 번이나 거듭 걸었더니 마침내 화가 난 교환원이 그 전화선은 지금 디트로이트에서 걸려 올 장거리 전화를 기다리는 중이라고 알려 주었다. 나는 기차 시간표를 꺼내서 3시 50분 기차에 조그맣게 동그라미를 쳤다. 그러고는 의자에 깊숙이 기대앉아 생각을 가다듬어 보려고 애썼다. 그때 시각이 바로 정오였다.

그날 아침 기차가 쓰레기 계곡을 지날 때 나는 일부러 반대편 좌석에 건너가 앉았다. 아마 그곳에는 하루 종일 호기심 많은 사람들이 서성거리리라고 짐작한 탓이었다. 아이들은 먼지 속에서 검은 얼룩 자국을 찾아낼 것이고, 수다스러운 인간은 자신한테도 현실감을 잃을 정도로 그 사건을 자꾸 떠들어 대다가 마침내 다른 말마저 잃을 터였다. 그리하여 머틀 윌슨의 비극적인 종말도 결국 잊히고 말리라. 여기에서 잠시 조금 뒤로 돌아가서, 전날 밤 우리가 정비소를 떠난 뒤 그곳에서 일어난 일을 이야기해야겠다.

경찰은 머틀의 여동생 캐서린의 소재를 파악하느라고 진땀을 뺐다. 그날 밤 그 여자는 술을 마시지 않겠다는 스스로의 규칙을 어겼음이 틀림없었다. 그녀가 도착했을 때는 이미 곤드레만드레 술에 취한 채여서 앰뷸런스가 이미 플러싱[79]으로 떠났다는 이야기조차 제대로 알아듣지 못할 정도였다. 사람들이 사건의 전말을 납득시키자 그녀는 즉시 기절해 버렸다.

---

79 미국 뉴욕시 퀸스 자치구에 있는 지역으로, 롱아일랜드에 인접해 있다. 이민자들이 많이 산다.

마치 앰뷸런스가 떠난 것이 이 사건에서 가장 견디기 힘든 일이라도 되는 듯 말이다. 누군가가 친절 혹은 호기심에서 그녀를 자기 차에 태우고 언니의 시신을 뒤쫓도록 해 주었다.

자정이 훨씬 지난 시간까지도 새로운 구경꾼들이 계속 정비소 앞으로 들이닥쳤다. 윌슨은 정비소 안의 긴 의자에 앉아서 몸을 앞뒤로 흔들어 댔다. 한동안 사무실 문이 열려 있었기 때문에 정비소 내부로 들어오는 사람은 어쩔 수 없이 그 안을 들여다볼 수밖에 없었다. 마침내 누군가가 수치스러운 일이라고 말하며 그 문을 닫아 주었다. 마이클리스와 몇 사람이 그와 함께 있었다. 처음에는 네댓 명이었지만 나중에는 두세 명으로 줄어들었다. 좀 더 시간이 지난 뒤에 마이클리스는 마지막으로 남은 낯선 남자에게, 가게에 돌아가서 커피 한 주전자를 끓여 올 때까지 십오 분만 더 기다려 달라고 부탁했다. 그 뒤로 그는 새벽까지 홀로 윌슨의 곁을 지켰다.

새벽 3시 무렵, 두서없이 중얼거리던 윌슨의 말에 변화가 일어났다. 전보다 차분해졌고 노란색 자동차에 대해 얘기하기 시작했다. 그는 노란색 차가 누구 것인지 알아낼 방법이 있노라고 말하더니, 두 달 전 아내가 시내를 다녀왔는데 얼굴에 상처를 입고 코가 부어 있었다고 불쑥 내뱉었다.

그러나 자기 입으로 이 말을 해 놓고는 놀라서 움찔하더니 신음하며 "아, 세상에 어찌 이런 일이!" 하고 울부짖기 시작했다. 마이클리스는 서툴게나마 그의 마음을 돌려 보려고 노력했다.

"아저씨, 결혼한 지는 얼마나 됐나요? 자, 이것 봐요. 잠깐만 가만히 앉아서 내가 묻는 말에 대답 좀 해 봐요. 결혼한 지 얼마나 됐어요?"

"십이 년 됐어."

"아이는 없고요? 자, 이보세요, 아저씨, 좀 가만히⋯⋯. 내가 묻잖아요. 아이는 없어요?"

껍데기가 딱딱한 갈색 딱정벌레들이 어슴푸레한 전등불에 연신 몸을 부딪쳤다. 바깥에서 자동차가 획획 지나가는 소리가 들릴 때마다 마이클리스의 머릿속엔 몇 시간 전 멈추지 않고 그냥 내빼 버린 바로 그 자동차의 형체가 떠올랐다. 시체가 놓여 있던 작업대가 피로 얼룩져 있었기 때문에 그는 주유소 쪽으로 가고 싶지 않았다. 그래서 사무실 주위를 안절부절 못하고 돌아다니기만 했다. 그 덕에 아침이 밝아 오기 전, 그는 그 안에 있는 물건들을 모조리 꿰게 되었다. 그리고 이따금 윌슨 옆에 앉아서 그를 진정시켜 보려고 애썼다.

"아저씨, 가끔이라도 나가는 교회가 있어요? 아주 오래전에 발을 끊은 교회라도 말이에요. 내가 교회에 전화를 걸어서 목사님을 모셔 올까요. 아저씨, 목사님이랑 얘기를 좀 나누어 보면 어떨까요?"

"아무 교회에도 안 나가."

"교회에 나가야 해요, 아저씨. 이런 일을 당할 때를 대비해서라도 말입니다. 전에는 분명히 교회에 다녔을 텐데요. 교회에서 결혼식을 올리지 않았나요? 이봐요, 아저씨, 내 말 좀 들어 보라니까요. 교회에서 결혼하지 않았어요?"

"그건 아주 오래전의 일이야."

대답을 하느라 그는 몸을 흔들어 대던 리듬을 잃고 말았다. 잠시 동안 그는 아무 말이 없었다. 그러고 나서 다시금 똑같이, 절반은 알고 나머지 반은 몰라서 당혹스러워하는 듯한 표정이 그의 빛바랜 눈에 나타났다.

"거기 서랍 안을 좀 봐." 그가 책상을 가리키며 말했다.

"어느 쪽 서랍 말입니까?"

"그쪽 서랍……. 그것 말이야."

마이클리스는 자기 쪽에서 가장 가까운 서랍을 열었다. 그 안에는 가죽과 은실로 짠 조그맣고 값비싼 개 목줄 말고는 아무것도 없었다. 개 목줄은 새것처럼 보였다.

"이것 말입니까?" 개 목줄을 들어 올리며 그가 물었다.

윌슨이 쳐다보고는 고개를 끄덕거렸다.

"어제 오후에 처음 발견했지. 마누라는 변명을 하려고 들었지만, 난 그게 미심쩍은 물건임을 알았어."

"그럼 부인이 이걸 샀다는 말인가요?"

"마누라는 그걸 포장지에 싸서 장롱 위에 놓아두었거든."

마이클리스는 그게 어째서 미심쩍은지 도무지 알 수 없었고, 그래서 윌슨에게 그의 아내가 개 목줄을 살 만한 이유를 열두서너 가지나 말해 주었다. 그러나 "아, 세상에 어찌 이런 일이!" 하고 다시 입속말로 중얼거리는 모습으로 봐서 윌슨은 이미 머틀에게 몇 가지 비슷한 설명을 들은 모양이었다. 그를 위로하던 마이클리스의 갖가지 해명도 허공 속으로 사라지고 말았다.

"그러니까 그놈이 마누라를 죽인 거야." 윌슨이 말했다. 그의 입이 갑자기 쩍 벌어졌다.

"누가 죽였다고요?"

"다 알아내는 방법이 있다고."

"아저씨, 아저씨는 지금 제정신이 아니에요. 이번 일로 너무 충격받아서 지금 말도 안 되는 소리를 하는 거라고요. 아침까지 조용히 앉아서 쉬는 게 좋겠어요."

"그놈이 마누라를 죽였어."

"아저씨, 그건 사고였어요."

윌슨이 머리를 내저었다. 귀신처럼 속속들이 안다는 듯 "흠!" 하고 소리를 내면서 두 눈을 가늘게 뜨고 입을 약간 벌렸다.

"난 다 알아." 그가 단정적으로 말했다. "난 남을 의심할 줄 모르는 사람이고, 누굴 해칠 생각 따위 추호도 없어. 하지만 일단 뭘 안다고 하면 그건 진짜로 아는 거야. 그 차에 탄 사내 놈이었어. 마누라가 그놈에게 말을 걸려고 쫓아 나갔는데, 그 놈은 차를 멈추지 않았어."

마이클리스도 그 장면을 목격했지만 거기에 무슨 특별한 의미가 있으리라고는 미처 생각하지 못했다. 윌슨 부인이 딱히 어떤 차를 세우려고 했다기보다, 그저 남편에게서 도망치려고 했을 뿐이라고 믿었던 것이다.

"부인이 왜 그랬겠어요?"

"앙큼한 년이니까." 마치 그것이 대답이라도 되는 듯 윌슨이 말했다. "아, 아, 아……."

그는 다시 몸을 흔들어 대기 시작했고, 마이클리스는 손으로 개 목줄을 비틀며 서 있었다.

"아저씨, 전화를 걸어 볼 만한 친구 있어요?"

그러나 그것은 헛된 바람에 지나지 않았다. 윌슨에게 친구가 단 한 명도 없음은 거의 확실했다. 친구는커녕 아내도 버거워하는 위인이었다. 시간이 조금 흐르자 창가에 푸른빛이 되살아나면서 방 안의 분위기가 달라졌다. 새벽이 멀지 않았음을 깨닫자 그는 반가웠다. 5시쯤에는 전등을 꺼도 될 만큼 날이 환히 밝았다.

월슨은 흐리멍덩한 시선으로 쓰레기 계곡을 바라보았다. 그곳에서는 기기묘묘한 형태의 자그마한 잿빛 구름이 새벽 미풍에 이리저리 떠돌고 있었다.

"내가 마누라에게 말했지." 그가 오랜 침묵을 깨뜨리며 중얼거렸다. "나를 속일 수 있을지 몰라도 하느님은 절대로 못 속인다고. 나는 마누라를 창문가로 데려갔어……." 그는 힘겹게 자리에서 일어났고, 뒤쪽 창가로 걸어가더니 거기에 얼굴을 가져다 대고 기대섰다. "……그러고는 이렇게 말했지. '하느님은 당신이 지금껏 한 짓을 전부 아시지. 하나도 빼놓지 않고 모두 말이야. 당신이 나를 속일 순 있어도 하느님은 절대 못 속여!' 이렇게 말이야."

마이클리스는 월슨의 뒤에 서서 그가 T. J. 에클버그 박사의 두 눈을 올려다보고 있음을 알아채고 충격을 받았다. 그 의사의 두 눈은 어둠이 점점 걷히면서 이제 막 창백하고 거대한 모습을 드러내고 있었다.

"하느님은 못 보는 것이 없지." 월슨이 되풀이해서 말했다.

"저건 광고판이에요." 마이클리스는 설득해 보려고 했다. 어째서인지 그는 창에서 눈을 떼고 다시 방 안을 둘러보았다. 그러나 월슨은 창틀에 얼굴을 바싹 들이대고 여명을 향해 고개를 끄덕이며 오랫동안 그 자리에 그대로 서 있었다.

6시쯤 마이클리스는 이미 지칠 대로 지쳐 있었고, 바깥에서 자동차가 멈추는 소리가 들리자 반가웠다. 전날 밤샘해 주던 이들 중에 다시 오겠다고 약속한 한 사람이었다. 그래서 그는 세 사람 몫의 아침 식사를 만들었지만 결국 그 남자와 둘이서만 먹었다. 이제 월슨은 진정한 듯 전보다 말수가 줄었으므로 마이클리스는 잠을 자러 집으로 돌아갔다. 네 시간 뒤 잠에서 깨어나 다시 정비소로 돌아와 보니 윌슨은 이미 어디론가 사라지고 없었다.

윌슨의 행적은 ── 그는 계속 걸어 다녔다. ── 나중에 밝혀졌는데, 처음에는 포트루스벨트로 갔다가 다시 개즈힐[80]로 갔고 거기에서 샌드위치를 한 개 샀지만 먹지는 않고 커피 한 잔만 마셨다. 정오가 될 때까지 개즈힐에 미처 도착하지 못한 것을 보면 그는 피곤해서 천천히 걸었던 모양이다. 여기까지는 그가 어떻게 시간을 보냈는지 설명하기가 그다지 어렵지 않다. "약간 미친 사람처럼 행동하는" 남자를 보았다는 아이들이 있었고, 그가 길옆에 서서 이상한 눈초리로 자신들을 훑어보았다는 자동차 운전자들도 있었다. 그러나 그 뒤 세 시간 동안 그의 행적은 오리무중이었다. 마이클리스에게 "다 알아내는 방법이 있다."라고 말한 것을 근거로 삼아서 경찰은 윌슨이 그 근처의 정비소를 하나하나 찾아다니며 노란색 자동차의 소재를 찾는 데 그 세 시간을 보냈으리라고 추측했다. 그런데 그를 목격했다는 정비소 사람은 단 한 명도 나타나지 않았다. 아마 그에게는 자신이 알고 싶은 것을 좀 더 쉽고 확실하게 알아내는 방법이 있었던 것 같다. 2시 30분쯤 그는 웨스트에그에 도착했고, 누군가에게 개츠비의 집으로 가는 길을 물었다. 그러므로 윌슨은 그때 이미 개츠비의 이름을 알고 있었던 것이다.

---

80   롱아일랜드에는 이런 지명이 없다. '개츠비'라는 이름을 말장난해서 만들어 낸 듯하다. 한편 영국에는 개즈힐이 존재하는데, 소설가 찰스 디킨스가 살았던 곳으로 유명하다.

오후 2시에 개츠비는 수영복으로 갈아입고 누구에게서든 전화가 걸려 오면 풀장으로 알려 달라고 집사에게 일러두었다. 그는 여름 동안 손님들이 즐기던 공기 매트리스를 가지러 창고에 들렀고, 운전기사가 공기 매트리스에 바람 넣는 일을 도와주었다. 그러고 나서 그는 어떤 일이 있더라도 절대로 오픈카를 밖에 꺼내 놓지 말라고 지시했다. 운전기사는 오픈카 앞쪽의 오른쪽 흙받기를 수리해야 했기 때문에 의아하게 생각했다.

　개츠비는 매트리스를 어깨에 둘러메고 풀장으로 갔다. 그가 잠깐 걸음을 멈추고 매트리스를 옮겨 메는 모습을 목격한 운전기사는 도움이 필요하느냐고 물었지만 그는 괜찮다고 머리를 내저으며 노랗게 단풍이 물들기 시작한 나무 사이로 곧 자취를 감췄다.

　전화 한 통 걸려 오지 않았지만 집사는 낮잠까지 거르면서 4시가 되도록 기다렸다. ── 설령 전화가 걸려 왔더라도 받을 사람이 없어진 지 벌써 한참 지난 뒤까지 기다렸다. 개츠비 자신도 전화가 걸려 오리라고는 믿지 않았으리라고, 이미 그런 것에 더 이상 신경을 쓰지 않았을지 모른다고 나는 생각한다. 만일 그것이 사실이라면 그는 그 옛날의 따뜻한 세계를 상실했다고, 단 하나의 꿈을 품고 너무 오랫동안 살아온 탓에 지나치게 값비싼 대가를 치렀다고 틀림없이 느꼈으리라. 그는 장미꽃이란 얼마나 기괴한 것인지, 또 거의 가꾸지 않은 잔디 위에 쏟아지는 햇살이 얼마나 생경한지 깨달으면서 무시무시한 나뭇잎 사이로 낯선 하늘을 올려다보며 분명 몸서리쳤을 것이다. 현실감이 없으면서 물질적인 새로운 세계, 가엾은 유령들이 공기처럼 꿈을 들이마시며 되는대로 이리저리 방황하는 새로운 세계…… 형체도 없는 나무를 헤치고 그를 향해 서서히 미끄러지듯 다가오는 저 잿빛 환영처럼.

운전기사가 — 그는 울프심 일당 중 한 사람이었다. — 총소리를 들었다. 나중에 그는 그 총소리를 별로 대수롭지 않게 여겼다고 말할 뿐이었다. 나는 기차역에서 개츠비의 집으로 곧장 차를 몰았다. 그 집에 있던 사람들은 내가 걱정스러운 마음에 서둘러 앞쪽 층계를 달려 올라간 다음에야 처음으로 깜짝 놀랐다. 그러나 그들은 그때 이미 그 사실을 알고 있었다고 나는 지금도 굳게 믿고 있다. 운전기사, 집사, 정원사 그리고 나, 이렇게 네 사람은 한마디 말도 없이 풀장을 향해 바삐 내려갔다.

풀장 한쪽 끝에서 흘러나온 맑은 물이 다른 쪽 배수구로 밀려갔으므로 수면은 보일 듯 말 듯 흔들리고 있었다. 물결이라고는 할 수 없는 잔잔한 물살 때문에 개츠비를 태운 매트리스가 불규칙하게 풀장 아래로 움직였다. 수면에 잔물결 하나 만들지 못할 만큼 가벼운 한 줄기 바람만으로도, 뜻밖의 짐을 싣고 예상하지 못한 방향으로 흘러가는 매트리스의 흐름을 방해하기엔 충분했다. 매트리스는 수면 위에 떠 있던 나뭇잎 더미에 닿자 천천히 맴돌면서, 마치 컴퍼스의 다리처럼 물 위에 붉은 동그라미를 남겼다.

우리가 개츠비의 시신을 들고 집으로 들어온 뒤에야 정원사가 조금 떨어진 잔디밭에서 윌슨의 시체를 발견했다. 그리하여 그 어처구니없는 학살은 대단원의 막을 내렸던 것이다.

9

그로부터 이 년이 지난 지금도 나는 그날의 나머지 시간과 그날 밤 그리고 그다음 날을 떠올리면 오직 경찰과 사진 기자, 신문 기자 들이 개츠비의 집에 끝없이 들락거리던 모습만이 기억날 뿐이다. 정문을 가로질러 밧줄을 둘러치고 경찰관한 사람이 옆에 서서 구경꾼들을 가로막았지만 아이들은 곧우리 집 뜰을 통해 저택에 들어갈 수 있음을 알아냈고, 그래서 풀장 주위에는 항상 아이들 몇 명이 입을 딱 벌린 채 모여 있었다. 그날 오후 형사인 듯한 사람이 자신만만한 태도로 월슨의 시체를 들여다보며 '정신병자'라는 표현을 사용했고, 우연히 그의 목소리에 권위가 실리면서 그 말은 곧 이튿날 조간신문 기사의 주된 논조가 되었다.

신문 기사들은 대부분 악몽처럼 끔찍했다. 정황에 따라열을 올리며 써 내려간 기사는 기괴하고 진실과는 거리가 멀었다. 마이클리스의 증언으로 월슨이 자기 아내를 의심하고있었음이 밝혀졌을 때, 사건 전체가 별안간 선정적인 풍자거리로 쓰이겠구나 하는 생각이 들었다. 그러나 뭔가 할 말이 있을 법한 캐서린은 단 한마디도 입을 뻥긋하지 않았다. 오히려 이 사건과 관련해서 놀라울 정도로 뛰어난 연기력을 보여 주었다. 눈썹을 새로 그린 단호한 눈초리로 검시관을 쳐다보면서 자신의 언니는 개츠비를 본 적도 없으며 남편과 더할 나위 없이 행복하게 살았다고 증언했다. 그녀는 자신이 한 말을 완벽히 확신한 나머지, 누가 암시만 주어도 참을 수 없다는 듯 손수건에 얼굴을 파묻고 엉엉 울었다. 그래서 사건은 윌슨이 "비탄에 빠진 나머지 정신 착란을 일으킨" 사람으로 축소되며 가장 단순한 형태로 남게 되었다. 그리고 지금까지도 여전히 그렇게 알려져 있다.

그러나 이런 부분은 실상 그렇게 중요하지 않은 데다 사건의 본질과도 동떨어져 있는 듯했다. 나는 혼자서 개츠비의 편에 서 있다는 사실을 깨닫게 되었다. 그 불행한 사건의 소식을 웨스트에그 마을에 전화로 알린 순간부터 그를 둘러싼 억측과 노골적인 의혹이 전부 나에게 넘어왔다. 처음에는 너무 놀라고 당혹스러워서 어쩔 줄을 몰랐다. 그리고 나서 개츠비가 집 안에 안치된 채 움직이거나 숨을 쉬거나 말을 하지 않고 계속 누워만 있으니, 시간이 지날수록 점점 내가 그 일을 책임져야 한다고 여기게 되었다. 나 말고는 아무도 이 일에 관심을 보이지 않았기 때문이다. ─ 여기에서 관심이란 결국 어떤 인간이라도 최후의 순간에는 막연하게나마 어떤 권리를 갖게 마련인 강렬한 개인적 흥미를 의미한다.

개츠비의 시체가 발견된 지 삼십 분 뒤에 나는 조금도 주저하지 않고 본능적으로 데이지에게 전화를 걸었다. 그러나 그녀와 톰은 그날 오후 일찌감치 짐까지 꾸려서 집을 떠난 상태였다.

"어디로 간다고 주소를 남겨 놓았나요?"

"아뇨."

"언제 돌아온다고 얘기하던가요?"

"아뇨."

"어디 갔는지 짚이는 데가 없습니까? 어떻게 연락할 방법이 없을까요?"

"모릅니다. 말씀드릴 수 없어요."

나는 개츠비를 위해 누군가를 데려오고 싶었다. 그가 누워 있는 방으로 들어가서 이렇게 그를 위로하고 싶었다. "개츠비, 당신을 위해 누구든지 데려오겠소. 그러니 걱정 마시오. 그저 나를 믿어요. 누구든지 데려올 테니……."

마이어 울프심의 이름은 전화번호부에 나와 있지 않았다. 집사가 브로드웨이에 있는 그의 사무실 주소를 가르쳐 주었고, 나는 안내계에 전화를 걸었지만 내가 전화번호를 알았을 때는 이미 5시가 훨씬 지난 시각이었으므로 전화를 받는 사람은 아무도 없었다.

"한 번만 더 연결해 줄 수 없겠습니까?"

"벌써 세 번이나 했어요."

"아주 중요한 일이라서요."

"미안하지만 아무도 없는 모양이에요."

나는 응접실로 돌아갔다. 그 순간 방을 가득 채운 사람들은 공무 때문에 그냥 왔다가 쉬이 떠나 버릴 자들이라는 생각이 문득 스쳐 갔다. 그러나 그들이 시트를 걷고 무감각한 눈길로 개츠비를 바라보는 동안에도 그의 항의가 여전히 내 머릿속에 맴돌고 있었다.

"이봐요, 형씨. 나를 위해 누군가를 데려다주시오. 애를 좀 써 주시오. 이렇게 혼자 있으니 견딜 수가 없어요."

누군가가 나에게 질문을 퍼붓기 시작했지만 나는 뿌리치고 위층으로 올라가서 잠기지 않은 그의 책상 서랍들을 급히 뒤졌다. 그는 나한테 자기 부모가 죽었다고 분명히 밝힌 적이 없었다. 그러나 거기에는 아무것도 없었다. 다만 이미 잊힌 폭력의 증거, 댄 코디의 사진만이 벽 위에서 나를 내려다보고 있을 뿐이었다.

이튿날 아침, 나는 울프심에게 쓴 편지를 전하고자 집사를 뉴욕으로 보냈다. 개츠비의 신상에 대한 정보를 알려 달라는 것과 다음 기차로 빨리 방문해 달라는 내용이었다. 그 편지를 쓰면서 나는 괜한 짓을 하고 있다는 생각이 들었다. 정오가 지나기 전에 데이지에게서 전화가 걸려 오리라고 확신했던 것처럼, 울프심도 신문을 보자마자 이곳으로 출발했으리라고 확신했기 때문이다. 그러나 전화는 걸려 오지 않았고, 울프심 씨 역시 찾아오지 않았다. 오히려 경찰관과 사진 기자와 신문 기자만이 더 많이 몰려왔을 따름이었다. 집사가 울프심의 답장을 가지고 돌아왔을 때 나는 일종의 반발심, 그들 모두에 맞서 개츠비와 내가 한편이라는 냉소적인 연대감을 느끼기 시작했다.

친애하는 캐러웨이 씨,

이번 일은 내 생애에서 가장 끔찍한 충격 중의 하나이기에 그 사건이 사실이라는 것조차 믿을 수 없을 정도입니다. 그자가 저지른 미친 행동은 우리 모두에게 생각할 바를 줍니다만,[81] 나는 사업

---

81 여기서 마이어 울프심은 다소 어색한 표현을 사용하고 있다.

상 아주 중요한 일에 묶여 있어서 지금은 갈 수 없으며, 따라서 이일에 연루될 수도 없습니다. 만약 내가 할 수 있는 일이 있으면 얼마 뒤에 에드거를 통해 편지로 알려 주시기 바라는 바입니다. 이런 소식을 접한 지금, 나는 스스로가 어디에 있는지도 거의 모를 정도이며 완전히 쓰러져 버릴 지경입니다.

당신의 친구
마이어 울프심

그리고 휘둘러 쓴 글씨로 그 밑에 이렇게 덧붙여 놓았다.

장례식 등에 대해서 알려 주시고, 그의 가족에 대해선 전혀 아는 바가 없습니다.

그날 오후 전화벨이 울리고 교환원이 시카고에서 장거리 전화가 걸려 왔다고 전해 주었을 때, 마침내 데이지에게서 연락이 왔구나 하고 생각했다. 그러나 수화기 너머에서 들려온 것은 아주 가늘고 아득하게 울리는 남자의 목소리였다.

"슬레이글입니다……."

"예?" 처음 듣는 이름이었다.

"깜짝 놀랄 만한 소식이잖습니까? 제 전보를 받으셨나요?"

"아뇨, 아무 전보도 받지 못했습니다."

"그 파크 청년이 지금 곤경에 처해 있어요." 그가 서둘러 말했다. "카운터 너머로 채권을 넘겨주다가 붙잡혔습니다. 바로 오 분 전에 뉴욕에서 채권 번호를 알려 주는 회람장을 받은 거지요. 거기에 대해 뭐 들은 얘기가 없나요? 이런 촌구석에서는 통 알 수가 없어서……."

"이봐요!" 나는 숨 가쁘게 상대방의 말을 가로막았다. "이보십시오……. 난 개츠비 씨가 아니오. 개츠비는 죽었어요."

전화선 저쪽에서 뭐라고 외마디 소리가 들리더니 오랫동안 침묵이 흘렀다……. 그러고 나서 빠르게 뭐라고 불평하는 말소리를 끝으로 전화가 끊겼다.

미네소타주에 있는 한 읍에서 '헨리 C. 개츠'라고 서명한 전보 한 장이 날아온 것은 아마 사흘째 되는 날이었으리라. 전보는 발신인이 곧바로 출발할 테니 도착할 때까지 장례식을 연기해 달라는 내용이었다.

그는 개츠비의 아버지로, 근엄한 노인이었다. 아주 무기력하고 상심한 듯했으며 따뜻한 9월이었는데도 두꺼운 싸구려 긴 외투로 온몸을 감싸고 있었다. 감정이 격한 나머지 그의 눈에서는 끊임없이 눈물이 흘러나왔다. 내가 그의 손에서 가방과 우산을 받아 들자 그는 쉴 새 없이 성긴 회색 수염을 쓸어내렸다. 그래서 그의 외투를 벗기는 데 여간 애를 먹지 않았다. 그는 금방이라도 쓰러질 듯했기 때문에 나는 그를 음악실로 데려가서 자리에 앉힌 뒤 사람을 시켜 먹을 것을 가져오게 했다. 그러나 그는 아무것도 먹으려 하지 않았고, 손을 떨다가 우유를 엎지르고 말았다.

"시카고 신문에서 보았소이다. 시카고 신문마다 기사가 났더군요. 신문을 보자마자 출발했소이다." 그가 말했다.

"어떻게 연락드려야 할지 몰랐습니다."

그의 두 눈에는 아무것도 들어오지 않았지만 끊임없이 방 안을 두리번거렸다.

"그자는 미치광이요. 미친 게 틀림없소이다." 그가 말했다.

"커피 좀 드시겠습니까?" 내가 그에게 권했다.

"아무것도 안 먹겠소. 이젠 괜찮아요. 이름이……."

"캐러웨이라고 합니다."

"글쎄, 이젠 괜찮아졌어요. 지미는 어디다 안치했소?"

나는 그를 그의 아들이 누워 있는 거실로 데려가서 그곳에 홀로 남겨 두고 나왔다. 꼬마 몇 명이 계단을 올라와서 홀을 기웃거리고 있었다. 내가 방금 도착한 사람이 누구인지 알려 주자 아이들은 마지못해 자리를 떴다.

얼마 뒤 개츠 씨가 문을 열고 나왔다. 입이 살짝 벌어진 채 얼굴은 약간 상기되어 있었고, 두 눈에서는 이따금씩 눈물이 흘러나왔다. 그는 이제 죽음이 그다지 공포의 대상이 아닌 나이에 이르러 있었다. 처음으로 주위를 둘러보던 그의 눈에 높고 화려한 홀과 다른 방과 연결되어 있는 큼직한 방들이 들어왔고, 그의 슬픔은 경외감에 사로잡힌 자부심과 뒤섞이기 시작했다. 나는 그를 부축하여 위층 침실로 올라갔다. 그가 윗도리와 조끼를 벗는 동안, 나는 그가 올 때까지 모든 절차를 연기해 놓았노라고 말했다.

"어떻게 하실지 몰라서요. 개츠비 씨……."

"내 이름은 개츠요."

"……개츠 씨, 저는 어르신께서 시신을 서부로 옮겨 가실 거라고 생각했습니다."

그는 고개를 좌우로 흔들었다.

"지미는 항상 이곳 동부를 더 좋아했소. 그 애는 동부에서 자리를 굳혔거든. 댁은 우리 아이의 친구였소?"

"친한 친구였지요."

"알고 있었겠지만 내 아들은 장래가 보증된 아이였소. 아직 어렸을 적부터 여기, 이곳에 엄청난 두뇌를 갖고 있었지."

그가 인상적인 동작으로 자신의 머리를 만졌고, 나는 고개를 끄덕였다.

"만약 살아 있었으면 아마 대단한 인물이 됐을 거요. 제임스 J. 힐[82] 같은 인물 말이오. 국가 발전에 한몫을 했을 거요."

"아마 그랬을 겁니다." 내가 마지못해 맞장구를 쳤다.

그는 더듬거리며 침대에서 수놓은 침대보를 벗겨 내려고 하다가 꼿꼿한 자세로 그냥 누워 버렸다. 그러더니 금방 잠에 곯아떨어졌다.

그날 밤 어떤 사람이 놀란 목소리로 전화를 걸어서는 자기 이름을 밝히기도 전에 나더러 누구냐고 다짜고짜 물었다.

"캐러웨이라고 합니다만." 내가 말했다.

"아……. 난 클립스프링어입니다." 그는 안심한 듯했다.

나 역시 마음이 놓였다. 개츠비의 장례식에 참석할 수 있는 사람이 하나 더 늘어날 것 같았기 때문이다. 나는 신문에 부고를 내서 굳이 구경꾼들이 잔뜩 몰려들게 하고 싶지 않았으므로 직접 몇몇 사람에게만 전화로 연락하던 참이었다. 그러나 참석할 만한 사람들을 찾아내기란 여간 어렵지 않았다.

"장례식은 내일입니다. 오후 3시에 여기 이 집에서 있습니다. 오실 만한 분이 있으면 연락해 주십시오." 내가 말했다.

"아, 그러죠." 그의 말투에는 미심쩍은 구석이 있었다. "물론 만날 사람이 있을 것 같지는 않지만 만나면 전하도록 하지요."

"물론 당신은 오시겠지요?"

82   미국의 철도 재벌로, 피츠제럴드의 고향인 미네소타주 세인트폴에서 살았다.

"글쎄요, 참석하도록 노력해 보겠습니다. 제가 전화한 용건은……."

"잠깐만요." 내가 그의 말을 막았다. "확실히 오겠다고 말씀해 주시는 게 어떻겠습니까?"

"글쎄, 사실은…… 사실은, 지금 다른 사람들과 함께 그리니치[83]에 있거든요. 이 사람들은 내일 내가 자기들하고 같이 있기를 원해서요. 그러니까 피크닉인가 뭔가가 있거든요. 물론 최선을 다해서 빠져나가도록 하겠습니다만."

나는 나도 모르게 "흥!" 하는 소리를 내뱉었고, 그의 말투가 신경질적으로 바뀐 것을 보니 틀림없이 그 소리를 들은 듯 싶었다.

"내가 전화를 한 건, 그 집에 두고 온 신발 한 켤레 때문입니다. 너무 수고스럽지 않다면 집사를 시켜서 그걸 보내 줬으면 하는데요. 테니스 신발인데, 그게 없으면 난 속수무책이거든요. 보내실 주소는 전교(轉交)로 B. F.……."

수화기를 내려놓았기 때문에 나머지 주소는 듣지 못했다.

그 뒤 나는 개츠비에게 조금 면목이 없었다. 내가 전화를 건 어떤 신사는 개츠비가 그렇게 된 것은 자업자득이라는 식으로 말했다. 그러나 따지고 보면 그에게 연락했음은 내 실수였다. 그는 개츠비의 술을 마시고, 그 술기운으로 개츠비를 아주 신랄하게 씹어 대던 사람 중의 하나였으니 말이다. 처음부터 그에게 전화를 걸지 말았어야 했다.

장례식 날 아침, 나는 마이어 울프심을 만나려고 뉴욕으

---

83   미국 코네티컷주에 위치한 부유한 마을.

로 갔다. 그러지 않고서는 달리 그를 만날 방법이 없을 것 같았다. 엘리베이터 안내원이 가르쳐 주는 대로 밀고 들어간 문에는 '스와스티카 지주 회사'라는 간판이 붙어 있었고, 그 안에는 아무도 없는 것 같았다. 그러나 내가 헛되이 "누구 없습니까?" 하고 몇 차례 소리쳐 부르자 칸막이 뒤쪽에서 가벼운 말다툼이 벌어지더니 마침내 예쁘장한 유대인 여자가 안쪽 문에서 나타났다. 그러고는 적의를 품은 검은 눈동자로 나를 자세히 훑어보았다.

"아무도 없어요. 울프심 씨는 지금 시카고에 계세요." 그녀가 말했다.

그 안에서 누군가가 음정도 맞지 않게 휘파람으로 「로사리오」[84]를 불기 시작한 것으로 봐서 아무도 없다는 말은 분명히 거짓말이었다.

"캐러웨이라는 사람이 뵙고 싶어 한다고 전해 주시오."

"그분을 시카고에서 데려올 순 없잖아요?"

바로 그 순간 울프심의 것이 분명한 목소리가 문 저편에서 "스텔라!" 하고 불렀다.

"책상 위에 성함을 남겨 주세요." 그녀가 재빨리 말했다. "그분이 돌아오시면 전해 드릴게요."

"하지만 저 안에 계시잖소."

그녀가 나를 향해 한 걸음 다가서더니 화가 난 듯 두 손으로 엉덩이를 쓸어내리며 얘기했다.

"젊은 사람들은 언제나 자기들 마음대로 밀고 들어올 수

---

84 1898년에 로버트 캐머런 로저스가 작사하고 에설버트 네빈이 작곡한 노래로,
    1920년대 초에 재조명되며 미국에서 크게 유행했다.

있다고 생각한다니까. 그런 태도가 이젠 정말 지긋지긋해. 시카고에 있다고 하면 시카고에 있는 거지." 그녀가 꾸짖었다.

나는 개츠비의 이름을 댔다.

"어머나!" 그녀는 다시 한 번 나를 훑어보았다. "잠깐만요…… 성함이 뭐라고 하셨지요?"

그녀가 안으로 사라졌다. 그러자 곧 마이어 울프심이 근엄하게 문간에 서서 두 손을 내밀었다. 그는 경건한 목소리로 지금은 우리 모두에게 슬픈 때라고 말하면서 나를 사무실로 데려가더니 시가를 권했다.

"그를 처음 만났을 때가 기억나는군. 막 군에서 제대한 젊은 소령으로 전쟁 때 받은 훈장을 온몸에 가득 달고 있었어. 형편이 아주 말이 아니어서 계속 군복만 입고 있었지. 사복을 살 돈이 없었거든. 내가 그를 처음 본 것은 43번가에 있는 와인브레너 당구장에 들어와서 일자리가 있느냐고 물었을 때요. 그는 꼬박 이틀 동안 굶었다고 했소. '이리 와서 나하고 점심이나 같이 합시다.' 하고 내가 말했지. 그는 삼십 분 만에 무려 4달러어치도 넘게 음식을 먹어 치우더군."

"선생께서 그에게 일자리를 주셨습니까?" 내가 물었다.

"일자리를 주었냐고! 내가 그를 키우다시피 했지."

"아, 네."

"아무것도 없는 무(無)에서, 정말 시궁창에서 그를 건져 냈소. 나는 즉시 그가 신사답고 잘생긴 젊은이임을 알아봤소. 그가 나더러 오그스퍼드 출신이라고 했을 때 그를 잘 써먹을 수 있겠구나 하는 생각이 들었지. 나는 그를 미국 재향 군인회에 가입하게 했고, 그 친구는 거기에서 높은 자리를 차지했지. 그 뒤 얼마 안 되어 그는 올버니에서 내 의뢰인을 위해 일했소. 우린 모든 일에서 그렇게 우정이 두터웠지……." 그가 알 뿌리 모양의 손가락 두 개를 들어 올렸다. "……언제나 둘이 함께였소."

나는 그 우정이 1919년 월드 시리즈 사건도 포함하는지 궁금했다.

"이제 그는 저세상 사람이 됐습니다." 잠시 뒤 내가 말했다. "선생께서 그의 가장 절친한 친구였으니 드리는 말씀인데, 오늘 오후에 있을 그의 장례식에 참석하시겠지요."

"나도 가고 싶소."

"그럼 오시지요."

그의 코털이 약간 떨렸고, 고개를 좌우로 흔들자 그의 눈에 눈물이 고였다.

"하지만 그럴 수가 없소……. 그 사건에 말려들고 싶지 않아." 그가 말했다.

"말려들고 말고 할 것도 없습니다. 다 끝난 일이니까요."

"그가 일단 피살됐으니, 난 어떤 식으로든 그 일에 끼고 싶지 않소. 한발 물러서 있는 거지. 젊을 때는 사정이 달랐소……. 만약 친구가 죽으면 무슨 일이 있어도 정말 끝까지 함께 있었소. 당신은 그걸 감상적이라고 할지 모르지만 정말 그랬소……. 험한 꼴을 보더라도 최후까지 말이오."

그가 어떤 이유 때문인지 모르겠으나 장례식에 오지 않기로 결심했음을 깨닫자 나는 자리에서 일어났다.

"당신은 대학을 나왔나요?" 그가 불쑥 물었다.

한순간 나는 그가 '거래선' 이야기를 꺼내려는 게 아닌가 생각했지만 그는 고개를 끄덕거리며 악수를 청할 뿐이었다.

"죽은 뒤가 아니고 살아 있을 때 우정을 보여 줍시다. 그걸 배워야 합니다. 내 원칙은, 일단 친구가 죽으면 그다음에는 모든 걸 그냥 내버려 두는 것이오."

그의 사무실에서 나왔을 때 하늘은 이미 어두워져 있었고, 나는 가랑비를 맞으며 웨스트에그로 돌아왔다. 옷을 갈아입은 뒤 이웃집으로 건너갔더니 개츠 씨가 흥분해서 홀 안을 맴돌고 있었다. 아들과 아들의 재산에 대한 그의 자부심이 점점 커지고 있었다. 마침내 그는 나에게 뭔가를 보여 주려고 했다.

"지미가 이 사진을 보냈지. 이것 좀 보게나." 그가 떨리는 손으로 지갑을 꺼냈다.

개츠비의 저택을 촬영한 사진이었는데 가장자리가 꺾여서 금이 가고 여러 사람이 만진 탓에 손때가 묻어 있었다. 그는 사진 구석구석을 가리키며 열심히 설명했다. "이것 좀 보라고." 이렇게 말하고는 내 눈을 들여다보며 내가 감탄하는지 살폈다. 그 사진을 하도 자랑한 나머지, 그에게는 실제 집보다 사진 속 저택이 훨씬 현실적으로 보이는 것 같았다.

"지미가 이걸 나한테 보내 줬단 말일세. 참 근사한 사진이야. 아주 잘 나왔어."

"정말 잘 나왔네요. 최근에 아드님을 만나 보신 적이 있습니까?"

"두 해 전에 나를 보러 와서 내가 지금 사는 집을 사 주었소. 물론 그놈이 집을 나갔을 때 우린 서로 갈라선 꼴이었지만, 집을 나간 데는 다 그럴 만한 까닭이 있었다는 걸 이제야 알겠어. 그 애는 밝은 미래가 자기를 기다리고 있음을 잘 알았던 게야. 출세한 뒤로 그 애가 나한테 얼마나 잘해 주었는지 몰라."

그는 그 사진을 치우는 것이 내키지 않는지 잠시 머뭇거리다가 한동안 내 눈앞에서 그대로 들고 있었다. 그러고는 지갑에 다시 사진을 집어넣은 뒤, 호주머니에서 겉장에 '호필롱 캐시디'[85]라고 쓰여 있는 누더기 같은 헌책을 한 권 꺼냈다.

"이건 그 애가 어릴 때 갖고 있던 책이오. 그걸 보면 잘 알 수 있을 게요."

그는 뒤표지를 펼쳐서 내가 볼 수 있도록 책을 빙 돌렸다. 아무것도 인쇄되어 있지 않은 면지에는 '계획표 — 1906년 9월 12일'이라고 적혀 있었다. 그리고 그 밑에는 다음과 같이 쓰여 있었다.

기상······························	오전 6:00
아령 들기와 벽 타기·············	오전 6:15~6:30
전기학 및 기타 공부·············	오전 7:15~8:15
일······························	오전 8:30~오후 4:30
야구와 스포츠···················	오후 4:30~5:00
웅변 연습, 자세 습득 훈련········	오후 5:00~6:00
발명에 필요한 공부···············	오후 7:00~9:00

결 심

섀프터스나 xxx(해독 불가능함)에서 시간을 낭비하지 말 것
궐련과 씹는담배를 삼갈 것
이틀에 한 번씩 목욕할 것

---

85 클래런스 멀포드가 창조한 카우보이 캐릭터이다. 이 인물을 주인공으로 한 소설 『호필롱 캐시디』는 1910년 시카고에서 처음 출판되었으므로 이 책에 적힌 '1906년'이라는 연도는 착오이다.

매주 유익한 책이나 잡지를 한 권씩 읽을 것

매주 5달러, 아니 3달러씩 저축할 것

부모님 말씀을 잘 들을 것

"나는 이 책을 우연히 발견했소. 이 정도면 지미가 어떤 녀석인지 짐작할 수 있을 테지요?" 노인이 말했다.

"네, 짐작됩니다."

"지미는 반드시 출세할 애였소. 그 애는 언제나 이런저런 결심을 했거든. 그 애가 자기 계발을 하려고 얼마나 노력했는지 아시오? 말도 못 하게 열심이었지. 언젠가 한번은 아비더러 음식을 돼지처럼 먹는다고 하기에 그 애를 때려 준 적도 있소."

그는 그 책을 그냥 덮기 싫은 듯 각각의 항목을 소리 높여 낭독하더니 뭔가를 바라는 눈길로 나를 쳐다보았다. 내가 그 계획표를 베껴 적기를 바랐던 게 아니었나 싶다.

3시가 조금 못 되어 플러싱에서 루터교 목사가 도착했고, 나는 무심결에 다른 차들이 왔나 하고 창밖을 내다보았다. 개츠비의 아버지 역시 창밖을 내다보았다. 시간이 흘러 하인들이 홀 안으로 들어와서 기다리고 서 있자, 노인의 눈은 불안하게 깜박거리기 시작했다. 그러고는 걱정스럽고 자신 없는 목소리로 비를 탓했다. 목사는 몇 번이고 시계를 들여다보았고, 나는 그를 옆으로 데려가서 삼십 분만 더 기다려 달라고 부탁했다. 그러나 부질없는 짓이었다. 아무도 오지 않았다.

5시 무렵, 자동차 세 대로 이루어진 장례 행렬이 제법 굵은 가랑비를 맞으며 묘지에 도착했고 입구에 멈춰 섰다. 맨 앞에는 섬뜩할 만큼 검고 비에 젖은 영구차가, 그다음에는 개츠

씨와 목사와 내가 탄 리무진이, 그리고 그 뒤에는 하인 네댓 명과 웨스트에그에서 온 우편배달원 한 명이 개츠비의 스테이션왜건을 타고 비에 흠뻑 젖은 채 도착했다. 우리가 문을 통과해 묘지 안으로 들어갈 때, 차 한 대가 멈추더니 질퍽한 땅에 고인 물을 튀기면서 우리 뒤를 따라오는 소리가 들렸다. 나는 주위를 둘러보았다. 그 사람은 석 달 전 어느 날 밤, 개츠비의 서재에 꽂힌 장서를 보고 놀라워하던 올빼미 안경을 낀 남자였다.

그날 이후로 나는 그 사람을 한 번도 본 적이 없었다. 나는 그가 장례식 일정을 어떻게 알았는지, 심지어 그의 이름이 무엇인지조차 모른다. 두꺼운 안경알에 비가 퍼붓자 그는 개츠비의 무덤을 가린 천막이 벗겨지는 광경을 보려고 안경을 벗어서 닦았다.

나는 그때 개츠비에 관해서 잠깐 생각해 보려고 했지만 그는 이미 아주 먼 곳에 가 있었다. 데이지가 조문 전보 한 장, 조화(弔花) 한 바구니 보내오지 않았다는 사실을 아무 분노도 없이 그저 떠올릴 뿐이었다. 누군가가 "비가 내리니 죽은 자에게 복이 있도다."[86] 하고 나지막하게 중얼거리자 올빼미 눈이 우렁찬 목소리로 "아멘." 하고 화답하는 소리가 들렸다.

우리는 뿔뿔이 흩어져서 비를 맞으며 자동차가 있는 데로 급히 걸어갔다. 올빼미 눈이 묘지 입구에서 나에게 말을 걸었다.

"집에는 들르지도 못했군요." 그가 말했다.

"아무도 찾아오지 않았습니다." 내가 대답했다.

---

86 장례식 때 비가 내리면 망자가 평안하게 영면을 취한다는 미신이 있다.

"아니, 저런! 맙소사, 도대체 그럴 수가 있나! 그 집에 드나든 사람이 몇백 명이나 되는데." 그가 경악하며 말했다.

그는 안경을 벗어서 다시 한 번 안팎을 닦았다.

"불쌍한 놈." 그가 말했다.

내가 아직도 생생하게 기억하는 일 중 하나는 크리스마스를 맞이해 대학 예비 학교에서, 그리고 나중에는 대학교에서 서부로 돌아오던 날이다. 시카고보다 더 멀리 가는 친구들은 12월의 어느 날 저녁 6시에, 시카고 친구들과 함께 낡고 어두운 유니언역에 모여서 벌써부터 즐거운 휴가 분위기에 한껏 들며 서둘러 작별 인사를 나누곤 했다. 이런저런 여자 학교에서 돌아오는 여자 학생들의 털외투도 기억나고, 옛 친구들이 눈에 띄면 차디찬 입김을 뿜으면서 떠들거나 머리 위로 손을 흔들어 대던 모습 역시 기억난다. "넌 오드웨이네 집에 갈 거니? 허시네 집에는? 슐츠네 집에는?" 하면서 서로 초대 일정을 맞춰 보던 일도 기억난다. 또한 장갑 낀 손에 꽉 움켜쥐었던 길쭉한 초록색 기차표도 아직껏 선명히 기억난다. 그리고 마지막으로 시카고-밀워키-세인트폴 철도 회사의 누르튀튀한 기차들이 출입문 옆 철로 위에 멈춰 서 있는 모습마저 마치 크리스마스 자체인 듯 신나게 바라보던 순간이 기억난다.

기차가 역을 빠져나와서 겨울밤 속으로 들어가면 진짜 눈[雪]이 — 우리의 눈 말이다. — 온통 펼쳐지며 차창을 배경으로 반짝이기 시작했다. 조그마한 위스콘신 시골 역의 흐릿한 불빛들이 스쳐 지나가고, 공기 속에는 살을 에는 듯한 거친 기운이 감돌았다. 저녁 식사를 마치고 싸늘한 객차 복도를 지나가는 동안 우리는 그 공기를 깊이 들이마셨다. 다시 한 번 그 공기 속에 하나로 녹아들기 전, 그 이상야릇한 한 시간 사이에 우리는 이 지방과 완전히 하나가 되었음을 가슴 깊이 깨달았다.

그곳이 바로 나의 중서부 지방이다. 밀밭이나 평원 또는 사라져 버린 스웨덴 이민자들의 마을이 아니라, 감격으로 가슴이 두근거리는 내 젊은 날의 귀향 열차, 서리가 내린 어두운 밤의 가로등과 썰매 종소리, 환한 창문의 불빛에 크리스마스 장식인 호랑가시나무 화환의 그림자가 눈 위에 비치는 곳 말이다. 그 지역의 일부인 나는 그 기나긴 겨울을 떠올리면 조금은 엄숙한 기분이 들고, 몇십 년 동안 여전히 가문의 이름이 주소를 대신하는 도시에서 캐러웨이 가문의 일원이라는 데에 적잖이 자부심을 느낀다. 이제 나는 이 이야기가 결국 서부의 이야기였음을 안다. 톰과 개츠비, 데이지와 조던과 나는 모두 서부 출신이었고, 어쩌면 우리는 왠지 동부의 삶에 적응하지 못하는 어떤 결함을 공유하고 있었는지도 모른다.

심지어 동부가 나를 가장 흥분시켰을 때조차, 오하이오 너머로 부풀어 오른 듯 볼품없이 뻗어 있는 그 지루한 도시들보다 동부가 우월하다는 사실을 뼈저리게 깨달았을 때조차 ── 그곳에서는 오직 아이들과 아주 늙은 노인들을 제외하면 모든 사람들이 끝없이 심문받고 있는 듯하다. ── 나에게 동부는 언제나 어딘지 모르게 뒤틀린 듯 보였다. 특히 웨스트에그는 아직도 내가 해괴하고 환상적인 꿈을 꿀 때면 나타난다. 나에게는 그곳이 엘 그레코[87]가 그린 밤 풍경처럼 보인다. 가령 전통적이면서도 그로테스크한 수백 채의 집이 그 위

---

87 16세기에 활동한 스페인 화가. 풍부한 표현력과 극적인 화풍으로 널리 알려져 있다. 그는 그리스 출신이었으므로 '엘 그레코'라는 별명으로 불렸다.

에 펼쳐진 음산한 하늘과 광택 없는 달 아래 쭈그리고 앉아 있는 광경 말이다. 그림 앞쪽으로 야회복을 말쑥하게 차려입은 엄숙한 사내 네 명은 새하얀 이브닝드레스 차림의 술 취한 여자가 누워 있는 들것을 들고 인도를 따라 걸어가고 있다. 들것 가장자리 바깥으로 축 늘어진 그녀의 손에서 보석들이 싸늘하게 반짝거린다. 사내들은 근엄하게 어떤 곳에 들르지만 잘못 찾아간 집이었다. 아무도 그 여자의 이름을 알지 못하고, 어느 누구도 신경 쓰지 않는다.

개츠비가 죽은 뒤 동부는 내 시력으로 어떻게 바로잡을 수 없을 만큼 뒤틀린 채, 그런 식으로 자주 나를 괴롭혔다. 그래서 부서지기 쉬운 나뭇잎들의 푸른 연기가 공기 중에 흩어지고 빨랫줄에 걸린 젖은 옷이 바람에 날려 뻣뻣해지는 가을, 나는 고향에 돌아가기로 결심했다.

동부를 떠나기 전에 해야 할 일이 하나 남아 있었다. 그냥 내버려 두는 편이 더 나을지도 모르는 어색하고 불쾌한 일이었다. 그러나 나는 그동안의 일들을 정리하고 싶었고, 저 친절하고 무관심한 바다가 내 쓰레기를 쓸어 가도록 그냥 내버려 두고 싶지 않았다. 나는 조던 베이커를 만나서 우리 모두에게 일어난 일과, 그 뒤 나에게 있었던 일을 들려주었다. 그녀는 큼직한 의자에 가만히 눕다시피 앉아서 내 말에 귀를 기울였다.

그녀는 골프복을 입고 있었다. 뽐내는 듯 살짝 턱을 들어 올린 자세와 낙엽 빛깔의 머리카락, 무릎 위에 올려놓은 손가락 없는 골프 장갑처럼 갈색으로 그을은 그녀의 얼굴을 마치 멋진 삽화 같다고 여겼던 일이 지금도 기억난다. 내가 이야기를 모두 마치자 그녀는 아무 설명도 없이 다른 남자와 약혼했노라고 말했다. 물론 그녀가 고개만 까딱해도 결혼하려는 남자는 몇 명 있었지만 나는 어쩐지 그 말이 믿기지 않았다. 그래도 짐짓 놀라는 척했다. 한순간 나는 실수를 저지르고 있는 게 아닌가 생각했다. 그러고는 다시 한 번 재빨리 이 상황을 곰곰이 생각해 본 뒤, 결국 작별 인사를 건네기 위해 자리에서 일어섰다.

"어쨌든 당신은 나를 걷어찼어요." 조던이 불쑥 말했다. "전화로 나를 걷어찼단 말이에요. 지금은 당신에 대해 털끝만큼도 관심 없지만, 그때는 그런 일을 겪어 본 적이 없어서 한동안 좀 어리둥절했지요."

우리는 악수를 했다.

"아, 참 기억나요……?" 그녀가 덧붙였다. "……자동차 운전에 관해서 우리가 주고받은 대화 말이에요."

"그럼요……. 정확하지는 않지만."

"부주의한 운전자는 또 다른 부주의한 운전자를 만나기 전까지만 안전하다고 당신이 그랬지요? 그래요, 나는 또 다른 서툰 운전자를 만났던 거예요. 안 그런가요? 내 말은요, 그렇게 잘못 추측하다니 나도 참 부주의했지요. 난 당신이 오히려 정직하고 솔직한 사람이라고 생각했어요. 그게 당신의 은밀한 자부심이라고요."

"난 이제 서른 살이오. 스스로에게 거짓말을 하고 그걸 자랑스럽게 여길 나이는 이미 오 년이나 지났지." 내가 말했다.

그녀는 아무 대답도 하지 않았다. 얼마간 분노하고, 반쯤은 그녀에게 사랑을 느꼈다. 끝내 나는 몹시도 후회하면서 발길을 돌렸다.

10월이 끝나 가던 어느 날 오후, 나는 톰 뷰캐넌을 만났다. 그는 민첩하고 공격적인 걸음걸이로 5번가를 따라 내 앞에서 걸어가고 있었다. 그의 두 손은 마치 방해하는 것이 있으면 당장 물리쳐 버리려는 듯 그의 몸에서 조금 떨어져 있었고, 머리는 초조한 두 눈에 적응하면서 기민하게 이리저리 움직이고 있었다. 그를 따라잡지 않으려고 발걸음을 늦추었는데, 돌연 그가 걸음을 멈추더니 눈을 찡그리며 보석상 진열장 안을 들여다보기 시작했다. 그러다가 갑자기 나를 발견하고 뒤로 걸어와서는 내게 손을 내밀었다.

"닉, 왜 그러는 거야? 나와 악수하는 게 싫은가?"

"그래. 내가 자네를 어떻게 생각하는지 잘 알 텐데."

"닉, 자네 미쳤군. 이만저만 미친 게 아니야. 도대체 왜 그러는지 모르겠는걸." 톰이 재빠르게 말했다.

"톰. 그날 오후 윌슨에게 뭐라고 했나?" 내가 따지듯 물었다.

그는 아무 말 없이 나를 응시했고, 나는 윌슨의 행방이 묘연했던 시간에 대해 스스로 추측했던 것이 옳았음을 깨달았다. 나는 돌아서서 다시 걷기 시작했지만 그가 따라오면서 내 팔을 붙잡았다.

"사실대로 얘기해 줬지. 우리가 막 외출하려고 하는데 그가 문 앞에 나타났어. 그래서 사람을 시켜 집에 없다고 전했지만 그가 막무가내로 위층까지 올라오려고 하는 거야. 내가 그 자동차의 임자가 누구인지 말해 주지 않으면 금방이라도 죽이고도 남을 만큼 제정신이 아니더군. 집 안에 있는 동안 그자는 줄곧 리볼버 권총이 들어 있는 호주머니 속에 손을 넣고 있었단 말이야……." 그가 도전적인 태도로 갑자기 말을 멈췄다. "내가 말해 준 게 어쨌다는 건가? 그자의 자업자득이야.

데이지의 눈에 흙을 뿌린 것처럼 자네 눈에도 흙을 뿌렸다고. 게다가 가혹한 친구였지. 개를 치듯 머틀을 치고도 차를 멈추지 않았으니 말이야."

그것은 진실이 아니라는, 차마 내 입으로 말할 수 없는 사실 하나를 제외하면 더 이상 할 말이 없었다.

"내가 괴로워하지도 않았다고 생각한다면……. 이보게, 그 아파트를 넘기러 갔다가 그 빌어먹을 개 비스킷 깡통이 찬장 위에 놓여 있는 걸 보고 주저앉아서 어린애처럼 엉엉 울었어. 아, 맙소사, 정말 끔찍했다고……."

나는 그를 용서할 수도 좋아할 수도 없었지만 그는 스스로의 행동을 완벽하게 정당하다고 여기는 듯했다. 모든 것이 경솔하고 뒤죽박죽 혼란스러웠다. 톰과 데이지, 그들은 경솔한 인간들이었다. 물건이든 사람이든 부주의하게 부숴 버린 뒤 돈이나 엄청난 무관심 또는 자기들을 한데 묶어 주는 것이라면 무엇이든 그 뒤로 물러나서는 스스로 만들어 낸 쓰레기를 다른 사람들이 말끔히 치우도록 하는 인간들 말이다……

나는 그와 악수를 했다. 악수하지 않으려고 하는 것이 오히려 어리석은 일처럼 보였다. 불현듯이 어린아이와 이야기하고 있는 것 같았기 때문이다. 그러고 나서 그는 진주 목걸이를 — 아니면 커프스단추 한 쌍을 — 사려고 보석상 안으로 들어가면서 나의 촌스러운 결벽증으로부터 영원히 벗어나 버렸다.

내가 떠날 때 개츠비의 집은 여전히 텅 비어 있었다. 그 집 잔디도 우리 집 잔디처럼 무성할 대로 무성하게 자라나 있었다. 마을의 택시 기사 한 사람이 저택 정문을 지나서 차를 잠깐 세우더니 집 안쪽을 손가락으로 가리키고 나서야 요금을 받았다. 어쩌면 그는 사건이 일어나던 날 밤에 데이지와 개츠비를 태우고 이스트에그에 갔던 운전기사인지도 모른다. 그래서 그 사건에 관해 자기 나름대로 이야기를 꾸며 내려 했을까? 나는 그 이야기를 듣고 싶지 않았으므로 기차에서 내릴 때면 그를 피해 갔다.

나는 토요일 밤이면 뉴욕에서 시간을 보냈다. 개츠비가 열던 그 눈부시고 황홀한 파티는 나에게 너무나도 생생했으므로 정원에서 희미하지만 끊임없이 들려오던 음악 소리와 웃음소리가 여전히 귓가에 울리는 듯했다. 그리고 그의 진입로를 오르내리던 자동차 소리도 들리는 듯했으므로 나는 시내에 머물렀다. 그러던 어느 날 밤 나는 실제로 자동차 소리를 들었고, 헤드라이트 불빛이 앞쪽 계단을 비추고 있는 모습을 보았다. 그러나 그게 누구인지는 굳이 알아보지 않았다. 아마 지구 반대편에 머물다가 파티가 끝난 줄도 모르고 찾아온 마지막 손님이었으리라.

마지막 날 밤, 트렁크에 짐을 꾸리고 자동차를 식료품상에 팔고 나서 나는 그 저택으로 건너갔고, 다시 한 번 그곳의 엄청나도록 지리멸렬한 몰락을 바라보았다. 하얀 돌계단에 어떤 아이가 벽돌 조각으로 갈겨쓴 음탕한 욕설이 달빛에 뚜렷이 드러나 보였다. 나는 계단을 따라가며 구둣발로 문질러 그 낙서를 지워 버렸다. 그러고는 해변으로 어슬렁어슬렁 걸어 내려가서 모래 위에 벌렁 드러누웠다.

해변에 늘어선 별장들은 대부분 문이 닫혀 있었고, 롱아일랜드 해협을 가로질러 가는 나룻배 한 척이 비추는 그림자같이 희미하게 흔들리는 불빛을 제외하면 어떠한 불빛도 보이지 않았다. 그리고 달이 점점 하늘 높이 떠오르자 실체도 없는 집들은 녹아 없어져 버렸다. 나는 서서히 그 옛날 네덜란드 선원들의 눈에 한때 꽃처럼 찬란히 떠올랐던 이 옛 섬 — 신세계의 싱그러운 초록색 가슴을 깨닫게 되었다. 바로 이 섬에서 자취를 감춘 나무들, 개츠비의 저택에 자리를 내준 나무들은 한때 인간의 모든 꿈 중 가장 위대한 마지막 꿈에 소곤거리며 영합했던 것이다. 덧없이 흘러가 버리는 매혹적인 한순간에 인간은 이 대륙을 바라보며 틀림없이 숨죽였으리라. 이해할 수도, 감히 바랄 수도 없는 심미적 관조에 어쩔 수 없이 빠져 버린 채 인류의 역사에서 최후의 경이를 느낄 수 있는 능력과 상응하는 그 무엇과 직면하면서 말이다.

나는 그곳에 앉아 그 오랜 미지의 세계를 곰곰이 생각하면서 개츠비가 데이지의 부두 끝에서 초록색 불빛을 처음 찾아냈을 때 느꼈을 경이감에 대해 생각해 보았다. 그는 이 푸른 잔디밭을 향해 머나먼 길을 달려왔고, 그의 꿈은 이제 너무 가까운 나머지 손을 뻗으면 금방이라도 닿을 것만 같았으리라. 그 꿈이 이미 자신의 뒤쪽으로, 밤 아래 두루마리처럼 펼쳐진 공화국의 캄캄한 벌판, 저 도시 너머의 광막하고 어두운 어떤 곳으로 물러가 버렸다는 사실을 그는 미처 알아차리지 못했던 것이다.

개츠비는 그 초록색 불빛을, 해마다 우리 눈앞에서 뒤로 물러가 버리는 절정의 희열을 간직한 미래를 믿었다. 그때 그것은 우리를 피해 갔지만 더는 중요하지 않다. — 내일 우리는 좀 더 빨리 달리고 좀 더 멀리 팔을 뻗을 것이다……. 그리고 어느 맑게 갠 날 아침에…….

그리하여 우리는 조류를 거스르는 배처럼 끊임없이 과거로 떠밀려 가면서도 앞으로, 계속 앞으로 나아가는 것이다.

우리가 언젠가 머물렀던 여름의 무더위

위수정(소설가)

『위대한 개츠비』를 처음 완독했던 것이 언제인지 정확하게 기억나지 않는다. 도스토옙스키나 톨스토이, 또는 프루스트나 헤밍웨이처럼 분명 읽었는데 잘 기억나지 않는다거나 읽다 말았는데 읽은 척하게 되는 고전 중의 하나라고 할 수 있을까. 아마 그런 까닭은 작품이 난해하거나 지루해서가 아니라 그만큼 널리 알려져 있기 때문일 것이다. 고백하자면 과거의 한때, 나는 영미권 소설에 큰 흥미를 느끼지 못했다. 정확하게는 '미국' 소설이라고 해야겠지만. 이주(移住)의 역사와 개척 정신 그리고 자본주의와 물질문명에 대한 그들 특유의 뉘앙스(모호하지만 이 이상 걸맞은 단어를 찾지 못하겠다.)가 그다지 좋지 않은 쪽으로 낯설었다. 나의 세계와는 접점을 찾기 어려운 느낌이랄까. 그러나 시간은 흘러가고, 시대는 변화하고, 나도 그때의 나는 아니다. 여전히 '나'이지만 한편으로는 내가 아닌 나. 변하지 않는 것들과 변하는 것들 속에서 나 역시 달라지고 있음을, 달라졌음을 느낀다. 그 변화는 좋고 싫음과는 어쩐지 무관하다. 인간은 자기 의지와 관계없이 변한다는 넋두리를 늘어놓거나, 나이와 성숙함의 비논리적 비례 관계를 얘기하려는 것은 아니다. 세계의 변화와 개인적 경험들이 나를 다른 위치로, 다른 모습으로 이동시킨다. 그 점을 의식하지 못한 채 지금 나의 모습(들)을 외부의 탓으로만 돌리고 싶지는 않다. 나는 나의 위치를, 걸음걸이와 서 있는 자세와 말하는 입과 내뱉는 언어를 조금 더 유심히 지켜보려고 한다. 아니, 그래야 한다고 생각한다. 어쩌면 생각만 할 뿐인지도 모르겠지만 그럼에도 계속 생각해야 한다. 그것만이 나를 미약하게나마 변화시킬 수 있다고 믿기 때문에⋯⋯. 그런데 너무 생각만 하고 있는 것은 아닌가. 날씨 탓인가.

『위대한 개츠비』를 다시 읽는 동안, 유독 무더운 나날들을 보냈다. 이 글을 쓰는 지금도 폭염으로 견디기 힘든 여름이 이어지고 있다. 한국뿐 아니라 세계 곳곳에서 더위 탓에 수많은 이들이 고통받고 있다는 뉴스가 들려오고, 이상 고온의 근본적 원인으로 인간의 무절제가 언급되고 있다. 인간은 절제를 모르나 절제를 아는 것 역시 인간이지⋯⋯라고 생각하며 나는 에어컨을 켰다 끄기를 반복한다. 공교롭게도 『위대한 개츠비』 또한 여름 속에 펼쳐져 있다. 그 여름의 무더위가 절정에 이르렀던 그날, "그해 여름의 막바지에 접어든, 가장 더운 날이 틀림없었"던 그날, 소설 속 인물들 역시 어떤 정점을 향해 내달린다. 물질적 풍요가 선사하는 지루함과 숨 막히게 무더운 여름의 한때를 도저히 견딜 수 없었던 젊은 사람들. 그들은 폭주한다. 여름은 흔히 인생의 특정한 시기를 환유하는 말로 쓰이곤 하지만 단순히 아름다움의 절정이라든가, 육체적 젊음으로 찬란한 시절이라 말하고 말기에는 어딘지 부족하다. 왜 우리의 여름에는 어리석음과 무절제, 실수 따위가 필연적으로 따라붙는 것일까. 그렇기에 그 아름다움이 더욱 빛나는 것인가? 그렇지는 않으리라. 그러므로 우리는 인생의 '여름'을 상처와 함께 간직한다. 누군가는 그것을 통과 의례라 얘기하지만 사실 통과 의례란 꼭 인생의 한 시기만을 의미하는 것이 아닐지도 모른다, 라고 생각한다면 나는 아직 미숙한 것일까. 나는 인간이 한평생 무언가를 통과하며 살아간다는 느낌이 든다. 무엇을 안다고 여기는 순간, 실수는 여지없이 반복되고 좌절하고 절망하며, 육체는 늙어 가지만 여전히 여름의 불꽃으로 얼굴을 붉히고…….

『위대한 개츠비』의 화자인 닉 캐러웨이가 서른 살이라는 자신의 나이에 여러 의미를 부여하는 모습을 보노라면 21세기를 살아가는 우리들과 별반 다르지 않다. 점점 쇠락할 미래를 감지하는 닉. 이십 대의 그가 나름의 어떤 희망으로 다가올 미래를 괄호 치며 살아왔다면 그 뒤로 그는 지난날의 괄호를 하나씩 지워 가며 도래하는 쇠락을 받아들이게 될 것이다. 그러나 개츠비의 미래는 그 여름을 끝으로 이제 삭제되었다. 그가 '위대한' 까닭은 다른 인물들이 보이는 뼛속 깊은 속물성과 대조되는 어떤 낭만성을 지니고 있기 때문이라고 언급되기도 하지만 사실 그가 모든 것을 투신해 가며 갈구했던 데이지라는 '사랑'은 곧 스스로의 계급을 뛰어넘으려 하는 물질성에 다름 아니다. 그런 의미에서 나는 개츠비의 위대함이란 자본주의 사회가 보여 주는 속물성과 그에 대한 갈구, 그리고 무엇보다 자신이 좇는 대상을 단순히 '사랑'이라는 감성의 순수성으로 미화하지 않고 "그녀의 목소리는 돈으로 가득 차 있"다고 말할 수 있는, 그 대상에 대한 정확한 자각에 있다고 믿는다. 그러므로 개츠비는 데이지나 톰, 조던과 윌슨 부부와 다르다. 그는 자신에 대해 이미 알고 있다. 자신이 좋고 열망하는 대상이 무엇인지 잘 아는 개츠비. 따라서 우리는 그의 이름 앞에 붙은 '위대한'이라는 형용사를 적어도 어리석음의 아이러니로만 해석할 수는 없을 것이다.

나는 『위대한 개츠비』를 '여름의 소설'이라 부르고 싶다. 우리가 견뎌 내는 여름, 우리가 견뎌야 할 여름. 그 여름은 가을이 오고 겨울이 와도 사라지지 않은 채 우리 생애 전반에 각인되어 우리를 어딘가로 이끈다. 그리하여 여름은 언제나 다시 찾아온다. 사랑이 그러하듯이.

고전이라 명명된 작품들은 시공간을 초월하여 독자들에게 끊임없이 새로운 의미를 던져 주기에 높은 가치를 가진다고 여겨진다. 그것은 인간과 세계에 대한 작가의 깊고 예리한 통찰력과, 빛나는 문장들이 지닌 문학적 성과에 대한 상찬이기도 하겠으나 시대가 흘러도 역시 인간이란 예나 지금이나 좀처럼 변하지 않는다는 사실을 상기시켜 주기 때문인 듯도 하다. 기술 문명의 발전은 『위대한 개츠비』를 읽는 우리에게, 저 당시에 에어컨이 있었다면 좀 다르지 않았을까, 하는 농담 같은 의문도 남겨 준다. 더불어 결국 기술의 발전과는 대조적으로 인간이 얼마나 변하지 않는지, 변하더라도 얼마나 느리게 변화하는지를 깨닫게 해 준다. 오늘날 우리가 살아가는 세계(시대) 역시 자본 앞에서, 권력과 부 앞에서 인간이 얼마나 나약하고 배타적일 수 있는지, 또 더욱 수치심 없이 교묘하고 뻔뻔해질 수 있는지를 매 순간 보여 준다. 그러므로 우리에게는 여전히 『위대한 개츠비』가 필요하다. 개츠비를 만난 뒤 인간에게 절망하면서도 어떤 식으로든 미래를 긍정할 수밖에 없는 닉 캐러웨이가 여전히 필요하다. 우리에게는 독서가 필요하다. 절망으로부터 벗어나기 위해서가 아니라 그것을 알기 위해서, 생(生)의 더위를 잊기 위해서가 아니라 그것에 잠식당하지 않기 위해서 말이다. 그래서일까? 이 작품의 마지막 문장은 유독 오랫동안 마음에 남는다.

"그리하여 우리는 조류를 거스르는 배처럼 끊임없이 과거로 떠밀려 가면서도 앞으로, 계속 앞으로 나아가는 것이다."

나는 대책 없는 비관주의자이지만 이 마지막 문장을 읽으며 결국 고개를 끄덕일 수밖에 없다. 그것은 현실에 대한 막연한 긍정이라기보다 인간으로서 지녀야 할 최소한의 의지를 잃지 않겠다는 다짐에 가깝다.

옮긴이
김욱동

한국외국어대학교 영문과 및 같은 대학원을 졸업하고 미국 미시시피 대학교에서 영문학 석사 학위를, 뉴욕 주립 대학교에서 영문학 박사 학위를 받았다. 하버드 대학교, 듀크 대학교 등에서 교환 교수를 역임했으며 포스트모더니즘을 비롯한 서구 이론을 국내 학계와 문단에 소개하는 데 힘썼다. 현재 서강대학교 인문대학 명예 교수다. 지은 책으로 『디지털 시대의 인문학』, 『포스트모더니즘』, 『적색에서 녹색으로』, 『지구촌 시대의 문학』, 『번역가의 길』, 『궁핍한 시대의 한국 문학』 등이 있으며, 옮긴 책으로 『위대한 개츠비』, 『노인과 바다』, 『왕자와 거지』, 『그리스인 조르바』, 『여름』, 『이선 프롬』, 『앵무새 죽이기』, 『헛간, 불태우다』 등이 있다. 2011년 한국출판학술상 대상을 수상했다.

위대한 개츠비

1판 1쇄 찍음 2023년 11월 10일
1판 1쇄 펴냄 2023년 11월 17일

지은이 F. 스콧 피츠제럴드
옮긴이 김욱동
발행인 박근섭, 박상준
펴낸곳 (주)민음사

출판등록 1966. 5. 19. 제16-490호
서울시 강남구 도산대로 1길 62(신사동)
강남출판문화센터 5층 06027
대표전화 02-515-2000 팩시밀리 02-515-2007
www.minumsa.com

© 김욱동, 2023. Printed in Seoul, Korea

ISBN 978 89 374 2997 2 04800
ISBN 978 89 374 2900 2 (세트)

* 잘못 만들어진 책은 구입처에서 교환해 드립니다.